FBI爆発物科学捜査班

THE BOMB DOCTOR

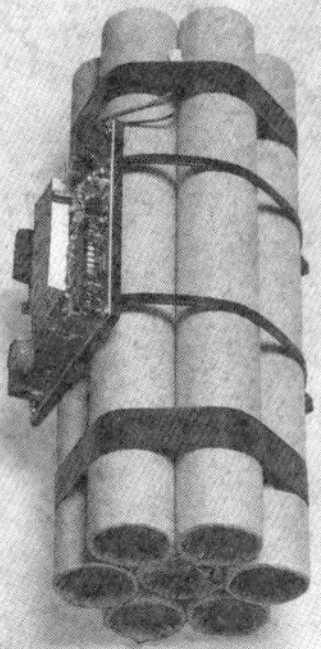

テロリストとの30年戦争

A SCIENTIST'S STORY OF BOMBERS, BEAKERS, AND BLOODHOUNDS

カーク・イェーガー／セリーン・イェーガー
Kirk Yeager & Selene Yeager
露久保由美子／木内さと子 訳

原書房

FBI爆発物科学捜査班

テロリストとの30年戦争

目次

混沌とした人生に安定をもたらしてくれる
妻デボラへ。
そして息子のアレックとジャレッドへ。
ふたりが社会に出て
それぞれの足跡を残せるよう祈っている。

はじめに　爆弾の道

私の妹とその家族は、休日によく遊びに来る。何年か前のイースターの日、その妹家族を玄関先で出迎えたのは、切り出して高く積み上げた乾燥中の竹の束と、頭を落としたざっと4000本のマッチが入ったバケツ、そしてその脇の、油性マーカーで「火薬類」と書かれた金属製の工具箱だった。そのささやかなプロジェクトについて妹に訊《き》かれると、私は「大丈夫……ちょっと『インスパイア』で読んだだけだから」と請け合った。

本当のことだ。確かにそれは、ＡＱＡＰ（アラビア半島のアルカイダ）が発行するオンラインマガジン『インスパイア』で読んだものだった。これは、ＡＱＡＰにとって重要なブランド構築ツールのひとつだ。多くの雑誌と同じように、やはりレシピを載せている。ただし、ケーキやマルチクッカーを使ったシチューの作り方ではない。爆弾の作り方だ。妹が訪ねて来る前に読み終えたばかりの号には、殺傷能力の高いパイプ爆弾の炸薬《さくやく》を普通のマッチの頭から採取する方法が図解入りで解説されていた。それを見て、自分でも少し勉強してみようと思った。ところがその第1段階は、3万本のマッチから爆薬を採取することだった。

マッチの頭を切り落とし、砕き、すりつぶし、妻のフードプロセッサーを借りてマッチのピューレをつくったら気づかれるだろうかと悩んだりすること数か月、レシピのなかの有効で実行可能な脅威となる部分を突き止めることができた。また、あまり有効ではなく、テロリストが〝フランベ〟になる可能性が高いちょっとした箇所もすべて見抜くことができた。私がこれをピンタレストに投稿することは当分ない。[1]

テロリストは、ほかの多くの発明家と同じように、爆弾の独創的なアイデアを思いつく。といって、一から新たにつくるのではなく、歴史から盗み……そして、テロリスト同士で盗み合い、たいていは、建築に使われるものを大量破壊に利用する。その起源をたどれば、1800年代の大砲や火薬樽に使われていた黒色火薬までさかのぼる。その後、アルフレッド・ノーベルの〝厚意〟により、ダイナマイトが登場した（そのダイナマイトから派生して、ゼリグナイトのようなパテ状の爆薬が生まれている）。

ダイナマイトは、鉄道建設や、エネルギーを生み出す地下資源の採掘に役立った。一方で、大きな破壊をもたらす可能性があるのも明らかだ。ノーベル自身、数々の爆発物の発明を軍事用に売ることで莫大《ばくだい》な富を築くことになる。ところが、奇妙な運命の巡り合わせから、生前、地元紙が誤ってノーベルの死亡を伝える記事を掲載した。記事のなかで彼は「死の商人」と呼ばれてい

1　注意：他の人に『インスパイア』を読むよう勧めているわけではない。むしろ、思いとどまることを強く勧めている。居住地によっては、実際、かなり困ったことにもなりかねない。イギリスとオーストラリアには厳しい反テロ法があり、その内容をダウンロードすることが犯罪にもなりうる。イギリスでは、これまで『インスパイア』をダウンロードしただけで何十人もが逮捕、起訴されている。

た。その呼び名がのちのちまで世に残ることにひどく動揺したノーベルは、現在ではよく知られているノーベル平和賞を創設した。2017年、ノーベル賞委員会が「核兵器廃絶国際キャンペーン」に同賞を授与したことをノーベルが知ったら、きっと誇りに思ったことだろう。核兵器はもちろん、人類が知る最も破壊的な爆弾だ。

かつては、爆弾魔予備軍が大惨事を引き起こす新しい方法を見つけるのは難しかった。口コミの情報はかぎられた範囲しか広まらず、本はかならずしも最新の情報ではないからだ。それがいまでは、『インスパイア』のような情報源のおかげで、爆発物をつくる斬新な方法がクリックひとつで手に入る。2000年代には、圧力鍋爆弾がブームとなった。キッチンで使う圧力鍋に金属片を詰め、電子機器を使って遠隔操作で起爆するもので、2016年秋、ニューヨーク市のチェルシー地区にそうした爆弾を仕掛けたとして有罪判決を受けたアハマド・ラハミも、友人によれば、『インスパイア』のようなものから情報を得たと言われている。あらゆる危険な反応を利用するために極悪非道な方法を探し求める怒れる人間はあとを絶たない。

アメリカ連邦捜査局（ＦＢＩ）の爆発物課は、歯磨きペーストやマウスウォッシュのような一見無害な日用品が自動車や飛行機、ビルの爆破に使えるのではないかと問い合わせてくる、民間航空会社、政府関係者、心配する市民らからの無数の電話に毎日対応している。

爆発物は、肥料やオキシドール（過酸化水素）、シンナーなど、一般の消費財に使われるさまざまな化学物質からつくり出されてきた。2001年、パリ発マイアミ行きの飛行中に爆破未遂事件を起こしたイギリス人の「靴爆弾男」リチャード・リードも、格子状の靴底に仕込んだプラスチック爆弾の起爆剤に、そうした化学物質のひとつ（過酸化アセトン、別名ＴＡＴＰ）を使っていた。この事件は、１９８８年のパンナム機爆破事件以来、アメリカ行きの民間航空機を狙った初の大規模テロ攻撃であり、現在でも私たちが空港で靴を脱がなければならない理由でもある。

数年後、対テロ当局は、ロンドンからアメリカに向かう便で10件ものテロ攻撃を未然に阻止したと報告した。犯人らは、ＴＡＴＰの製造に必要な化学物質のひとつを使って揮発性溶液を混ぜる計画だった。航空会社の保安検査で大量の液体を持ち込めなくなったのはこのためだ。

爆弾事件のあとに私や同僚が行う科学捜査は、将来の悲劇を防ぐ道を開くためのものだ。爆弾の材料と犯人の動機がわかれば、彼らが最初の導火線に火をつける前に阻止することができる。課題は、つねに相手の一歩先を行くこと、相手の動きを阻止できるだけの先を見通せることだ。これはチェスのゲームに似ているが、ルークやクイーン、ビショップ、ナイトが予想どおりにたて横ななめに動くのとは違い、1列まるごと全滅させられる「戦闘機」を誰かが持ち出してくる。そうなることを予見する必要がある。

相手の一歩先を行くために、私は悪いやつらが読むものを読み、テロリストと同じ材料を使って爆発物をつくることにキャリアの多くを費やしてきた。私の仕事は、こうした連中が何をつくり出そうとしているかを理解し、善良な人々がそれを安全に処理できるように手助けすることだ。

といって、この仕事が愚行と無縁というわけではない。扱っている材料が私に対して「務めを果たす」ことがないように、自分のエゴは抑えておく必要がある。ＦＢＩで働きはじめたころ、爆弾技術者向けのトレーニングビデオを同僚の技師と制作したことがある。同僚はのちに、ＦＢＩ

で爆破事件の科学捜査を担当する課全体を率いることになった人物だ。ビデオでは、年少の爆弾犯がよくつくる一般的な爆発物をつくっていった。まず、2リットルのペットボトルに2種類の化学物質を入れる。そこに水を加えると化学反応が始まり、気体が発生してボトルがじょじょに加圧される。最終的には、ボトルを破裂させるほどの気体が発生し、最もよくある用途では、家庭用の郵便受けを吹き飛ばす。

この爆発物の気難しさを知っているだけに、私と同僚は化学物質の量にとても慎重だった。必要最小限の量だけを使い、ボトルのキャップを閉めて待った。そして、待った。やがて、私たちの配合では消極的すぎたことが判明した。その時点で、化学物質の分量を少しずつ増やしていくべきだった。ところが、たぶん私たちはどちらも、反応が起きないことはプロとしての屈辱と考えたのだと思う。

FBIトップの爆弾スペシャリストが、12歳の非行少年少女がつくれる爆弾づくりで失敗するわけにはいかなかった。

読者に爆弾づくりを指南することにならないよう、使用した化学物質の名前は出さないでおく。ただ、ひとつはティンセルに似たものだ。最初の爆弾では、ペットボトルの底にティンセルの小さな山があるだけだった。ところがふたつ目では、まるで誰かがボトルにクリスマスツリーをまるごと詰め込んだようなてんこ盛りになっていた。私はじょうごを手にひざまずき、水を加えた。すると……シューーーーーー！　「やばい」瞬間がすぐそこに迫っていた。

ほんの一瞬、相方と目が合い、ふたり同時に、すぐにその場から離れるのが賢明だと判断した。

立っていた彼のほうが、素早く動くことができた。

　私のほうは片膝をついていたため、あとずさりするのに一瞬長くかかった。その決定的な一瞬のあいだ、混合物はみるみる気体を発生させ、ボトルが揺れて泡立っていた。私が立ち上がると、ボトルが倒れ、口がこちらを向いた。ふたをするチャンスはなかった。おかげでその口は、ボトルが発射体となって30メートル以上も打ち上がる際、熱湯と有害物質を私に降り注ぐ絶好の噴射口になった。

　さいわい、私は安全装備を着けていたし、水をかぶって腐食性の化学物質を洗い流したので、それほどひどい怪我は負わずにすんだ。だが、研究所で最初に私を訓練してくれたＦＢＩ捜査官から伝授された格言のひとつを思い出した。「オオカミと一緒に走るなら、くれぐれもつまずいて転ばないようにすること」これまで一、二度しかつまずいたことがないのは幸運だった。

　悪人どもの多くは、ありがたいことに（彼らにとってはそうではないが）、走りが不器用だ。自分の身を危険にさらすようなぎりぎりの知識しかもち合わせていないために、つまずけばたいてい、目的地に爆弾が到達する前に、衝突物理の厳しい教訓を受ける羽目になる。またはシーザー・セイアクのように、さいわいにも爆弾がそもそも爆発しないこともある。

　２０１８年10月22日月曜日、億万長者ジョージ・ソロス邸の使用人が郵便物を取りにいくと、小包のひとつがどうも妙だった。テープで留められた20センチ×25センチほどの封筒で、少し重みがあった。通常の小包郵便ではない。使用人は機転をきかせ、屋敷から離れた木立にその謎の小包を置いてから警察に通報した。

当局が開封すると、気泡緩衝材に包まれた、ありがたくもない贈り物が見つかった。入っていたのは、15センチほどのパイプと、電池、配線、小さな時計、黒色火薬。

爆弾である。

世界の「ダビデ」たちが、「ゴリアテ」とみなす敵を倒したいときに好んで使う最初の武器だ（旧約聖書「サムエル記」に、羊飼いの少年ダビデが敵軍の巨人兵士ゴリアテを倒すという逸話があり、小さな者・弱者が大きな者・強者を倒す喩えとして使われる）。それは、人類が爆発を伴う化学反応の力を利用することを学んで以来、爆弾攻撃に共通するテーマだ。単独で私的制裁を加えようとする者や、志を同じくする怒れる者たちの小さな集団は、強い力をもち、自分より大きく抑圧的と感じる敵を倒すために、強力な爆発物を使う。

爆弾の送り主を、フロリダ州アヴェンチュラに住む56歳の元ダンサーでピザ配達員のシーザー・セイアクに絞り込むことは、かなり単純な科学捜査だった。ひとつには、セイアクが激しい敵意をあまり隠そうともせず、銃の照準線を当てたマイケル・ムーアやヒラリー・クリントンなど、著名人の大きな顔写真を貼りつけた白いロングバンを乗り回していたことが挙げられる。さらに重要なのは、バラク・オバマ、ジョー・バイデン、クリントン夫妻などの要人宅に送られた爆発物が、受領者の手元で爆発しなかったことだ。

そのため、FBIは十数個の爆発物を回収することができた。しかも、すべて無傷のままで。それは科学捜査情報の貴重な宝庫だ。爆発物がどのようにつくられ、どんな材料が使われ、どのように梱包され、消印が押されたのかを知るのに、ほとんど調査は必要なかった。要は、本人自らFBIを自宅の玄関先まで導くパンくずを残したということだ。

報道によると、セイアクは、標的とした人物数名の名前のスペルをつねに間違えていたという。デビー・ワッサーマン・シュルツ下院議員の苗字「Schultz」を、パイプ爆弾入り小包でも、セイアクのものと思われるアカウントから投稿されたツイッターの暴言でも、「Shultz」と綴《つづ》っていた。同様に、ヒラリー（Hillary）についても、ソーシャルメディア上での罵倒と同氏宛てに送ったパイプ爆弾で、「Hilary」と綴っていた。オバマ氏宛ての小包のなかから見つかったDNAサンプルは、セイアクのものと一致した。また、カリフォルニア州選出のマキシン・ウォーターズ民主党議員宛てに郵送された封筒の指紋は、セイアクが以前逮捕された際に採取された指紋と一致した。比較的、簡単な事件だった。まさに、典型的なドラマ『CSI』ものだ。[2]

だが現実では、典型的な『CSI』ものなどめったにない。

なぜか？ 爆弾はたいてい爆発するからだ。そして爆発すると、簡単に調べられる証拠だらけのきれいな包装は残らない。高性能爆薬がからんだ犯罪の謎を解くのに必要な科学捜査は、テレビ用につくられた捜査シリーズとはまったく違う。

指紋証拠など忘れることだ。そんなものは粉々に吹き飛んでしまう。価値のあるDNAもめったにない。本物の〝爆弾探偵〟として扱わなければならないのは、破片に、すすに、ひしゃげて散らばった金属片、焼け焦げた人間の遺体だ。そこにあるのは大量殺戮《さつりく》と大混乱。そして、物悲

2 セイアクは最終的に、全国の被害者に16個の簡易爆発物を郵送した罪を認めた。これにより、禁固20年の実刑判決を受けている。報道によると、セイアクは自身の行動を、精神疾患とステロイドの過剰使用に原因があるとしている。また、自作の装置は爆弾のように見えるが、爆発させる意図はなかったと主張したという。

しいサイレンや、鳴り響くクラクション、泣き叫ぶ生存者、ディーゼル燃料と腐敗しはじめた遺体が放つ悪臭のなか、するべき仕事は、ある種、不気味ながらくた集め《スカベンジャーハント》により、科学捜査の手掛かりを探し出すことだ。果たすべき使命は、現場を再現するために必要なものを探し、爆発物を再現し、爆弾がどんな見た目だったのか、すべてがばらばらに破壊される前に何が起きたのかを究明し、最終的に悪人に裁きを受けさせ、さらなる攻撃を防ぐことだ。

それが真の爆弾科学捜査だ。地獄に足を踏み入れていくようなものだ。それも、目隠しをしたまま。目の前に何があるかはわからない。道がどこに続いているかもわからない。ただ別の道を探し求め、無駄な憶測をかき分け、科学捜査の手掛かりを見つけながら、じょじょに全容を解明していく。

このプロセスは一朝一夕にはいかない。何週間、何か月、何年もかかることもある。だが、学びのある仕事であり、世界でこれ以上大惨事が起きるのを防ぐための仕事だ。過酷な仕事。ぞっとする仕事。時間がかかり、危険なこともある。そして、文句なく価値のある仕事だ。

第1章 大量破壊兵器の大衆化

ＦＢＩに正式に入局する以前、ニューメキシコ工科大学で化学の研究科学者兼非常勤教授として勤務していたときに、ＦＢＩのためにソコロでフィールド試験を行ったことがある。私たちは、硝酸アンモニウムの使用について詳しく調べていた。これは、当時アメリカとイギリスで大惨事をもたらしていた自動車爆弾の製造に、さまざまな燃料と混ぜて使われていた肥料の一種だ。両国政府はこうした物質について学び、テロリストがこれを使って大量殺戮を起こすのを防ぐ方法を見つけようと躍起になっていた。6年のあいだに私たちのチームは、肥料とさまざまな燃料から約5万8000キロの爆薬をつくった。その間に砂漠にばらまいた古いぽんこつ自動車の数は思い出せないものの、ある試験のことはとくに印象に残っている。

私たちは、トラック爆弾をシミュレートするための最大規模の試験で、約1800キロの硝酸アンモニウムをディーゼル燃料と混ぜてつくったＡＮＦＯ《アンホ》と呼ばれる爆薬を爆発台に積み上げた。ほかのみんなは、掩蔽壕《バンカー》の奥深くに設けられた耐爆構造の観測エリアから、鏡を組み合わせた潜望鏡のようなもので爆発台を見守った。出入り口は爆発台とは逆を向いているため、破片が飛んでくる心配はなかった。季節は春、山岳砂漠のひんやりとした空気が心地よかった。私は野球帽、となりの技術者はつばの広い麦わらのカウボーイハットをかぶっていた。カウントダウンが聞こえたのを憶えている。

「3、2、1……」

一瞬、奇妙な静寂《せいじゃく》に包まれたのと同時に、巨大な火球と爆風が発生した。まるで無声映画の一場面のようだった。やがて衝撃波が私のところにも到達し、2本の巨大な手で前後から同時に強く叩かれたかのように、前を向いていた野球帽のつばが気を付けの姿勢でまっすぐ立ち上がり、顔面を撃たれたあとのダフィー・ダック（アニメ『ルーニー・テューンズ』に登場するカモのキャラクター）のくちばしそっくりになった。同僚のカウボーイハットは吹き飛び、バンカーのいちばん奥まで6メートルも飛んでいった。

だが、管理されたフィールド試験で大規模な爆発の威力を目の当たりにするのと、近年、オクラホマシティの町なかで世界が目撃した恐怖とはかけ離れている。そのとき、この種の大量の爆薬は悪の手中にあった。

オクラホマシティのふだんと変わらぬ、よく晴れたその日、ティモシー・マクヴェイは約2トンの肥料系の爆薬を積んだトラックを走らせ、アルフレッド・P・マラー連邦ビルの前で爆発させた。ほんの一瞬にして、超高温の加圧ガスが壁となってビルに激突し、建物の正面を粉々にした。この圧力の壁は上昇し、重力に逆らって床を（建築士や技術者がプランや設計上、想定しなかった方向に）押し上げた。衝撃波が通り過ぎると、床はほっと胸をなでおろした。ただし、重力に逆らって支えてくれていた構造的支柱はもはやそこにはない。爆発の上向きの力によってばらばらになり、持ち上がった床が戻ってきたときには、もうその重みに耐えることができなかった。床は崩れ落ち、ビルのなかにはぽっかりと巨大な穴があいた。それが、今日よく知られているあの光景だ。

最終的にこの爆発は、９階建てコンクリートビルの3分の1を完全に破壊し、半径16ブロック内の建物３２４棟も損壊させた。死者の数は１６８人、うち15人はマラー託児所にいた子どもたちだった。

湾岸戦争の帰還兵であるマクヴェイは、ウェーコ包囲（１９９３年、宗教セクト「ブランチ・ダビディアン」の施設をアメリカの捜査当局が急襲、包囲し、多数の死者が出た事件）の対応に激怒し、彼が非道と考える連邦政府に対して暴動を扇動したいと考えていた。だから自身の起こした爆破事件は正当な行為なのだと抗弁した。それが爆弾犯のすることだ。現在というものは過去を忘れがちだが、彼らは昔からずっとそうだった。

私たちは、恐ろしい行為はいまここにしかないもの、時代が悪化している兆候だと考えがちだ。昔はシンプルでよかったと過去を美化するのは、人間の本質の一部といっていい。だがティモシー・マクヴェイは、政府に対する激しい憤怒を最も恐ろしい手段で知らしめたアメリカで最初の爆弾犯ではない。また、子どもを巻き込んで死に至らしめたのも彼が初めてではない。

１９２７年、アンドリュー・キーホーは、ミシガン州バスで学校の校舎と管理職らに対して多方面からの攻撃を行った。信頼されている便利屋の立場を利用して、１９２７年春の数か月にわたり、新築されたバス統合学校の校舎の床下スペースに数百キロものダイナマイトとパイロトール（無煙火薬）を詰め込んだ。事件前夜には妻を殺害し、自宅農場のすべての建物に爆弾を仕掛けていた。学年最後の登校日だった5月18日の朝、時限式の起爆装置が3階建て校舎の北側部分の床下に仕掛けた爆薬を起爆した。この爆発により、校舎は崩壊し、小学生38人と大人6人が死亡した。攻撃が計画どおりにいったのは一部にすぎない。キーホーが仕掛けた爆薬の半分は起爆しなかった。のちに警察は、爆薬が隠されていた狭いスペースに体の入る14歳の少年の助けを借りて、220キロを超える爆薬を回収している。

キーホーは残忍な行為の締めくくりとして、自宅の納屋にあったありったけの重金属類と残りのダイナマイト数ケースを自分の車に積み込んだ。そして農場のすべての建物に仕掛けた爆弾を爆発させ、くすぶりつづける学校の残骸へと車を走らせた。

このとき、彼の農場で発生した大火災に対応する消防車が、最後の目的地に向かうキーホーとすれ違っている。キーホーは学校に到着すると、がれきのなかから遺体を引き上げるのを手伝っていた校長を自分の車に呼び寄せた。そして手を伸ばしてライフルを取り出し、ダイナマイトのケースに撃ち込んだ。

その爆発でキーホー本人と校長が死亡した。かくして彼は、アメリカ初の自動車による自爆テロ犯にして、子どもを標的にした最初の自爆テロ犯となった。

キーホーの攻撃は、当時のアメリカ史上最も多くの死傷者を出した爆弾テロ事件だった。その記録は、オクラホマシティの事件まで破られることはなかった。合理的な人々は、そうした悪の根源を理解しようとする。「なぜなのか？」と問う。マクヴェイと同じように、キーホーも政府から不当に扱われていると感じていた。彼の場合は、農場に課せられる税金が増え、郡区書記官への立候補が認められなかったためだ。キーホーやマクヴェイのような物騒な人間は、現実の、あるいは思い込みの不正に激怒し、その不正の加害者があまりに手ごわいと考えたとき、多くの場合、互角に戦う手段として高性能爆薬に頼る。それが爆弾犯と彼らの作戦の本質だ。

オクラホマの爆破事件当時、私はニューメキシコ工科大学のキャンパスでテロ対策シンポジウムに出席していた。爆発物科学と実地試験について学ぶ若きポスドク研究員として、「工科大学」に来て約1年4か月が経っていた。その間に、テロリストの爆発物のレシピを再現し、彼らの製造物について詳細な研究を行うというキャリアをスタートさせていた。工科大学は、爆発物研究を専門とする研究部門（エネルギー物質研究試験センター：ＥＭＲＴＣ）があるという点で特異な存在だった。また同大学には、ニューメキシコ州の砂漠の約１１０平方キロを〝遊び場〟とする、著名な爆発物研究者、科学者、技師の精鋭集団もいた。

１９９５年4月19日の朝、私は工科大学のカンファレンスセンターで開かれたＥＭＲＴＣ主催の火薬産業研究会議に出席していた。会議のテーマは、「テロリストの火薬利用」だった。ＥＭＲＴＣが過去にＦＢＩ、連邦航空局、イギリス政府と共同で研究プログラムを行っていたコネで、講演者の顔ぶれはスターぞろい。いずれも国家レベルのテロ攻撃に対処する人物ばかりだった。

午前8時、最初に行われたのは、１９９３年の世界貿易センタービル爆破事件に関するＦＢＩの概要説明だった。私は半年前に、この事件を捜査したＦＢＩのチームに会ったばかりだった。チームは数年前に大量の硝酸尿素を合成していたが、裁判の進行中は、その試験を行うことを裁判所から禁じられていた。そのため、有罪の評決が出ると、放置しておきたくない５４０キロもの即席爆薬を抱えていたＦＢＩは、すぐにこれを爆破したいと強く望んだ。

それでＥＭＲＴＣにやって来たのだ。

話を半年後の会議に戻そう。爆破事件の科学捜査を担当した捜査官は、捜査の裏話で聴衆の注目を集めた。テロリスト集団はアパートで５００キロの爆薬をつくり、壊滅的な自動車爆弾（トイレットペーパー、硝酸アンモニウム、ニトログリセリンからなるダイナマイトを搭載）を組み立てて、世界貿易センタービル地下2階の駐車場に乗り入れると、20分後に起爆する導火線に点火し、逃走用の車でぎりぎり脱出した。捜査官の説明によると、爆弾はビルの内部に直径55メートルほどの穴をあけ、上下複数階を突き破ったという。捜査官らは、地下の穴を転がり落ちた大量の車の山から、きわめて重要な車両識別番号を含む爆弾車両の「魔法のピース」を見つけた。この識別番号の発見により、ニュージャージー州のレンタカー会社「ライダー」にたどり着いた。そして、事件車両を借りた人物が（トラックが盗まれたと主張して）４００ドルの保証金を何度か取り返そうとしていたとの情報を得た。その人物が3度目にやって来たとき、思いも寄らないものが待ち受けていた。店のカウンターを受けもっていたＦＢＩ捜査官だ。

誰の目から見ても、ＥＭＲＴＣの会議は出だしから大きな可能性を秘めていた。ところが午前

9時2分、時差にして1時間、距離にして1000キロほど離れた場所で、新たな恐怖が幕を開け、アメリカの歴史に刻まれようとしていた。

オクラホマ時間1995年4月19日の午前9時少し前、ちょうどFBIの講演者が登壇しようとしていたそのとき、ティモシー・マクヴェイはオクラホマシティで信号待ちをしていた。信号が青に変わるのを待ちながら、2分で起爆する時限信管に点火した。この信管は、2~3トンの肥料系爆薬入りの55ガロンドラム缶（約208リットル）を何本も積んだ、ライダーのレンタルトラックの荷台に押し込まれていた。信号が青に変わると、彼は車を発進させ、アルフレッド・P・マラー連邦ビルの前に停車し、車を降りて徒歩でその場を立ち去り、逃走用の車に向かった。そして、トラックが爆発した。

言葉のなかには、その意味を定義することが無意味に思えるほど私たちのなかに深く定着しているものもある。「爆発」の概念はとても根源的で基本的なもののように思えるが、化学と物理学が混沌《こんとん》の渦のなかで組み合わさってこの現象を生み出していることはあまり理解されていない。

科学者としての私は、爆発を「物質の体積の急激な膨張」と説明するだろう。作家としては、爆発物の専門家テニー・L・デービスの1940年代の教科書にある言葉に委ねる。いわく、「爆発を定義する必要はないように思える。それがどんなものかは誰でも知っているからだ。大きな音と、それまであった場所からの物体の突然の消失」それ以上のうまい説明はない。

爆発は瞬《またた》きする間もなく起きるが、ここではそれをスロー再生して説明しよう。爆発とは要するに、純然たるエネルギーの移動だ。このエネルギーの源は、急激な燃焼反応である。典型的な爆薬は、固体や液体が1000分の1秒で超高温の気体に変わる。ざっと見積もって、1グラムの爆薬が爆発すると1リットルの気体が発生する。つまり、ショットグラス1杯分の爆薬で26リットル以上の気体が発生するということだ。ティモシー・マクヴェイの爆弾は、7560万リットル（オリンピックサイズのプールほぼ20杯分）の気体を近隣に放出した。

閉じ込められた気体を熱すると圧力が上昇する（スプレー缶を火に投げ入れる行為があまり推奨されないのはこのため）。オクラホマシティの事件では、数トンの肥料系爆薬が、多数の55ガロンドラム缶に入った個体粒子から、数千度の温度に達して、気体生成物へと姿を変えた。この気体は、約9万5000気圧の圧力を発生させた。そして周囲に対して激しく膨張し、近くにあるものすべてをずたずたに引き裂いた。ドラム缶は小さなプラスチック片になり、一部は90メートル離れた建物の屋上で見つかっている。爆弾を積んでいたトラックもばらばらになり、重要な識別番号が刻印された後軸は、爆心地から2ブロック離れた場所で発見された。爆発でばらばらになって飛散した物体は、破片《フラグメンテーション》、または簡単に「フラグ」と呼ばれる。

私たちを取り巻く空気に壊滅的な力があるかもしれないと考えるのは難しい。だが、ハリケーンや竜巻は、移動する空気がしかるべき推進力を与えられたときに発揮する力を明確に示している。そんな竜巻の威力も、爆発の威力に比べればかすんでしまう。オクラホマシティの爆弾の爆発で発生した膨張する気体は、周囲の大気に衝突すると、空気を圧縮し、凝縮された空気の塊を目に見えない津波のように外側へと送り出した。衝撃波と呼ばれるこの圧縮された空気の脈動は、爆風と呼ばれる効果を生み出す。

衝撃波は、爆心に近ければ近いほど強力になる。実際の爆薬が容器と接触する場所では、爆薬の表面で発生した圧力が、1平方インチあたり数千ポンド（psi）に達することもある。ちなみに、海面における地球の大気圧は約14・7psi（1気圧）だ。圧力の脈動はとてつもない破壊力を発揮する。300psiでは、爆弾が隣接する地面に穴があき、クレーターができる。100psiでは、人を死に至らしめるほどのダメージを肺に与える。1psiでは、ほとんどの人が転倒する。たとえば1psiでは、一般的な120センチ×180センチのダイニングテーブルに約1600キロの力がかかる。平均的な男性（体表面積が2平方メートル弱）の場合、かかる力はおよそ640キロになる。

オクラホマシティの爆弾は、爆心地からフットボール競技場2面分以上も離れた場所で、1psiの圧力を発生させた。マラー連邦ビルの、爆弾から4・6メートル以内の範囲には、9600psi程度の圧力が生じた。一般的な構造であれば、10〜12psiの圧力がかかれば、ほとんどの建物は全壊する。

爆発の殺傷力は、その三大作用である、爆風、破片、熱パルスによるものだ。爆風は至近距離では壊滅的なダメージを与えるが、距離が離れると急速に威力を失う。爆薬の熱パルスは長くは続かず、爆発の近くでしか感じられない。爆弾の真の殺傷力は破片にこそある。爆弾の近くから加速されて飛散する物体は、最も遠くの人を殺傷する最大の可能性を秘めている。爆弾に直面することは、散弾銃の銃口をのぞき込むようなものだ。

オクラホマシティのトラック爆弾で発生した爆風、熱作用、大量の破片は、何ブロックにもわたって破壊をもたらすこととなった。

その運命の日、EMRTCの会議では、第一線で活躍する爆弾の専門家がおおぜい集まるなか、爆発からわずか数分後にポケベルが鳴りはじめ、何か大きなことが起きたのが明らかとなった。2時間のうちに、専門家らはぞくぞくとビルを出ていった。決然と、急いで仕事に取りかかるために。そのわずか5年後、同様の残虐行為が発生し、犯罪者たちを裁きにかけるために私自身も招集されることになるとは、そのときには知る由もなかった。

その5年のあいだに私は、特殊な爆発物の研究範囲を広げた。数々の政府機関から「頼られる」科学者となり、例の硝酸アンモニウムを使ったものなど、世界中のテロリストがつくり出すさまざまな爆薬の製造と研究をたびたび依頼されるようになった。年月を経るごとに、さまざまな組織のためにつくる危険な物質はますます増えていった。その結果、一部では「爆発物の第一人者」と呼ばれるようになった。

硝酸アンモニウムを潜在的脅威から除外したと言えたらいいのだが、残念ながら、それはできていない。本書を書いている時点で、ペンシルヴェニア州の物騒な男が、この肥料を部分的に使った手製の自動車爆弾で、自分自身と息子と友人を吹き飛ばした。またアフガニスタンの戦場では、硝酸アンモニウムが依然として主要な役割を果たしている。とはいえ、オクラホマシティの事件を受けた社会の認識のおかげで、販売者から疑われずにビルを破壊するほど大量に購入するのは難しくなっている。そして、トン単位で買おうとすれば、人々を驚かせることに（さらには、当局の関心を引くことに）なるだろう。

第2章　ママのキッチンで爆弾をつくろう

悪意のある者にとって爆発物の大きな魅力（そして明らかな危険性）のひとつは、自分でつくれることだ。実際、『インスパイア』でとくに人気の高い特集のひとつは、「ママのキッチンで爆弾をつくろう」だ。

キャッチーな見出しだが、この危険な料理パーティーに参加したテロリストは、アルカイダ信奉者が初めてというわけではない。カウンターカルチャーのアイコン、ウィリアム・パウエルは、1971年に『*The Anarchist Cookbook*（アナーキスト・クックブック）』（未邦訳）を出版し、パーティーに爆弾レシピを（向精神作用のある幻覚剤のレシピ2、3とともに）もち込んだ。本にはお約束どおり、大惨事のレシピが満載だった。

その最初のレシピ本が出版されたとき私はまだ6歳だったが、いわゆる「キッチンシンク爆弾」の分析を始めたのは、頭のおかしな連中がネット上でそれを話題にするようになるずっと以前のことだ。私がニューメキシコ工科大学エネルギー物質研究試験センターの若き研究科学者だったころ、連邦航空局がアナーキスト文献に載っている特殊な爆薬の脅威について知識を求めていた。当時、多くの人がその能力について推測していたが、本当に理解するための手掛かりを与えてくれる科学はほとんど存在しなかった。

そんな折、戸棚や押し入れに並んでいる過酸化水素やシンナーなど、簡単に手に入るごく普通の家庭用薬品が、TATP（過酸化アセトン）などの爆薬づくりに使われ、甚大な被害をもたらす可能性があることを私が実証するのに、それほど時間はかからなかった。そのころ、パレスチナの過激派もTATPを使った実験を始めていた。彼らは、この爆薬が非常に破壊的で不安定であること（よって、殺人者予備軍が悪行を働く前に本人を殺してしまうこともちょくちょくあること）に気づき、これを「悪魔の母《マザー・オブ・サタン》」と名づけた。ありがたいことに、私のTATP体験は、化学的に未熟なテロリストほどドラマチックなものではなかった。

さいわいにして（相対的に言えばの話だが）、世界の手づくり爆弾職人のほとんどは、それほど多くの人の人生をめちゃくちゃにする前に、自分自身を吹き飛ばしている。それは、彼らが危険を引き起こすだけの知識しかもち合わせていないからだ。たとえば、ベンジャミン・モローを見てみればいい。ウィスコンシン州ビーヴァーダムに住む28歳のモローは、中サイズの瓶13本に入ったさまざまな状態のTATPがキッチンのそこらへんにあっても大丈夫だろうと考え、自宅のコンロで得体のしれない混合火薬を〝調理〟しようとした。そして本人の意図とは関係なく、爆弾づくりに成功し……2018年3月5日、うっかりそれを爆発させ、コンロで自爆した。崩れた天井の大量のがれきと不安定な物質がいっしょくたになって埋め尽くした現場は、当局が安全に残骸を除去することができずに、その場所を10日後に焼き払うしかなかった。ここでの教訓は、不安定な物質をもてあそぶ自信過剰な人間は、ときとして自分を吹き飛ばすか、少なくとも自分の一部を吹き飛ばす場合もあるということだ。

以前、めずらしくオフィスで静かなひとときを味わっていたときのこと。経験上、そんな時間はそう長くは続かないと知っていたが、案の定、ＦＢＩの爆弾技術者から電話があった。右手の指3本がない状態で病院の緊急治療室に現れた紳士の自宅にいると知らせるためだった。その身体的状態に医師が関心をもち、患者がどういった経緯でその部位を失うことになったのか質問攻めにする結果となった。

爆発が人体に及ぼす影響は独特だ。たとえば、芝刈り機などの刃の付いた機器で指を失うのは、爆風圧で文字どおり指が手から引きちぎられるのとは異なる。男は、命を落としかけた爆風圧より若干小さな圧をかけられ、母親のキッチンで爆薬の実験をしていて、想定外のエネルギー事象が発生したことを認めた（驚くまでもなく、男にとって爆発事故はこれが初めてではなかった。その数年前、別の軽めの爆発実験で指何本かの一部を失っており、そのときは、ミキサーのような無害な家電が暴走した結果だと医師を納得させることができた）。

男にとっては不運なことに、事故現場に残してきた指は再接着することができなかった。彼の兄弟たちが、キッチンの惨状に母親が激怒すると考え、飛び散った血と〝肉〟を丹念に掃除していたからだ。彼らはその指を、再接着手術の希望とともにトイレに流してしまった。

一方、調合に成功したとしても、その後の展開はかならずといっていいほど私が予想もしなかった方向に進んでいく。

それが、ヘキサメチレントリペルオキシドジアミン、単にHMTDとも呼ばれる非常に不安定な爆薬の製造に成功した駆け出しの爆弾魔（「ホーマー」と呼ぶことにしよう）のケースだ。HMTDはTATPの化学的な〝いとこ〟で、同じ特性をもち、ほとんどなんの前触れもなく爆発することから、製造するのはきわめて危険だ。

ホーマーはその製造に成功しただけではない。自宅の隠し場所に保管し、独創的な使い道を思いつくのを待っていた。で、どこに隠したのか？　爆薬の製造者なら誰もが犯行の証拠を保管しそうな場所。ビール用冷蔵庫だ。

5月5日、ホーマーは、無造作に家に置いてあったもうひとつの反応混合物、テルミットで実験することを思い立った。私がその日を憶えているのは、シンコ・デ・マヨ（1862年にメキシコ軍がナポレオン率いるフランス軍に勝利したことを祝うメキシコの祝日）にまつわる伝統的な祝賀行事や酒宴が、その後の一連の出来事を暗示しているからだ。その出来事のせいで現地の爆弾処理班は、発見した惨状の後始末について、私に電話で助言を求める羽目になった。もしホーマーがテルミットだけにとどめていれば、平穏無事な1日だっただろう。アルミニウム粉末と酸化鉄からなるテルミットは、爆発しない。白熱燃焼し、火山噴火のように金属を次々と吐き出して溶けた鉄となり、接触したあらゆるものを溶かす。皮肉にも、テルミットは燃焼させるのが難しい。だが、いったん燃えはじめると、消すことができない。水をかければ、超高温の蒸気と白熱した鉄が飛びかかってくる。砂をかぶせても、混ざった酸素が火を燃やしつづけるだけで、なんの効果もない。

さまざまな方法でテルミットを燃やそうとしていたホーマーには、さび色の粉の山だけが残り、その上では、すでに火をつけたものがくすぶっていた。その燃えている物質はテルミットに火をおこすほどではなかったが、それでもかなり熱をもっていた。

最終的にホーマーは、ビール用冷蔵庫のなかのHMTDが輝くチャンスを待っていることを思い出した。その時がやって来たのだ。ショットグラス1杯分のHMTDには、爆発時にダイニングテーブルに穴をあけるのに十分なエネルギーがある。ホーマーには、広口瓶をある程度満たすだけの量があった。

HMTDを爆発させるのに、熱はほとんど必要ない。ホーマーは、テルミットの上にHMTDをかけて火をつければ、きっとテルミットも燃えると考えた。そこで、発火させるのに失敗してまだくすぶっているテルミットにHMTDを手でふりかけた。そしてHMTDはその高温の化学物質に触れたとたんに爆発し、ホーマーの手を吹き飛ばした。

通常、私が呼ばれるのは、誰かがHMTDをつくろうとして自分の手を吹き飛ばしたあとのことだ。HMTDで火をつけようとした人間にはお目にかかったことがなかった。そんなことをするのは、ダイナマイトで葉巻に火をつけるようなものだ。

〝早すぎる〟爆発が起きた場合、私たちは駆け出しの化学者が破壊を行ったあとに出向き、惨状の後始末をする。だがときには、彼らが他人を吹き飛ばす前に後始末をしなければならないこともある。

数年前、カリフォルニア州カシードラルシティから、ある若者についての電話を受けた。その若者は薬物の強い影響下にあり、何かに追われていると思い込むようになった。何に追われているかはわからないが、人間ではない何か、間違いなく邪悪な何かだという……。本当のところは私たちにはわからないし、きっとそれはどうでもいいことなのだろう。爆弾処理班が彼のトレーラーハウスに入ったところ、彼が閃光粉《せんこうふん》（非常にデリケートな物質）をつくって家じゅうにまき散らし、5センチもの層ができていた。その範囲は、キッチンじゅうの床と、毛足の長い絨毯《じゅうたん》敷きの廊下いっぱい、そして寝室、ベッドカバー全体に及んでいた。

計画では、その邪悪な何かが襲いに来たら、『ルーニー・テューンズ』のワイリー・コヨーテよろしくマッチで粉に火をつけ、アニメのように窓から飛び出す予定だったようだ。ただし、保証してもいい。閃光粉に火を落としたら、窓から飛び出すのではない。窓から吹き飛ばされるのだ。

警察は、当の本人をどうにか逮捕し、破壊装置（パイプ爆弾）と、破壊装置製造のための材料を所持していた疑いで起訴した。男は最終的に9つの重罪について罪を認め、少なくとも当面のあいだは、それ以上のトラブルは起こせなくなった。だが、問題が残った。時限爆弾のようなトレーラーハウスをどうするのか？　公安当局は、最初に現場検証をしたあと、再度足を踏み入れるのは危険すぎると判断した。トレーラーハウスを牽引《けんいん》して撤去するのは、爆弾を積んで幹線道路を走るようなものだ。

私が呼ばれたのは、たとえて言うなら、この状況を打開《ディフューズ》するためだ（「defuse」は「爆弾から信管を取りのぞく」という意味）。私は頭のなかで選択肢を検討していった。消防士が使うようなゲルや泡は、すべて閃光粉と反応する。使えば予測が立たず、いつ爆発するかもわからないので危険だ。水は、すばらしい解決策になることが多い（だが、かならずというわけではない）。[3] すべての窓に消火ホースを通して家じゅうを水浸しにすれば、差し当たってのリスクはなくなる。とはいえ、この種の有害物質を芝生に排出することは、カリフォルニア州ではおおいにひんしゅくを買う（しかも、完全に違法）。となると、残る選択肢はひとつ。トレーラーハウス全体を不燃性の防護壁で慎重に囲み、専門家の手で全焼させることだ。

もちろん、自分の隣人が破壊行為を起こそうとしている頭のおかしな〝粉屋〟かもしれないと知ったら、不安にきまっている。当然のことだ。それに、そういう悪人がとんでもない量の不審な物質を、警戒もされず、邪魔されたり、少なくとも当局に通報されたりすることもなく、簡単に手に入れられることも不安だ。

たとえば、バックパック爆弾をつくり、ロンドン地下鉄の列車3本と2階建てバスで爆発させ、死者52人、負傷者700人を出したイギリスのテロリストは、地元の美容品店で過酸化水素を何度も買い占めているが、誰も理由を訊かなかった。ニューヨーク市の地下鉄網の爆破を企てたナジブラ・ザジは、髪のブリーチ剤を12本も購入した。ドラッグストアの店員にそんなにたくさんどうするのかと訊かれても、ガールフレンドがおおぜいいると答えただけだった。ベルギーで3件の連続自爆テロを起こしたブリュッセルの爆弾犯らの隣人たちは、犯人が45キロを超えるTATPを製造していたとき、彼らのアパートの部屋から強烈な薬品臭がするのに気づいてい

3　水と爆薬に関する豆知識。実際、化学結合によっては、ふだんは機嫌よくじっとしていても、水滴（H_2O）に触れると、黒色火薬の入ったドラム缶にマッチを落としたかのように反応するものもある。

た。だが誰も何も言わなかった。

しかし、関係者が当局に安全かつ迅速に通報する簡単な方法がある。ＦＢＩには、爆弾製造者が欲しがる化学薬品の販売店を教育するための万全な支援プログラムとトレーニングプログラムが用意されている。私はその多くの設計に携わった。そしてＦＢＩには、物品の不審な購入や活動に遭遇した場合に通報できる特別なホットラインも設置されている。ニューヨークの地下鉄の標語にあるように、不審なものを見たら（あるいは、においを感じたら）、知らせよう。

とはいえ、変化の激しいこの環境では、支援活動はつねに課題となっている。ホームセンターや、大型アウトレット、美容品店で働く人は全国に何千人もいる。そして人の入れ替わりも激しいのが実情だ。

第3章 時限爆弾への怒り

その車は場違いだった。それが、私が市街地で見た最大規模の爆弾の爆発現場において、広範囲に散った残骸のなかで目を引いた点だ。これは私が初めて経験した大きな自動車爆弾事件のひとつだった。というより、複数の爆弾事件と言うべきか。件の車は、インドネシアのバリ島で発生した前代未聞の爆弾テロ作戦が残した壊滅的被害の一部だった。その作戦とは、混雑するナイトクラブを破壊して202人を死亡させた自動車爆弾、近くのバーに仕掛けたふたつ目の爆弾、そしてアメリカ領事館付近で爆発した即席爆発装置（IED）と呼ばれる手製爆弾を含むものだった。

私の仕事にはふたつのミッションがあり、それには見つけられるかぎりの証拠を集める必要がある。その集めた証拠をもとに、化学者は、爆弾にどんな爆薬が使われていたかを突き止め、次に、爆弾がどういう構成で、どのように機能したかを突き止める。ほかの多くの犯罪では、証拠をつなぎ合わせるのはかなり初歩的なことだ。死体、確認。薬莢《やっきょう》、確認。結論――この男性は撃たれたものと思われる。まあ、そこまで単純ではないかもしれないが、私の言いたいことはおわかりいただけるだろう。一般的な爆破事件では、全容を理路整然と把握するのに時間がかかる場合がある。ものごとは、最初の見た目どおりとはいかないことが多い。

決定的な証拠を見つけるのに何日もかかるのはざらにあることだ。爆弾が大きければ大きいほど、物は遠くまで飛び、証拠探しにかかる時間も長くなる。バリで起きたのは、ただの爆破事件ではない。自爆テロから通りを隔てて大規模な自動車爆弾が爆発し、3つ目の爆弾は数キロ離れた場所で爆発した。どれも、細部まで慎重に注意を払う必要がある。それだけでも十分複雑なうえに、到着してみると、オーストラリアから呼ばれた爆弾専門家がある証拠を発見し、まだ確定していない第4の爆弾攻撃があったと考えていることを同僚から聞かされた。表向き、私はただうなずき、相棒のマークのほうを見やった。マークは今回の派遣チームの科学調査のリーダーであり、経験豊富な爆弾技術者で科学調査官だった。

私たちはチームで出動するのが常で、この捜索ではマーク・ウィットワースと私がペアを組んだ。私をニューメキシコ工科大学時代から知るマークは、それまで一緒に仕事をしたなかで最高の科学調査官のひとりだった。どんなときも常識をもち合わせた真の南部紳士で、そんな彼とペアを組んだのは運がよかった。私はのちに主任爆発物科学者となり、マークは爆発物課全体のチーフになった。もし彼が本を書いたら、2冊買ってほしい。

この事件現場までの道のりは、それだけで1章を書けるほどだが、とりあえずはこれだけ言っておけば十分だろう。ここまでのところ私たちは、現地での連絡先も到着した際の行動計画もないまま派遣され、33時間かけて移動し、ビザなしで到着後、賄賂を使って入国せざるをえない状況をみごとに回避し、あとは自力でやってくれと放置された。ちなみにその自力には、マークの場合、旅の影響でタイミング悪く鼻血が出たところに、現場の警備にあたっていた地元警察から誤って押しのけられ、流れる血を止めるために、アスピリンの瓶に入っていた綿を鼻に詰めることもそのひとつだった。第4の爆弾のことを聞かされたとき、彼が何を考えていたかはわからないが、私は「いよいよおもしろがっていられる状況ではなくなってきた」という思いで頭がいっぱいだった。

ふたりでその謎の車を見に行く準備をしていたとき、私たちはようやくオーストラリアの同業者と対面した。まず私が紹介された。すると、若いオーストラリアの爆弾技術者のひとりが「イェーガー博士？　あのイェーガー博士ですか？　おうわさはかねがね」と応じた。私は微笑み返し、握手をしながら「またか」と思っていた。

正直なところ、たびたび受けるこの手の歓迎は気恥ずかしい。私は爆弾技術者向けの論文をたくさん書いていて、彼らはそこから教えを受けてキャリアを積んできた。そして私に会うときまって驚き、ふたつの反応のどちらかを示す。

その1。「思っていた方と違いますね」どう受け取っていいのかよくわからない。

その2。「あなたは伝説《レジェンド》ですよ」ますます困惑させられる。私のお決まりの返しは、「大丈夫、実物のほうがずっと印象の薄い男ですから」だ。そうした感嘆の声を浴びる場には同僚が居合わせることが多く、おかげで、おもしろがってしょっちゅうネタにされている。ところが、前に聞いた別のバージョンはどんぴしゃだった。何年か前、ある若い爆弾技術者が私に紹介されたとき、

「例の目」になり、「すげえ、都市伝説だ」と口走ったのだ。それなら認めてもいい。

他人が私に抱くこうした歪んだ見方のせいで、たとえば私が荒唐無稽な推測をしても、絶対的真実のように受け取られてしまう。自分のチームとなら、爆弾事件に関する仮説を軽々しくやりとりすることもできる。だが、私の言うことをすべて深遠なものとして受け止める人が相手では、それはできない。

オーストラリアの同業者との挨拶に話を戻そう。私は自分が「あのイェーガー博士」であることを認めた。一方マークは、派手な鳴り物なしで自己紹介することになった。[4]

第4の爆弾があったとされている現場で、オーストラリアの若いほうの爆弾技術者は、私たちを前にして畏《かしこ》まっている感じだったが、年上のほうはもっと懐疑的なようすだった。古参の爆弾専門家が顔を合わせると、リングに上がったファイターのように、相手のまわりをぐるぐる回りながら互いに品定めするようなところがある。彼は学校の教師のように私たちを見据え、通りの向こうの破壊されたバーと崩壊したナイトクラブを示しながら言った。「で、ここで何が起きたと思う?」それは試験だった。私は考え込む顔をして、思わせぶりに少し眉をひそめ、腕を大きく広げて、大げさに概要を披露した。

「私の考えでは、ここで起きたのは、自爆テロ犯がそこのバーに入り、ふたつの目的で爆弾を爆発させたということ。まず、できるだけ多くの客を死なせたかった。次に、生存者を通りに追い

4　翌日、オーストラリア連邦警察の化学者が同じように「あのイェーガー博士!」と挨拶してくると、マークは自己紹介で「私のことは聞いたことがないでしょう」と付けくわえた。さすがの切れ者。

立てて、ふたつ目の、もっと大きな自動車爆弾の殺戮ゾーンに追い込みたかった」

私の予感は的中し、年配の爆弾技術者がかすかに微笑んで言った。「けっこう。最初の試験は合格だ。卑劣なクソ野郎みたいな思考ができるんだな。さて、ふたりに見せたいものがある」

自動車爆弾の攻撃があった現場から100メートル足らずの場所で、彼らは自分たちが「発見」した車を誇らしげに私たちに見せた。車は破壊され、真ん中がずたずたになっていた。それ自体は、そう奇妙なことではない。だが奇妙なのは、通りに駐車されていたその車は、前後にも車が停まっていたのに、まわりの比較的まともなどの車よりもはるかに打ちのめされ、大破していたことだ。爆発物はおかしなことをする場合もあるが、化学と物理の法則を破ることはできない。爆弾からの距離が増すほど、爆弾が物に与える損傷は減少する。この車は不可解だった。

現場の調査支援のために派遣されたオーストラリアの爆弾技術者たちは、まだ見つかっていない爆弾がその車を損傷させたと確信していた。私はそうは思わなかった。だがこの種の調査では比較的経験が浅かったので、科学者のほうが現場を的確に分析できるかもしれないことを、ベテランの技術者ふたりに納得させる必要があった[5]。

私はその時点で、世界中の爆弾技術者向けに多くの技術資料を書いていたため、この分野ではいくらか尊敬を集めていた。それでも、技術者に面と向かって見立て違いだと告げるほどの尊敬を集めているとは思わなかった。しかし爆弾技術者は、爆発物の物理的影響に興味を引かれる。

5　オーストラリアの技術者たちがその現場にいたのは、バリ島がオーストラリア人にとって人気の南国リゾートだからだ。彼らはこの攻撃で88人の同胞を失った。ＦＢＩは彼らと地元警察を支援するために派遣された。

だから、謎の車の具体的な影響をここで指摘しはじめれば、ふたりが正しい方向に進むとわかっていた。

この場合、マークも私も、車の損傷のパターンに気づいていた。爆弾が車内に仕掛けられていなかったのは明らかだった。車内にあれば、爆弾の威力ですべての物が外側に押し出される。謎の車の損傷はすべて外側から内側へのものだ。爆風は外から襲ってきた。もし爆弾が車外で爆発したのなら、別の車の車内にあったか、爆弾犯が外に置いたかだ。また問題の車は、簡単に持ち運べる爆弾で損傷したにしてはダメージが激しすぎる。そして、私が目にした光景を生み出すほどの大きな別の自動車爆弾があった形跡は見られなかった。

マークと私は別々に現場を評価してから簡単に協議を行い、意見の一致を確認した。オーストラリアのふたりには私が知られた存在だったので、こちらの気づいた点を私が案内することになった。ふたりを連れて車のまわりを1周し、私が気づいた破片の衝突跡を見せた。車体の両側には、助手席側と運転席側のドアとルーフに沿って走る、くっきりとした溝ができていた。破片が車の両側と上部に当たり、そのまま全長にわたって跡を残したものだ。その溝は、この車が爆弾と向かい合っていたことを示していた。また、破片が車体の両側に均等に当たるには、爆弾は十分離れた位置に仕掛けられていなければならない。車自体の損傷は納得がいく。釈然としないのは、車の周辺にあるすべての物に損傷がないことだ。

私はある仮説を思いつき、これを「神の手」効果と名づけた。この場合、「オッカムの剃刀」(シンプルを優先させる原理。ふたつの競合する理論のうち、シンプルな説明のほうが望ましいということ）を純粋に応用したものだ。その車は、一方では、まだ発見されていない爆弾にさらされた可能性がある。それには、クレーターができず、爆心地の痕跡を残さず、爆弾はその車の前に仕掛けられたが、となりの車にはダメージを与えない、かなり大きな爆発が必要になる。一方、その車はもともと大規模な自動車爆弾の後方にあったが、爆発の結果、空中に投げ出され、2台の車のあいだに着地した可能性もある。まるで神の手によってもち上げられ、爆弾調査の専門家を困惑させる完璧な場所に置かれたかのように。

そのときオーストラリアの技術者たちと私は車の損傷の原因について頭をひねっていたのだが、自分たちが奇妙な事件のほんの一部を論じているにすぎないことにまだ気づいていなかった。

バリ島のテロは、現地のアイリッシュパブ「パディーズ・パブ」から始まった。パディーズで何が起きたのかは、証言に食い違いがあり、整合させることは不可能だった。確かなことはひとつだけ。爆弾がバーの店内で爆発したということだ。

パディーズは店内のレイアウトが独特で、中央に四角いバーカウンターが置かれていた。そのカウンターは、天窓のような開口部の下に位置していた。爆弾が爆発し、大混乱へとつながる一連の出来事を引き起こしたとき、店は客であふれ返っていた。爆弾の近くにいた客は吹き飛ばされ、破片を浴びた。爆風は酒びんを粉々に砕き、飛び散る破片が火をつけた。そしてバーの上部の開口部が巨大な煙突のような役目を果たして猛火を引き起こし、のちの証拠収集をいっそう困難なものにした。バーカウンターの裏にいて最初の爆発から多少守られ助かった人々が通りにあふれ出ると、その直後、さらに大きな自動車爆弾が爆発した。

通常の爆破現場では、私は計画的に作業を進め、がれきのなかを入念に調べて爆弾の破片を集め、分析する。だがここで私たちのチームが受けもつのは、被害エリアが重なる2か所の爆破現場だ。そうしたケースでは従来、証拠品の回収は、ふたりのリーダーが率いる別のチームが並行して行う。だが、ここは自分の国ではないし、私はリーダーでもなく、ただ流れに身を任せて、できるかぎりの支援を申し出ることしかできなかった。

最初の数日間、マークと私はほぼ証拠品の選別に終始した。私たちの仕事は、現場を調査し、起きたと考えられることを評価し、オーストラリアの専門家と話し合って、双方が合意する結論を出すことだった。

この事件の背景に潜む残された謎のひとつは、パディーズで発生した一連の出来事だ。目撃者の証言はそもそも信頼できない可能性がある。しかも爆発のようなショッキングな出来事の場合、証言はさらに曖昧になる。「大きな爆発だったか、小さな爆発だったか」といった単純な質問でさえ、不可解な解釈が出てくる。たとえば、立てこもった被疑者を驚かせて混乱させるためにSWATチームが使う閃光弾には、火薬が90グラムも含まれていない。至近距離であれば、それほどの少量でも、感覚を混乱させるのには十分だ。被害者が爆発の大きさを判断することなど、できるわけがない。

パディーズで起きたことをめぐっては、相反する証言があふれていた。正体不明の攻撃者がパディーズの外にスクーターを停め、窓からバッグを投げ入れたという証言があった。別の目撃者は、床に置かれた奇妙な小包が爆発したというシナリオを語った。さらには、ふらりと歩いて通りに入ってきた者が自爆テロ犯だったと断定する目撃者もいた。技術アドバイザーとしての私の仕事は、ひとつずつ謎にあたり、可能性を絞り込むためにどんな分析ができるかを見極めることだった。

難問を解決するには、既成概念にとらわれずに考えなければならないときもある。パディーズ・パブの場合、それは、現代の爆弾科学捜査に旧式の戦術をもち込むことだった。そのためには、たくさんのひもと、テープと、棒、そして原始的な科学調査を高度な分析として売り込むだけの虚勢が必要となる。

バリ島のような現場は汚れるし、不快なこともある。爆弾が破壊したものをふるいにかけるということは、人の遺体をより分けるということだ。[6] 爆弾は人々を引き裂く。破片を生み出し、それが肉を裂き、いたるところに血を飛び散らせる。爆破の現場は人の小片だらけだ。ブーツやズボン、シャツ、自分の体にそれを触れさせずにおくことはできない。タイベック素材の上着を着てなるべく露出は抑えていても、世界は鋭い縁やとがった物であふれている。爆破現場は、確実にそうした物が大多数を占めている。

爆発の現場を何度か経験してから、私はズボンとブーツは1組しか使わないことを学んだ。現

6　職業上、おそらく多くの化学物質にさらされてきた影響で、私は嗅覚を少し失っている。おかげで、それほど気にならないときもある。

場での長い1日が終わるころには、汗まみれのズボンは汚れと微小な肉片まみれになっている。毎晩、私はホテルに戻ると、部屋の外でブーツを脱いだ。そして部屋に入り、ブーツをバルコニーに置いて死臭を消した。次にズボンを脱ぎ、それも外に出した。1日過ぎるごとに、ブーツにもズボンにも汚染物質がたまり、小さな肉片とべとべとしたものが少しずつ腐敗していった。その少しごわつき、ひどく汚れたズボンと腐敗臭のするブーツをはいて、また長い1日を現場で過ごすことが、この仕事の最もつらい部分だと感じる日もあった。

毎日、FBIの司法担当官補《アシスタント・リーガル・アタッシェ》（ALAT）[7]のひとりが私たちを現場の周辺まで送ってくれた。爆心地に通じるバリの通りにはシーツが並べられ、そこに希望や怒り、悲しみ、癒《い》やしのメッセージが書き込まれていた。シーツのメッセージは、日ごとに増えていった。現場一帯は車両の通行が禁止されていたので、私たちは数ブロックを歩いて爆破現場に向かった。バリに暮らす人の約半分は、原動機付き自転車かスクーターに乗っている。残り半分は小型車だ。バイクも車も入り交じり、クラクションの音とエンジン音のテンポに導かれて、複雑なダンスを織りなす。路上は騒々しい。

非常線テープのなかに入っていくということは、往来から離れていくということだ。1歩歩く

7　FBIは、リーガル・アタッシェ（司法担当官）と呼ばれる職員を世界中の大使館に配置している。彼らを助けているのがALAT。小さな国では、ALATがその地域のFBIの正式な代表となり、現地の法執行機関との連絡業務にあたる。司法担当官とALATはFBIが外国にもつ最も貴重な資産であり、このプログラムはいくら称賛してもし足りないほどだ。バリのALATは、私たちを必要な場所へたびたび送り届けてくれ、自由に仕事ができるように現地の政界にお膳立てしてくれた。

ごとに、行き交うバイクや車の音が背景へと退いていくのがわかる。

やがて、騒音は完全に消えた。爆発のあった場所に近づくころには、風のない空気が静寂をたたえていた。それほどひっそり静まり返った事件現場は初めてだった。その感覚は畏敬の念に近いものだった。

現場の管理エリア周辺は、人々が死者を悼むために花や宗教的な捧げものを持参して立ち入ることが許されていた。熱帯の葉で編んだ小さな籠が歩道の縁石に散乱していた。焚《た》かれた線香が、花の香りに混じって甘いにおいを漂わせていた。バリは熱帯の島だ。暑くて湿度が高い。そよとも風の吹かない空気がにおいをとらえ、私の顔や鼻に押しつけてくるようだった。

線香と花だけだったとしたら、思い出はもっとずっと穏やかなものだっただろう。だが、爆弾の現場は死を伴う。パディーズ・パブのいたるところに飛び散った肉と血は、腐敗臭と火災の影響をとどめていた。たき火の残り香と車にひかれた動物の死体のにおいが合わさったと言えば、ほぼ的確な表現になる。その光景とにおいは、一生私のなかに残りつづけるだろう。

パディーズ・パブでマークと私は、爆発が起きた中心地点を解明することが何より重要だと判断した。数々の証言のうち、どれが最も信頼できそうかを見極めるうえで、それが最初の手掛かりになる。すぐにいくつかのことが浮かび上がってきた。天井に大量の内臓と血がついていた。爆破現場を嫌というほど見てきた経験上、天井にその跡を残した人物がばらばらに吹き飛ばされたことは明らかだった。とはいえ、それは爆弾を身につけていた誰かによるものかもしれない

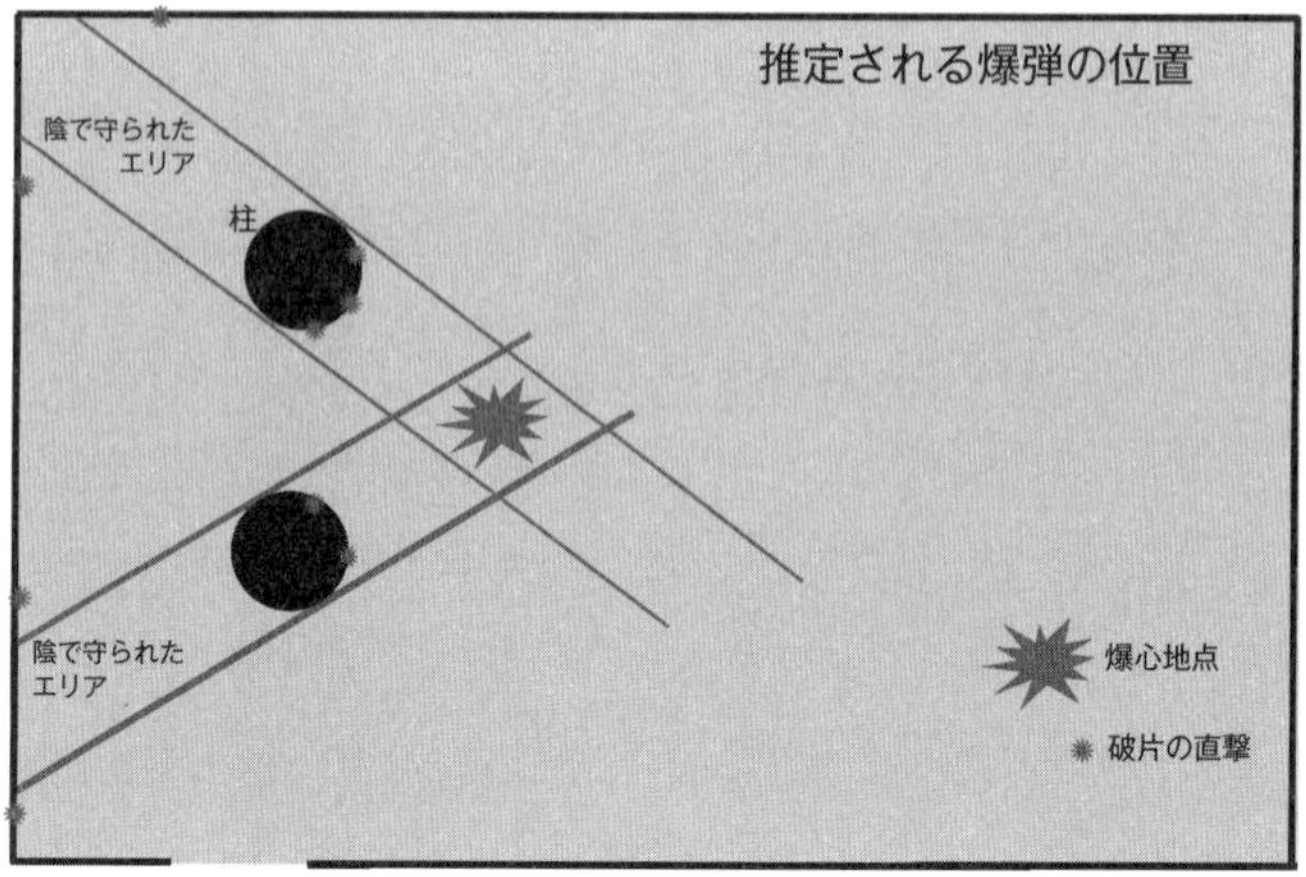

し、窓から投げ込まれた小包が膝に落ちてきたかわいそうな人によるものかもしれない。[8]

フロア全体をくまなく調べたが、クレーターができた痕跡はひとつも見つからなかった。もし爆弾が床に落ちたとしたら、爆発した際にコンクリートにはっきりとわかるくぼみができたはずだ。現場を調査するにつれて、誰かが窓から小包を投げ込んだ可能性は低くなっていった。

店内には複数の支柱が点在していた。その柱自体はなんら凝った造りではなかったが、装飾的な仕上げとして、柱にはそれぞれ55ガロンのスチールドラム缶が巻かれていた。爆弾が部屋にあり、そばに大きな支柱があると想像してみてほしい。本能的にどこに行くだろう？　銃撃戦で柱の陰に飛び込むのと同じ理由で、大きな柱の後ろに隠れたいと思うだろう。爆発で飛ば

8　のちにオーストラリア人たちが天井からサンプルを採取し、DNA分析を行った。その結果、ひとりの人間のものであることが少しあとに判明した。

される破片を、その柱がブロックしてくれる。

パディーズ・パブでは、爆弾の破片がドラム缶のどこに当たったかは明らかだった。また、破片が壁と接触した場所も明らかだった。散弾銃で柱を撃てば、弾の一部は柱に当たり、一部は壁に当たる。だが、柱のすぐ後ろの壁には当たらない。

では、棒やひもがどうかかわってくるのか？　パディーズには、破片の衝突を防ぐ柱やその他の構造上の特徴がいくつもあった。天井には異様に大きな梁《はり》があり、それが30センチほど室内にせり出していて、壁だけでなく、頭上にも破片から守られたエリアをつくっていた。また、店の数か所には長く伸びた血の痕があった。絵の具を染み込ませた筆を激しく振ると想像してみよう。振った方向に沿って絵の具の筋が残る。マークと私は何本もの長い棒の先端にひもを結びつけ、それを血痕の軌跡に沿って走らせた。また、破片が当たった梁から、破片の当たった箇所がすべて見渡せる場所にもひもを走らせた。

この分析は何時間も続いた。終わるころには、部屋の真ん中を中心とした巨大なあやとりのようなものができあがった。この大まかな分析をもとに私たちは、爆弾は床から90センチほど離れた直径約1・5メートルの空間にあったと割り出した。コンクリートにクレーターがないことから、爆弾はテーブルにのっていたか、バックパックやベストのように、身につけられていたことになる。誰かが窓から投げ込んだのではない。のちに、この爆弾は、自爆テロ犯が約4・5から9キロのトリニトロトルエン（TNT）を詰め込んで着用していた爆弾ベストだったことが判明した。

テロ攻撃のあった夜にバリで爆発した爆弾のうち、私たちは4つ目の謎の爆弾を否定し、パディーズの爆破については捜査につながりそうな手掛かりをいくつか提供して、自動車爆弾の周辺的な調査を行った（それについてはのちほど少し詳しく説明する）。その時点で、ほとんど何も把握できていない爆弾がまだひとつ残っていた。

自殺爆弾と自動車爆弾が同じ場所で爆発したのと同時に、約6・5キロ離れた人けのない通りの縁石でもうひとつの爆弾が爆発した。アメリカ領事館とオーストラリア大使館のあいだのほぼ直線状にある道路でのことだ。どちらの施設にも爆発の被害はなかったが、両チームとも、在外公館が標的だったのではないかと疑っていた。

爆弾が爆発した通りには、1週間経ってもまだ立ち入り禁止のロープが張られていた。現場は地元の捜査チームがすでに処理したと聞いていた。爆弾による負傷者はなく、明らかな標的も見つからなかったという。そうした事実はその爆弾がさほど重要ではないと思わせるものではあったが、マークも私も現場を調査しに行くべきだと判断した。計画では、30分ほど被害状況を調べて爆弾の大きさをある程度把握し、少なくともそのエリアの状況をつかむつもりだった。

私たちはオーストラリアのチームも誘ったが、彼らはその時点で、インドネシア側が発見したことについてはほとんど何も知らなかった。事件から1週間が経っても、地元当局は、私たちのチームと共有する情報に慎重な姿勢をとっていた。私は招かれた客だったので、もっと情報を寄こせと圧力をかける立場にはなかった。そういうことは国務省に任されている。

大使館は通常、高級住宅街に位置しているため、その通りは町の閑静な地区にあった。ブロックの両側には、まだ立ち入り禁止のテープが張られていた。90センチほど高くなった奥行き約1・5メートルの交通島《じま》が、その通りと並行して走る交通量の少ない通りを隔てていた。通りの向こう側は歩道だった。

たいしたものが見られるとは期待していなかったし、さっと行ってさっと帰る心づもりだった。爆弾が爆発した場所はすぐにわかった。1か所、歩道脇のコンクリートの縁石が20センチほど吹き飛ばされてえぐれていた。側溝は乾いた葉で埋まっていたが、それを払いのけると、高さ15センチの縁石の底までえぐれているのがわかった。鉄やコンクリートへの損傷具合から、使われた爆薬の種類がわかることがある。私の直感では、爆弾にはなんらかの高性能爆薬が使われていた。

では、犯人はどうやって爆弾を爆発させたのだろうか。導火線に火をつけたのか？　複雑な電子トリガーが関係しているのか？　スクーターから落とされて偶然爆発したのか？　あらゆる説が考えられる。

私は爆発被害のほかの指標を探しはじめた。近くにある数本の木が目にとまった。そのうちの1本に、飛んできた破片であばたのような穴ができていた。木には深い溝があり、そこに答えの一端があるのではないかと思った。そこでギアバッグに手を入れ、マルチツールを取り出した。頑丈な刃を見つけ、木に穿《うが》たれた溝を掘る。1分と経たないうちに、多芯《マルチストランド》ワイヤの破片を引き抜いた。ワイヤの小さな断片などたいしたものに思えないかもしれないが、私たち爆弾専門家は全員、そこから同じことを読み取る。爆弾には電子起爆装置、つまり電源（おそらくバッテリー）とスイッチが付いていたということだ。全員、顔を見合わせ、それがどういうことかを察した。現場を本格的に捜索し、ほかにどんな証拠が残されているかを確かめなければならない。

私たちは現場に集中しすぎていて、自分たちが注目を集めていたことに気づかなかった。地元の住民が十数人、道路の向こう側の一段高くなった交通島にスクーターを停め、この無料のショーを見学していた。

ほかの国なら、野次馬《やじうま》が集まると不安をかき立てられるかもしれない。だがバリでは、島民は驚くほど友好的で、私たちの努力に協力的なので、十数台のスクーターも気にせずにいられた。

私たちはその一帯のすべての木の衝突跡をひとつずつ調べ、ワイヤとプラスチック片をさらに見つけていった。そして、歩道の向こう側の茂みをくまなく探り、植え込みに飛んできたものがないかを確認した。道路に戻るとき、十数台だったスクーターが何倍にもなり、私たちを見守る観客がかなり増えていることに気づいた。

次に、歩道脇の縁石の落ち葉を取りのぞいた。するとそこはかけらの宝庫で、携帯電話の破片のような黒いプラスチック片も出てきた。その作業中、1台のバンが通りの向かいに停まり、地元の報道クルーが交通島に陣取って、私たちの捜索を撮影していた。これで地元のニュースになったのは確実だ。まだ残っているすべての悪党どもに私たちの顔が知られていなかったとしても、これからはきっと知られることになる。

破片の発見はまだ続いていた。やがて、ずたずたになった4センチ四方ほどの金属片を見つけた。長い数字が刻印されている。私はマークのほうを向いて指さした。「大当たりだ」数字はすごい。インターネットの驚異のおかげで、部分的な番号を入力すれば、たいてい、その電子機器の正確なメーカーとモデルが数秒で出てくる。

作業がほぼ終わるころ、周辺では余興が最高潮に達した。地元の研究所から警察のバンがやってきたのだ。ふたりのインドネシア人捜査官がおりてきた。黄色い大きな文字の入ったジャンプスーツに身を包み、公式装備のギアバックをもっていた。自分たちを地元ニュースの前面に押し出すべく、私たちの行動をまねたのだ。

私たちのチームは、状況を考慮して集められるかぎりの証拠はすでに収集しており、だんだんとばかげた事態にもなってきたので、車に戻り、メディアの脚光を浴びるのは地元の犯罪科学捜査研究所の面々に任せて退散した。

集めた破片を指揮本部にもち帰り、数時間後にはオーストラリアのチームが携帯電話の破片であることを確認した。また、番号が刻印されていた破片をもとに、メーカーとモデルも特定することができた。私たちは携帯電話をスイッチに使った電子起爆装置を手に入れたのだ。

インドネシア側に面と向かって訊いたことがないので、彼らが現場から何を採取したのかは断定できない。当時、彼らはその情報を共有していなかった。この事件はＦＢＩが起訴したわけではなく、私が最終的な詳細にアクセスできる範囲はかぎられている。過去の経験からいって、地元警察は現場からもち帰る証拠をえり好みしたのだと思う。おそらく携帯電話と配線の破片だとわかるものをいくつか発見し、それで十分と考えた可能性が高い。わざわざすべてを採取しなかったのは明らかだ。そうして残された証拠品から、私たちのチームもピースをつなぎ合わせ、全体の構図を導き出すことができた。当時、彼らが私たちと共有するのを渋っていたのと同じ構図を。

捜査はおとぎ話の世界ではない。同じ側で動いていても、政治や、エゴ、国家間の不信感が割って入ることもめずらしくない。バリは完璧なケースではなかったが、さまざまな捜査当局間で事態は改善された。

証拠から導き出された主な説は、3人目の爆弾犯はあのテロパーティーに向かっていたというものだ。それがなんらかの理由で、時間に間に合わなかった。爆弾1と2は、非常に短い間隔で爆発した。第3の爆弾犯は怖気《おじけ》づいて爆弾を捨てたか、ほかの爆弾が爆発するのが聞こえて次は自分の番だと気づき、爆弾を縁石に放り投げたかだと、私たちは考えている。どちらにしろ、メインの攻撃地点にはたどり着けなかった。少なくとも、その点についてては感謝できる。

バリで最も多くの被害を出した大規模自動車爆弾の現場に私とマークが到着したころには、すでに地元当局が主要な捜索の大半を終えていた。1トン級の爆破装置が使われた現場で爆弾の小片が見つかる確率はわずかだ。1トンのＡＮＦＯの上に小さなキッチンタイマーを置けば、破片は数百メートル飛んで、どこにでも落ちる可能性がある。最も豊富な証拠となるのは、爆弾を積んでいた車の部品だ。

オクラホマシティと世界貿易センターの爆破事件ではどちらも、現場で回収された「ライダー」のレンタルトラックの破片が捜査の真の手掛かりとなった。その2台のトラックは誰かがレンタルしたものだったのだ。しかも憶えているだろうか。世界貿易センターの事件では、爆弾が爆発したあとに、トラックを借りた本人が保証金を返してもらうために戻ってきている。そのとき、男は借りた車をもっていなかったので、要求は認められなかった。バリでは、車両には個別の番号がつけられていた。ほかの大きな自動車爆弾事件と同じように、車の破片が回収された。そして破片の一部に、その固有の番号がついていた。その番号は最終的に、犯人の追跡を開始するのに十分な手掛かりとなった。トラックの破片は、爆弾の火薬量を推定するのに使った以外には、私の分析ではあまり大きな役割を果たさなかった。

とはいえ、化学分析には興味をそそられた。オーストラリアのチームは、24時間リアルタイム分析が行えるよう、分析化学の機器一式をバリまで持参していた。ホテルの大宴会場が化学実験室に変身するのを見たのは初めてだった。きれいではなかったが、間違いなく便利だった。彼らは早々に、パディーズ・パブで採取したものでTNTがヒットしたという分析結果を見せてくれた。その結果は完全に納得のいくものだった。一方で、分析結果は、自動車爆弾に関連するエリア一帯に塩素酸イオンの痕跡があることも示していた。[9] それはまったく意味が分からなかった。

9　化学分析によっては、分子全体の構造までは明らかにならず、化合物の一部分に関する情報のみが提供される場合がある。塩素酸イオンが見つかったということは、爆発物に最も一般的に使用される塩素酸カリウムなど、塩素酸塩を含むいくつかの化合物が存在した可能性があることを意味する。

1990年代後半、私は塩素酸塩系の爆薬をいろいろつくり、幅広く研究を行った。過去には、悪党どもがパイプ爆弾や、おそらく小さな梱包爆弾に詰めるために少量を製造することはあったが、大規模に使用されたことはなかった。ところがバリの自動車爆弾には、1トン近くも使われていたようだ。

理論的には、塩素酸塩が大型爆弾の製造に使えることはわかっていたが、歴史は、そうした物質をもてあそぶことの愚かさを示してもいた。完全な記録が残る最初の例は、1788年、フランスの化学者が火薬（従来は、木炭、硫黄、硝酸カリウムの混合物）よりも優れた爆薬をつくれると考えたときに発生している。彼は硝酸カリウムを塩素酸カリウムに置き換えた。その混合物の可能性を確信し、爆薬を大量に生産する工場への投資家を集めて、試験生産のようすを堂々と見せることにした。生産開始までの準備時間を確保するために、一行は朝食に出かけた。そして朝食から戻り、爆薬の生産のようすを見ようと扉を開けたところ、工場が爆発し、その場にいたうちの3人が死亡した。投資家の何人かは成功を収めたものの、そのアイデア自体は実現しなかった。歴史は、その運命の日に何があったかは語っていないが、塩素酸塩を使った多くの混合物は、準備中に爆発するほどデリケートな物質だ。

1862年、進取の気性に富んだふたりの化学者が、1788年に自分たちの同業者がどこで失敗したかを突き止めたと確信した[10]。彼らは塩素酸カリウム、硫黄、その他いくつかの成分を

10　あいまいにするのは嫌だが、安全、安心のため、結局はこれが最善の書き方だ。

混ぜ合わせたものを考案し、楽観的に「安全火薬《セイフティパウダー》」と名づけた。マーフィーの法則を完全に無視して、ふたりはその新しい物質の製造方法を「防爆プロセス」と呼んだ。1862年から65年のあいだに、彼らの方法は製造の過程で5回の爆発を引き起こした。最後の爆発は非常に規模が大きく、ひとつの市街区の建物を完全に破壊した。さいわいにも、そのアイデアが流行することはなかった。

塩素酸塩系の爆薬に関する最高の警告は、爆薬界のゴッドファーザー、アルフレッド・ノーベル自身が書いたものかもしれない。塩素酸塩系の爆薬を扱う科学者たちが災難に見舞われているのを見て、ノーベルは警告か、あるいは励ましの手紙を送っている。手紙には、こんな一節もあった。「塩素酸カリウムに対するきみたちの不安は大げさにすぎる。あれは、硫黄のにおいを嗅ぐとヒステリックな少女のごとく過敏になり、表面にリンを感じると千の悪魔よりも危険になる。だが、『主の教育と訓戒』の内にとどまるように手なずけることは十分に可能である」これはいまも、歴史から引用した私のお気に入りの言葉のひとつだ。

ノーベルが素人でもわかる言葉を使って伝えようとしたのは、「大ばか者めらが。塩素酸カリウムを硫黄やリンと混ぜるな」だ。バリの爆発物は、恐ろしいことに、まさにそれをやったのだ。

調査の過程で、爆弾には主に、数世紀前に二度にわたって考案者を死亡させた組成と同様の塩素酸カリウムと硫黄を混ぜた混合物に、さらにアルミニウム粉末が使われていたことがわかった。硫黄を含む混合物は摩擦に反応しやすく、アルミニウムを含む混合物は静電気に反応しやすい。塩素酸塩とアルミニウムの混合物は、乾燥した日に合成カーペットで足を引きずると発生する静電気の火花で発火することが知られている。塩素酸塩、硫黄、アルミニウムの化学的組み合わせは、過去には、安価な模造花火に見られた。1960年代、M80と呼ばれた爆竹には、よく似た混合物が約3グラム含まれていた。このM80は、少し長く手にもちすぎていた子どもの指を吹き飛ばしがちなことで有名になった。50年以上前に違法となっている。

バリの爆弾は、それと類似の混合物900キロをトラックに詰め込んだものだった。その危険の大きさには、いまでも愕然《がくぜん》とする。世界中の大型車両爆弾のほとんどは、さまざまな肥料をベースにしている。なかでも硝酸アンモニウムは最も選ばれているひとつだ。バリのテロ集団はこれを入手できなかった。また、TNTのような軍用爆薬を大量に入手できるはずもなかった。地理的に言えば、揮発性の高い塩素酸塩、硫黄、アルミニウムの混合物は、このテロ集団にとってかなり入手しやすいものだった。インドネシアは、花火と花火製造に必要な化学物質の世界一の生産国である中国に近い。悪党はつねに危険を冒すことをいとわない。そして、選択肢がないために、非常に高いリスクを冒してでも事を進めざるをえないときもある。そうしたケースは、彼らがいかに必死に死のメッセージを伝えようとしているかを明確に示している。

爆弾テロは一国を荒廃させる可能性もあり、私は仕事の性質上、人生で最悪ともいえる恐怖を経験した人たちを目の当たりにすることになる。私がテロの現場にいるのはほんのわずかな時間にすぎない。国外への派遣では、ほとんど事件の全容を知ることができず、自分の貢献の（もしあったのなら）真の価値がわからないことも多い。そして結局のところ、物語の結末は、いつもよくわからない。

爆弾テロのあと、バリの観光客はいっせいに姿を消した。私のチームは調査期間中、4つ星ホテルに（1泊100ドルをかなり下回る料金で）泊まっていた。ホテル全体が閑散としていて、不気味に静まり返っていた。滞在中、それは変わることがなかった。ビーチも地元の市場も、人けがなかった。まるで世界がバリを見捨てたかのようだった。そして、バリの人々もそれを感じていた。

インドネシアは人口の87パーセントがイスラム教徒だ。その点、バリは独特で、人口の80パーセント以上が「アガマ・ヒンドゥー・ダルマ」と呼ばれる独自のヒンドゥー教を実践している。その信仰体系の哲学のひとつに「トリ・ヒタ・カラナ（繁栄の3つの要素）」がある。ごく簡単に言えば、その3つとは、人々の調和、自然との調和、神との調和のことだ。バリの人々はとても寛大で、平和を愛していると感じた。爆弾テロという残虐行為は、彼らが人生に意味を与えると信じるすべてに反するものだった。私はいちばんいい状態を見ていないので、なるべくバリの印象を限定しないように努めている。だが、生涯忘れることのないひとつの出会いがある。アメリカに帰国予定の1日くらい前に、空いた時間があった。そこで、妻と当時まだ幼かった息子たちにちょっとしたお土産を買いに、地元の市場に行くことにした。ふだん賑わっている大通りには露店が立ち並び、露天商たちが無言で座っていた。私は、自分たちが派遣されるより先に到着していたFBIチームの別のメンバーを連れてきていた。彼女は私たちの通訳として派遣されていた。人生の教訓がいつ自分に訪れるかはわからないものだ。だがその日、彼女は私にそのひとつを授けてくれた。

ある露店でシャツを見ながら、彼女を通して値段を訊いていたときのことだ。そのシャツが何ルピアだったかは憶えていない。基本的に、シャツ1枚あたりの値段は4ドルくらいだった。そのとき若い通訳の女性が、露天商と威勢よく値段交渉を始めた。私が口をはさもうとするのに気づくと、彼女はこちらを向いて、私の言葉を制した。「私はいまあなたの妻で、お金の管理は私がしています」そしてすかさず、また威勢のいい交渉に戻った。おかげで、シャツ1枚で1ドルの節約になったと思う。

店を離れる際、あれはいったいなんだったのかと私は彼女に訊いた。私なら言い値の2倍を払っていたところだ。基本的に私は、アメリカ人の視点で考え、人々が抱える困窮に同情していた。一方、若い通訳の女性は地元の人の視点で考え、値引き交渉することで露天商に敬意を払っていた。私は彼にお金を与えようとしていた。彼女は尊厳を与えていたのだ。

ある晩遅く、客のいないホテルのバーで飲みながら、私はバーテンダーと会話を始めた。やがて、彼が尋ねた。「バリはいつか元に戻ると思いますか？ こんなふうになったあとでも、観光客は戻ってきたいと思うでしょうか？」と、乗り越えるのは不可能とも思える残骸のほうに腕を振った。

私は少し間をおいて、現実を認めつつも希望を与える言葉を慎重に選んだ。「テロ攻撃は恐ろしいものだし、しばらくは何もかも押しつぶされそうに感じるでしょう」と私は切り出した。「ただ、テロが起きるたびに、善良な人たちは立ち上がり、互いに助け合います。

破片をかき集めて事態を収拾します。ですから、ええ、傷は癒えます。完全に以前のままとはいかないでしょう。失われた無邪気さがあるわけですから。でもあなたがたは再建して前に進むでしょう。バリは復興しますよ」バーテンダーは少し悲しそうな顔をして、「そう願っています」とだけ言った。私もそう願った。

バリの爆弾テロ事件により、爆発物のコミュニティでは多くの疑問が浮上した。それまで私たちは、塩素酸カリウム、硫黄、アルミニウムを混ぜた閃光粉による1トンもの爆弾を見たことがなかった。新たな爆薬が登場すると、通常、私がその物質に関して知っていることへの問い合わせが殺到する。私は、その混合物のだいたいの爆発感度は知っていた。しかし1トン級となると、どれほどの威力があるのか見当もつかなかった。

爆発物は非常に複雑なものだ。ある混合物は、ショットグラス1杯分ほどの少量なら、ただ火がついて燃えるだけかもしれない。一方、同じ混合物をボール紙の筒に入れると、燃焼時に発生する高温の気体が閉じ込められる。これによって反応が早まる。そして、戸外では燃えただけのその同量の物質が、今度は筒を爆発させるかもしれない。また、パイントグラス1杯分をつくった場合、この混合物はもはや燃えない可能性もある。粉自体の重さによって、爆発を起こすのに十分な閉じ込め効果があるかもしれないからだ。バリ島にあったのは、ショットグラス1杯分の閃光粉ではない。1トンの閃光粉だ。それほど大量の閃光粉について研究した者はそれまで誰もいなかった。

私は研究所に戻ると、すぐに閃光粉に関する詳細な研究プログラムを実施するための提案書をまとめた。ＦＢＩはこの研究を進めるための資金を提供してくれた。

私たちがＦＢＩで研究を行うのはとうてい無理な話だった。まず、ＦＢＩの爆発物試験場では、22～23キロの爆薬しか扱えない。1トン級の爆薬を使えば、少し離れたところにあるＦＢＩの施設じゅうの窓が吹き飛んでしまう。さらに、この閃光粉の混合物は摩擦や静電気に恐ろしく敏感だった。誰もこの爆薬を何百キロも手作業で調合することなどできるわけがない。この作業は外注するしかなかった。

テロリストの爆発物をつくって研究する専門家はほんの一握りだ。この危険な研究をしてくれる人材を募集したところ、応募者はかぎられていた。結局、私が以前ニューメキシコで訓練を手伝った科学者を雇っている会社と仕事をすることになった。その会社は非常に頭の切れるエンジニアを抱えていて、爆薬を混ぜたり動かしたりするのをすべて遠隔操作で行うプロセスを設計した。閃光粉は約23キロずつつくられた。科学者たちが材料をふたつのホッパーに投入する（一方に塩素酸カリウム、もう一方に硫黄とアルミニウム）。塩素酸カリウムが混ざらないかぎり、安全性にはまったく問題がない。ホッパーがいっぱいになったら、全員が埋設バンカーに退避し、〝ダンス〟が始まる。技術者が遠隔操作でホッパーを開き、中身をセメントミキサーに排出する。ミキサーの内部には静電気防止の特殊な袋が取り付けられている。ミキサーにすべての材料が入ると、技術者が遠隔操作でスイッチを入れ、材料を混ぜ合わせる。

混ぜ終わると、23キロ分の過敏な爆薬を運搬しなければならない。チームの電子工学の専門家が、この「死の袋」を運搬するために、私が試験場で見たなかで一、二を争うようなかっこいいおもちゃを組み立てた。クローを取り付けた動くAフレームのガントリーを思いついたのだ。屈曲したカギ爪で動物のぬいぐるみをつかむ、クレーンゲームを思い描いてほしい。

では、その同じカギ爪が10倍大きく、実際に機能すると想像してみよう。クローもAフレームも模型飛行機のコントロールシステムで制御される。ガントリーには複数の自動車用バッテリーで動く車輪がついていた（写真にあるのがクローを付けていない状態の装置）。爆薬が混ざったら、この装置が入ってきて、クローを使ってミキサーから袋を抜き出し、爆発台まで運ぶ。爆薬が試験に必要な重量に達するまで、袋が積み上げられていく。

私たちは早い段階で、安全性について何度も話し合った。そのなかで出てきた問題のひとつは、「ロボットが故障したり袋を地面に落としたりしたらどうするか」だった。誰も試験場を突き進んで、言うことを聞かないロボットから過敏な爆薬の入った23キロの袋をもぎとってこようとする人などいないだろう。遠隔操作での処理がほぼ唯一の答えだった。爆薬に近づいて誰かの安全を危険にさら

すことを避けるために、私たちは遠隔処理の方法をテストすることにした。閃光粉の混合物を入れた23キロの袋が用意され、地面に置かれた。そして約180メートル離れたところから、試験場の技術者が強力なライフルで袋を撃った。混合物は一瞬にして爆発し、これで遠隔破壊の手順が完成した。

試験を終えるまでには約1年かかったが、最終的に、閃光粉の混合について多くのことがわかった。閃光粉は、小さな爆竹に入れてもTNTほどの威力では爆発しないが、50キロ近くも爆発すれば、はるかに深刻な事態になる。また、閃光粉の混合物から最適なエネルギーを得るためにさまざまな秘訣《ひけつ》があることもわかったが、ここでは触れないでおく。どうやらバリの爆弾犯たちはそうしたテクニックの一部を応用したらしく、それもまた貴重な洞察だった。

一方で、閃光粉の混合物でできないこともいくつかわかった。あいにく、バリのテロ事件のあと、この混合物は神秘的とも言える評判を得た。爆発物の化学を真に理解していない諜報《ちょうほう》機関の専門家らが、この爆薬の驚異的な威力や壊滅的な影響に関する評価を書いたからだ。とくにある特性は独自の〝伝説〟になりはじめた。それは、この爆薬の熱効果だ。

バリの爆弾は大きな熱パルスを発生させ、火災によってTNTよりもはるかに大きな破壊力をもつように特別に設計されたという、とんでもない憶測が出てきた。そんな憶測が生まれたのは、バリの被害者のかなり多くに重度の熱傷が見られたからだ。そのような火傷《やけど》は、ほかの爆弾テロではそれほど一般的ではない。そんなふうに論理を飛躍させた人たちは、相関関係と因果関係の違いを理解していなかったのだ。

「相関関係」とは、ふたつのことがらのあいだにある関係やつながりのことだ。この場合、バリ島の爆弾テロと、被害者に熱傷の発生率が高いことに相関関係があった。「因果関係」とは、一方がもう一方に直接的な影響を及ぼすことをいう。バリ島では、爆弾そのものが火傷を引き起こしたわけではない。火傷のほとんどは、自動車爆弾の主な標的となったナイトクラブで発生している。このナイトクラブは、ティキバー風のオープンエアの造りだった。メインのバーは分厚い草ぶきの屋根材で覆われていた。爆弾が爆発したとき、この草ぶき屋根がすべて崩れ落ち、火災が発生した。火傷の原因は、テロに使われた爆薬ではなく、この屋根材からの火災によるものだった。

このときの研究のひとつとして、バリ島で使われた閃光粉の熱パルスと、火球の温度を測定した。それに加えて、同量のＴＮＴの爆薬も使用した。その結果、約２３０キロのＴＮＴのほうが実際は、９００キロの閃光粉よりも多くの熱エネルギーを放出することがわかった。この爆薬の熱効果の伝説はいまも残っているが、科学は別のことを語っている。

第4章 カオスのなかでカオスを再現する

2000年代初頭、南米のある都市のショッピングセンター近くで自動車爆弾が爆発した[11]。ショッピングセンターには、よくある映画館や、レストラン、店舗が入っていた。爆弾はそうした地元企業のすぐ正面に駐車していた車に仕掛けられており、それらの企業に壊滅的な被害を与え、近くにあった車9台を損壊し、近隣のホテルの窓ガラスを吹き飛ばした。この爆弾事件の結果、多くの人が死傷した。犠牲者のなかには、がれきの下に埋まっていた若い男性や、爆風で50メートルも飛ばされ、片足を失っていた男性もいた。その悲劇的な〝分離〟の原因を突き止めることが私たちの仕事だった。

自動車爆弾が爆発すると、オーブンくらいもある金属片から、小さなワイヤの切れ端、ごく軽い銀色の新雪のようにその場のすべてを覆う微細な残留物まで、ばらばらの残骸がいたるところに飛散する。そのすべてが証拠だ。そして、そのすべてを分析する必要がある。

11　都市と国名をぜひともお伝えしたいところだが、協力協定の関係でそれは難しい場合がある。でも大丈夫。ここで語るのは、その対応と、そこから得た教訓についての話だ。不動産とは違って、ここでは場所は重要ではない。

このとてつもなくうんざりする作業は、多くの場合、壁や椅子や道路標識など、爆弾のそばにあったあらゆるものをピンセットでつまんだ滅菌綿棒でこすり、採取したものを分析器にかけるというものだ。それは、現場への立ち入りが全面的に認められて簡単にアクセスでき、ほぼ全員があなたの国の言葉を話し、あなたがその仕事をしていることを喜んでくれている国であったとしても、容易な作業ではない。

では、誰もが外国語であなたに向かって叫んでいて、彼らがあなたへの怒りで叫んでいるのか、あなたに関する何かを叫んでいるのか、あなたに何かを伝えようと叫んでいるのか見当もつかない場所で、法科学者の秩序ある職務を果たそうとしていると想像してみてほしい。しかもあなたがそこにいることを、彼らがとりたてて喜んでいるように見えるとはかぎらない。

たいていは、これが私たちの現実だ。ショッピングセンターでの自動車爆弾事件のあと、証拠採取と現場検証の支援に派遣された南米ほど、その点を明確に痛感させられた場所はなかった。それは私にとって初めての国外派遣であり、まるでセメントの靴を片方だけはいて採石場の真ん中に放り込まれたようなものだった。

私たちが事件現場に到着すると……そこに現場はなかった。破片もない。ずたずたになった金属も、タイヤの断片も。何もなかった。そう。車が跡形もなく爆発するとは、私たちも少し驚いた。

私の訓練担当であるトム・モナル[12]（幸運にも、科学者である私にＦＢＩの捜査の方法を教える

12　悲しいことに、トムは本書の権利関係の手続き中にＣＯＶＩＤの合併症で亡くなった。トムとともに、爆弾科学捜査の世界の最もすばらしいストーリーのいくつかも消え去ってしまった。

よう任ぜられたＦＢＩの捜査官）と私は、事件後にアメリカから最初に現地入りした調査団の一員だった。アメリカは標的ではなかった。爆弾犯が襲ったのは、自分たちのグループが不満を抱いていた企業だった。ところが、その企業がたまたま通りを隔ててアメリカ企業の向かいにあったため、車の部品やがれきが大量にアメリカの手中に飛び込んできたのだ。おかげで、事件は突如、われわれの問題になった。しかし、問題はそれだけではなかった。アメリカの高官が国務省訪問のために、数日中に到着することになっていた。アメリカの要人が外国に行くたび、爆弾犯が彼らを狙うのではないかという疑心暗鬼がある。国務省は、最初の爆弾が予行演習でないことを確認したかったのだ。

当時、政治にはまったく無知だった私たちは、事態を把握するために送り込まれたのだが、その任務はことあるごとにより困難をきわめていった。そしてそれは、現場とは言えない爆破現場から始まった。そこは、かつて目にしたこともないほどの、文字どおり、まっさらな爆破現場だった。

地元政府は、アメリカの外交官を迎えるにあたり、アメリカ大使館に向かう途中でかならず前を通るショッピングモールの美観をよくしようと、被害にあった車をすべてかき集め、警察署脇の路地に大量に積み上げていた。私たちは現場から通常の手掛かりを得るのではなく、映画『マッドマックス』のクラッシュシーン直後を思わせる、うずたかく積まれたそのくず鉄の山をただじっと見つめる羽目になった。

残念ながら、多くの南米諸国にとって、自動車爆弾も爆弾テロ作戦も目新しいことではない。ここで挙げられるその最たる例は、おそらくペルーでの経験だろう。私が派遣された当時、リマを恐怖に陥れた最後の自動車爆弾テロが起きたのは1997年5月のことで、「センデロ・ルミノソ（輝く道）」という反政府組織の仕業だった。センデロ・ルミノソは、1980年にペルーに現れた革命組織だ。毛沢東主義の熱狂的支持者であるアビマエル・グスマンが創設したこの組織は、政府を転覆させるために農民の反乱を起こそうとしていた。センデロ・ルミノソと、それより小規模で殺傷性の低い「トゥパク・アマル革命運動」が反政府活動を行っていた1980年代から1990年代にかけては、およそ3万人もの人々が暴力によって命を落とした。

センデロ・ルミノソが爆弾テロに使っていた主な手段は、ペルーの農村部で急増していた鉱山の採掘キャンプから盗んだダイナマイトだった。1986年には、センデロ・ルミノソのゲリラが、一度の襲撃だけで9万2000本ものダイナマイトを盗んだ。そのダイナマイトは80年代の初めから90年代初頭にかけてリマに恐怖をもたらすために使われた。組織の戦術はよく調整のとられた、非常に効果的なものだった。1983年のある連続攻撃では、ゲリラが10基の送電塔を爆破し、リマの街を真っ暗闇に陥れた。その混乱のなか、彼らはさらに政府や資本家のさまざまな標的を狙って30～50個の爆弾を爆発させた。この時期、アメリカ大使館も何度かダイナマイト爆弾の標的にされている。

1992年にグスマンが逮捕されると、組織はじょじょに解体されていった。やがて、緊張はやわらぎ、爆弾テロは減少した。リマ市民は歴史のその一幕を過去のものとして、緊張を解き、より平和な未来を待ち望むようになった。

多くの点で、ペルーの政府に対する「農民の反乱」は、20世紀初頭のアメリカで見られた無政府主義闘争と通じるものがあった。当時、アメリカの労働者は、労働者階級を搾取して富を築いた悪徳資本家に立ち向かうため、ダイナマイトを頼った。農民も工場労働者も、自分たちの大義に役立てるため、爆発物という互角に戦える大きな力を求めたのだ。その物語は、現実の紛争でも、紛争と認識される対立でも、無数に繰り返され、いまなお繰り返されている。

そうした攻撃に耐えているのはペルーだけではない。コロンビアは、「コロンビア革命軍（FARC）」という、より広く知られたテロ集団のひとつに直面している。コカインの密売によって資金を得ているFARCは、さまざまな爆弾を製造する豊かな資金力をもつ。首都ボゴタは、長年にわたって何度も爆弾テロにさらされていた。1989年には、約450キロのダイナマイトを積んだバンがコロンビアの警察情報本部付近で爆発した。当初の集計では、死者45人、負傷者は400人にのぼった。

長くこの仕事をしていると、混沌、休戦、暴力の再発というサイクルを目の当たりにすることになる。2016年11月、コロンビア政府はFARCと和平合意を締結した。これにより、50年に及ぶ暴力に終止符が打たれた。ところが、コロンビアはFARCとの紛争は鎮静化させたかもしれないが、2019年には「民族解放軍（ELN）」がボゴタを再び攻撃の標的にした。警察学校を狙った自動車爆弾テロが発生し、22人の警官候補生が死亡した。

コロンビア、ブラジル、ペルー、アルゼンチン、その他多くの南米諸国では、多種多様なテロ集団による都市部への爆弾攻撃が目新しいものではなかった。私は初めての派遣で、その余波を知ることとなった。

その時点では、私はＦＢＩに入局してまだそれほど経っていなかった。国内の事件ではさまざまな捜索に携わり、かなりの証拠調べも行っていた。爆発物の知識はあったし、爆弾事件の証拠に対する科学捜査のやり方もまずまず把握していた。だが、言ってみれば、本拠地以外での試合経験がなかった。それどころか、アメリカ国外に旅行らしい旅行をしたこともなかった。私が育ったのは、ペンシルヴェニア州の人口６０００人ほどの小さな町だった。父は学校の教師で、母は地元の病院で受付の仕事をしていた。初めて飛行機に乗ったのは、大学3年生のときのことだ。私は世界を旅する経験が豊富だとはとても言えない人間だった。

ＦＢＩの派遣といえば、ダークスーツに身を包んだまじめな男たちが大きなオーク材のテーブルを囲み、現場の状況を映し出すモニターを凝視しながら、精鋭部隊をブラックホークで出動させる準備をしているようなものと想像していた。そんなＦＢＩの爆破現場への派遣イメージは、現実とはかけ離れていた。

ＦＢＩの支援ミッションのほとんどは、政治的意味合いをもつ。多くの場合、攻撃を受けた国がＦＢＩに支援を求めるのは、自国民に無能と見られたくないからだ。なかには、不本意ながらも、自分たちでは力が及ばず、技術支援が必要だと認めざるをえない国もある。支援を受ける側のほうでどんな助けが必要なのか見当がつかない場合であっても、ＦＢＩは通常、そうした支援を行うために小さなチームを派遣する。

現実の行動展開は、映画で観るのとはまるで違う。このときも部長が研究所に電話をかけてきて言った。「おい、さっき何か爆発したぞ。現地の支援に何人か爆弾班を送ってくれないか?」その〝お宝情報〟をもとに、チームは用具一式をつかみ、未知なるものに取り組む準備にかかった。

その春、私は地元ヴァージニア州を発ち、熱帯の8月を思わせる南米の地に降り立った。私たちは大使館の随行員の出迎えを受け、宿泊先へと連れていかれた。空港を出たのは深夜1時過ぎで、渋滞にはまり、ガソリンとディーゼルガスの強烈なにおいに包まれた。

人格形成期の大半を小さな町で過ごし、大学時代は勉強づけで、社会に出てからの前半を砂漠の真ん中のさらに小さな町で送った私は、南米の大都市の活気を予期していなかった。頭のなかでは、夜中の1時にこの人たちはみんないったいどこに行くのだろうと、ずっと考えていた。その夜はほんの数時間眠ったあと、早朝に起きて、さらにひどい渋滞のなかを大使館へと向かった。その時点では、チームはまだ自分たちの任務がどういうものかを知らなかった。幹線道路をじりじりと進みながら、現場に着いたら何をすべきかをトムと話し合った。トムは「ユナボマー(1978年から95年にかけてアメリカ各地の大学などに小包爆弾を送りつけた連続爆弾犯テッド・カジンスキーの通称)」の爆弾をすべて分析した科学調査官で、豊富な知識をもっていた。彼が立てた計画は、私のその後10年のキャリアの大半を決定づける現場での行動パターンになった。

私の科学者としての最大の関心事は、証拠の収集と記録だった。どの爆弾事件の現場でも、最も関心を引かれるものがふたつある。ひとつは爆弾。爆弾そのものか、爆発したあとに残った破片を見ないかぎり、爆発物については何も言うことができない。もうひとつは、爆弾が爆発した事件現場だ。爆発後に周囲が受けた損傷からは、訓練を受ければ、微妙な手掛かりを読み取ることができる。そうしたスキルを教えてくれる学校はない。私はＦＢＩに入ったとき、化学の博士号をもっていた。だがその博士号は、科学者としての考え方を教えてくれた以外には、本業ではほとんど意味がなかった。本当に役立ったのは、ＦＢＩに入る前の7年近くを、爆薬や爆弾をつくって爆破することに費やしたことだった。私は高性能爆薬が何百台もの車に被害を及ぼした大惨事を見てきた。空気中の衝撃波と、知らず知らずそれを阻むさまざまな障害物との相互作用を目撃してきた。何年も爆弾を爆発させているうちに、一見カオスとも思えるなかにパターンを見出す能力を身につけた。

大使館のスタッフは、何人かが現場に急行し、私たちのためにわざわざ証拠をいくつか集めて保管してくれていた。小さなことのように思えるかもしれないが、爆発のあった現場から、おおぜいの物見高い不用意な人たちが触れていないことが保証されたものを入手できるのは、とてもありがたい。大使館が集めたものから爆発物の残留物が見つかる可能性は十分にあった。

残留物は、証拠の形態としては最ももろい。また、汚染によって損なわれる可能性が最も高い形態でもある。爆発が起きたとき、爆心地周辺ではあちこちで火災が発生した。火を消し止めようとする人を責めるわけにはいかないが、爆発物の残留物には水溶性のものもあり、爆心地内で動かないものに向けられた消火ホースは、その種の残留物を消し去ってしまう。水溶性ではないとしても、残留物は爆発物の微細な粒子から成り、水流に乗ってそのままいちばん近くの下水溝に流れていく。私たちが現場に到着したのは、事件から数日後のことだった。その間、消火活動が行われ、現場は警察や軍の関係者に踏み荒らされ、再び一般に開放されていた。爆発後の残留物が見つかる望みはすべて、とうに潰《つい》えた夢だった。一方で、大使館が集めた車の部品は、訓練を受けた職員が爆発の直後に手袋をつけて採取し、風雨にさらされないようにもち帰っていた。こちらの証拠からは、科学調査の手掛かりが得られる可能性は十分にあった。

大きな爆破事件では証拠品をもち帰ることもある。だがこの事件は、明らかに現地の問題だった。私たちは自分たちの情報収集のために、証拠品からスワブした。「スワブ採取」とは、爆発物の微細粒子が回収できることを期待して表面を物質でぬぐうことを指す。これにはさまざまな方法がある。ＦＢＩでは通常、滅菌した綿棒で対象面をこする。それを滅菌したガラス瓶に入れ、さらに滅菌した塗料缶に入れて研究所に送る。

爆発物の微粒子が自分たちと一緒に運ばれたものでないことを証明するためには、さまざまな手を尽くす。残留物の収集に使われる材料はすべて、清浄であることを示すためにまず検査を行う。現場に到着したら、コントロールスワブ（対照サンプル）を集める。たとえば、私は車の部品をスワブする前、滅菌手袋（やはり清浄であることを研究所で検査したもの）をはめた。次に、見つかるかもしれない爆発物の出どころが自分でないことを証明するために、手袋をはめた手をスワブした。また、自動車の部品が保管されていた部屋が爆発物の残留物だらけでないことを証明するために、その部屋をスワブした。

残留物の収集には、プロセスと細部にいたるまでのそうした細心の注意が必要なのだ。もしなんらかの理由で、この事件や、そこから派生した事件がアメリカで裁判にかけられることになった場合、証拠は、ほかの多くの国々で適用されるよりはるかに厳格な精査に耐えられなければならない。だがこの事件は主に現地の問題と判断されたため、精査を受けない可能性が高い。そうした事件で実地経験を積めるのはありがたかった。

大使館にあった証拠品から残留物を収集したあと、私たちは爆破現場に案内された。頭のどこかでは、警察の黄色い規制テープで封鎖された商業施設に案内され、そのテープの先のどこかに爆発の起きた大きな穴があることを期待していた。まさか、テープカットのセレモニーを終えたばかりのようなショッピングモールを目にすることになるとは思ってもいなかった。割れた窓や、粉々になった店先、クレーター、焼け焦げた車、飛び散った人の体の一部が、アメリカ外交官が車で立ち寄る際の背景として目障りになると考え、地元当局が現場全体を一新する作業に精を出したのだ。

私が最も関心を引かれるふたつのうちのひとつは、完全に消えてしまった。事件現場がないなら、測定すべきクレーターも、分析すべき窓ガラスの破損も、観察すべき距離に応じた構造的損傷もない。そして、爆破現場だったショッピングセンターに突っ立っている理由もなかった。

ところが、大使館のスタッフと地元警察は、車なら見せられると言った。被害にあった車はすべて近くの警察署に運ばれたという。私のなかで、小さな希望の火が燃え上がった。もし車が実際に警察署に収容され、敷地内に保管されていたのなら、なんだかんだ言っても、集めるべきデータはあったのかもしれない。だがおそらく、会話のなかの何かがうまく伝わらなかったのだろう。その話で唯一本当だったのは、車が近くの警察署に移されたことだけだった。現場から回収した車が整然と敷地に並べられているかと思いきや、私たちを待っていたのは、路地に積まれた金属の山だった。直せる見込みがまだわずかでもある車は、すでに修理に運び出されたようだった。残ったずたずたの車は、パンケーキのように重なり合って積み上がっていた。

車の写真を撮って破損状況を記録し、車同士の距離を測って爆薬の量や、ときには爆弾の向きを推定するのが私たちの手順だ。ところが、車がすべてトラックに積まれ、共同墓地に投棄された場合、測定など役には立たない。

「カーマニア」であり、当時、最も経験豊富な爆弾分析官だったトムは、爆弾車から車両識別番号を入手できるか確かめることにした。たいていの人は、識別番号が何かは知っている。だが多くの人は気づいていないが、その番号は想像以上に車のあちこちに隠されている。調査のこの時点では、地元警察からは何も情報をもらっていなかったので、私たちはテロについてはほとんど何も知らなかった。そこで、トムは〝お山の大将〟よろしく、ばらばらになった車の山を登ることにした。どの部分が爆弾車のものかを見極めるのは難しくなかった。ほかのものよりかけらが小さかったからだ。

そうしてついにトムがその車の識別番号を見つけ、私たちは貴重な科学捜査を終えたかのような気分で帰っていった。ところが翌日、地元当局がすでに爆弾車の出どころを正確につかんでいることがわかった。それは、この初めての国外派遣で私が身をもって学んだ教訓だった。「何か教えてもらえると当てにするな、そして教えてもらっても、それが正しいと当てにするな」だ。

どの捜査にも、会わなければならない〝将軍〟がいるようだ。私たちの次なる目的地は「要人のダンス」だった。いまでもどうにも理解できない国際的な儀式というのがいくつかある。南米は、私が初めて「コーラの開栓」儀式を知った場所だ。混乱のときに訪れた貧しい高温多湿の国々では、要人との面会はきまって給仕係が、私が子どものころに自動販売機で見たのと同じようなコーラの小瓶をトレイに載せて運んでくるところから始まった。午後の暖かい空気が将軍の大きなオフィスの開け放った窓から漂ってきていた。コーラの栓が抜かれ、小さなグラスに厳粛に注がれた。氷が入っていれば、本当にＶＩＰ待遇を受けていることがわかる。そうして将軍のオフィスに腰掛け、室温より少しだけ冷たいコーラをちびちび飲んでいると、次の儀式が始まった。「面子を保つごまかし」儀式だ。

通常、私たちが国外の捜査機関と一対一で仕事をすると、相手はこちらの支援に感謝するものだ。ところが、地位が上がるほど、相手はＦＢＩの支援を受け入れることを自国の能力不足の表れと感じることがある。現地当局は、あたかも事件を解決したかのように表明し、ＦＢＩの学習体験となるよう、その知識を共有することに意欲的だった。私はこれまでのキャリアで、そうした人たちには笑顔で感謝することを学んだが、初めての国際経験となった南米では、ついこんなことを思ってしまった。「おい、あんた……あんたのことだよ、将軍さん……路地にさびかけた車のでっかい山があるよね、現場から運ばれてきてたやつ。その現場、捜索前だっていうのに、ほとんどブルドーザーでならされちゃったよね」どれも声には出さなかった。

会話の途中で将軍は、テロに使われた爆弾の種類はほぼ確実にわかっていると明言した。それを私たちに見せてくれるという。その時点で私は、将軍が聞き取りのメモや現場写真の入ったフォルダーを取り出すものと思っていた。ところが、彼が次にとった行動は、私の思いつく範疇《はんちゅう》をあまりに超えていて、最初はぴんと来なかった。

将軍は椅子から立ち上がると、メインラウンジを出てすぐの小型ロッカールームのようなところに入っていった。そしてかなり大きな肩掛けのジムバッグをもって戻ってきた。私が1週間の旅行に使うスーツケースよりも大きなものだ。将軍はそれを私たちチームの前のテーブルに置いた。私たちがそれは何かと尋ねると、爆弾テロが起きる数日前に彼らが爆発を阻止した爆弾だと説明した。

その部屋で爆弾の専門家は私たちふたりだけだった。トムは爆弾技術屋で、私は爆弾の再現に何年も費やしていた。私たちは思わず向き合い、常識的に考えられないほど長いあいだ、互いに顔を見合わせていた。

将軍は、私たちにバッグのなかを見るように勧めた。この出張で私は、あまり市民的とはいえない社会で呼ぶところの「クソッタレ新人《FNG》（ファッキン・ニュー・ガイ《Fuckin' New Guy》）」だったので、その役回りは私に回ってきた。ジッパーを開けると、大量のＡＮＦＯと思《おぼ》しきものが現れた。爆弾製造に長く使われてきた強力な高性能爆薬で、政府の建物内のシャワールームにジムバッグで保管されるべき代物ではない。

せめてもの慰めは、と言っても、テロリストの爆薬を相手に、慰めのようなものがあるとすればの話だが、ＡＮＦＯは簡単には起爆しないということだ。爆発させるには、ちょっとした量の別の爆薬を投入する必要がある。とはいえ、目の前にある十数キロから二十数キロのその物質は、建物のこの一帯を破壊するには十分な量で、部屋にいる全員がその後の葬儀で、棺を閉じたままにしなければならないのは確実だった。もっとも、私たちの残骸が埋葬するほど見つかればの話だが。

頭の奥で聞こえる声はパニックになるのではなく、『レインマン』的な執拗《しつよう》さで訴えた。「この爆弾は建物のなかにあるべきではない。この爆弾はほんとにこの建物内にあるべきではない。ここは爆弾の保管には向いていない」

不意に、ソフトボール大の球体が黒いゴミ袋にくるまれ、麻ひもでぐるぐる巻きにされているのに気づいた。レインマンが黙り、もっと切迫した声が取って代わった。「危険！　ウィル・ロビンソン、危険！」（映画『ロスト・イン・スペース』に登場するロボットの有名な台詞）

単体であれば、ＡＮＦＯは安全だ。爆発させるにはブースター（伝爆薬）と呼ばれる爆薬が必要になる。だが、この球体は……ブースターといって私が考える大きさとかたちそのものをしていた。そしてその爆薬の塊は、ＡＮＦＯよりも簡単に爆発させることができる。たとえば、政府の建物内で爆弾の入ったバッグを開けるどこかのバカが乱暴に扱えば、爆発するかもしれない。

顔を上げると、トムが一、二歩後ろに下がっていた。まったくの反射的反応だ。あの大きさの爆発物なら、彼も私と同じように死んでいただろう。その球体を主爆薬から取りのぞかなければならなかった。

私は、FBIのためにその物質のサンプルを採取してもいいかと尋ねた。そして、ミニショットグラス大の小瓶と一緒に持参していたサンプル採取キットを開けた。地元当局には大量にある。私が欲しいのはそれよりもはるかに少ない量だ。小瓶を見て、彼らは同意した。これでANFOから「死の黒球」を慎重に引っ張り出し、脇に置く口実ができた。少なくとも、何かまずいことが起きても、飛行機の貨物室に入れられて帰国するのは私だけになる。私はマルチツールを使って麻ひもを断ち、球を覆っているビニール袋をはがしはじめた。そして凍りついた。

ビニールの裏に直径3ミリほどの小さな穴がふたつあいていた。ブースターはひとりでに爆発するわけではない。少しばかり尻を蹴飛ばして活を入れる必要がある。その刺激は雷管から来るのだが、それはブースターの、ちょうど私が見つめている大きさの穴に差し込まれているはずだ。爆弾の次の部品が隠れているかもしれない箇所がひとつではなく、ふたつもあった。ここらでいくつか捕捉の質問をしたほうがよさそうだった。

私は大使館チームのほうを向いて、この装置を誰かX線検査したかどうか尋ねてほしいと丁重に頼んだ。私はスーパーマンではないし、いまもっている球体のなかを見ることはできなかった。だがX線を使えば、その爆薬の塊のなかに2本の小さな金属管が埋まっているかどうかがわかる。1分ほどスペイン語で活発な議論が交わされたあと、大使館の通訳は「大丈夫です」とだけ言った。初めて外国に来て失礼なまねはしたくなかったのだが、うまく伝わっていなかった場合を考えて、私は自分の意図を明確にしておくことが重要だと感じた。爆弾技術者がX線検査をしたかどうか、もう一度訊いた。集まった人たちのあいだで再び会話が交わされた。今度は、「すべて安全です」という答えが返ってきた。

言葉が伝えるはずの感情が受け取った側には生まれない一言というのがある。たとえば「信じて」「大丈夫」「心配ない」、そして「すべて安全」だ。そうした言葉は、外国の地で、奥に雷管が埋まっているかいないかもわからない、出どころ不明の1キロ程の爆発物らしき物を抱えているときには、さらにうつろに響く。もっと賢い男なら、爆弾を置き、それ以上調べるのは丁重にお断りするかもしれない。

タロットカードに「愚者」と呼ばれるカードがある。崖の縁から足を踏み出している男の絵だ。片足はしっかりと地についているが、もう片方の足は奈落の底の始まりを示す中空にとどまっている。片足が宙に浮いた状態で、私はメスにもち替え、球体を覆っているビニールの最後の部分をはがした。ダイナマイトだ！　ほとんどのダイナマイトには、非常に不安定な液体爆薬のニトログリセリンが主成分に使われている。ダイナマイトは、生きていたくなんかないというニトログリセリンをなだめ、もう少しこの世にとどまろうぜと説き伏せるための何かに吸収させた混合物だ。私は1キロ近くもある球状のダイナマイトを手にしていた。ポジティブな点を挙げれば、穴のなかが空なのが見えたことだ。とはいえ、爆発のリスクは減ったものの、危機を脱したわけではない。

筋肉はまだ緊張していたが、私はANFOとダイナマイトのサンプル採取に集中した。ANFOの採取は簡単だった。手早く一部を小瓶にすくい取った。ダイナマイトのほうは少し厄介だった。原則として、出どころ不明のダイナマイトはつねに慎重に扱わなければならない。私はマルチツールのいちばん小さな刃で、豆粒大の切り込みをそっと入れるつもりだった。

　そうして刃を開いたそのとき、部屋じゅうが突如、大混乱に陥った。人々がスペイン語で叫び、私たちに部屋を出ろと必死で訴えている。私はびっくりして危うく1キロのダイナマイトの塊を膝に落としそうになったため、外交的な気配りなど急にどこかに行ってしまった。片手に爆弾の一部をもち、もう片方の手でそこにナイフを差し込んだままでは、すぐに動くことはできない。混乱が渦巻くなか、私はサンプルをつかんだ。チームメイトはドアのほうに押しやられたが、部屋のなかの誰も、高性能爆薬の球とナイフを手にした男と進んで格闘しようとはしなかった。だが爆薬を置いたとたん、体をつかまれ、サンプルキットを手にしたまま部屋の外に追いやられた。チームはすぐに廊下の突き当たりの小さな角部屋に連れていかれ、背後でドアが閉まった。

　15分のあいだ私たちは、いったい何が起きたのかと困惑したまま、座っていた。私は初めての国外出張で、外交的な大失態を引き起こしてしまったのだろうか。ようやく、チームは部屋の外に案内され、何があったのかを知らされた。

　聞けば、私たちがいた将軍のオフィスは、彼の上司である政府高官のオフィスと同じフロアにあるという。私がダイナマイトを解体していると、将軍の部下のひとりが、その高官の車列が近づいてくるのに気づいた。高官は将軍がロッカールームに完全な爆弾をしまい込んでいるのを知らないので、将軍としては、ドデカい爆薬が近くに置いてあることに上司が引きつづき無知でいるほうが自分の今後のキャリアにはベストだと考えた。さらに、上司が通り過ぎる際に、アメリカのＦＢＩ捜査官が大きなダイナマイトを切っているのを見ないほうがなおいいのではないかと考えたのだ。

さて、この初めての国外遠征で私は何を学んだのだろうか。いまでも、それを簡単に要約できるかどうかは自信がない。つくづく思ったのは、爆弾の現場でどんな混乱に遭遇するかは予測できないということだ。私は何を依頼されるかも知らずに現場入りした。現場に到着しても、自分がすべきだと思っていたことをする能力がなかった。そして、何をしたのかもわからず現場をあとにした。明日になれば、別の国でまた同じことをしているかもしれない。だから、ことさら何も予測せずに現場に入り、手助けできることはなんでもして、できるかぎりポーカーフェイスを崩さず、アメリカに帰国して飛行機の車輪が地面に触れたらほっと胸をなでおろすことを学んだ。


予想もしていなかったことのひとつは、派遣された先の事件の多くについて、自分がほとんど何も知ることができないということだった。多くの場合、現地の軍や警察は、わかっている情報を共有するほどこちらを信用できると感じていない。一方、こちらが必要な情報を現地の側がもっていないケースもある。自分が十分な情報を得られないとしても、それが意図的なものか単にわからないからなのかは知る由もない。何年かして、信頼できる情報源から断片的に聞いたとして、当時現場にいた人から奇妙な話を聞くことがある。南米の件はそうしたケースだった。

ぶっちゃけてしまうと、私はこれから話すことの裏にある真実をすべて知っているわけではないが、情報源を信じる理由はある。現地当局は爆発した爆弾について、ある特別な事情で神経をとがらせていた。ショッピングセンターが爆破された前の週、警察は、悪い奴らから爆弾を渡され、何かを爆破するよう命じられたと、ある男から相談を受けた。男は怖気づいて警察に駆け込んできたのだ。警察は少量の爆薬を男に返し、彼らが選択した標的（この場合は、人けのない電話ボックス）に置くように告げた。爆薬はほんの一部しか使われなかったため、被害はまったくたいしたことはなかった。すると男が再び警察署を訪れ、テロリスト集団が満足しておらず、別の攻撃を仕掛けるために別の爆弾を彼に渡したがっていると告げた。警察は時間稼ぎをするように言った。そのすぐあと、ショッピングセンターで爆弾が爆発した。警察は、どちらの攻撃も同じグループの仕業だと考えていた。結局、私が将軍のオフィスで分解した爆弾は、警察が最初に手に入れたまさにその爆弾だった。それで、当局がなぜあのような完全な爆弾をもっていたのかも納得がいく。

南米で私がもうひとつ学んだのは、〝母船〟には、爆弾事件を調査している現場の人間に強い関心をもっているお偉いさんがやたらおおぜいいるということだ。残念なことに、そうしたお偉いさんは、爆弾テロについて十分に理解しておらず、自分の好奇心を満足させるには何を質問するのが適切かわかっていない。だが、私がほかの何よりも頻繁に訊かれるのは、南米で最初に立て続けに浴びせられた「爆弾の大きさは？」という質問だ。

大きさというのは、人間がさまざまな分野の活動で執着することがらのようだ。南米では、調べるべき犯罪現場がなかったために、大きさについて答えるのは途方もなく困難だった。頼れるデータはひとつしかなかった。爆発後にショッピングセンターに派遣された大使館の警備スタッフのひとりが、被害を受けた車の1台の位置を測定していた。なぜかはわからないが、彼はそうした。その結果、爆弾車のすぐとなりに駐車されていた車が約23メートル飛ばされたことがわかった。

あるとき私は、爆弾の大きさはどのくらいだったのかと問う別の質問に皮肉交じりに答えるなかで、よりどころになる事実は、主爆薬がおそらくＡＮＦＯだったことと、爆弾のとなりに駐車されていた車が23メートルほど飛ばされたことしかありませんと伝えた。そして、研究所に戻ったらせいぜいＡＮＦＯ爆弾をたくさんつくって、車をどこまで飛ばせるか試してみますよと宣言した。その皮肉な切り返しは、おおいに反響を呼んだ。そんなわけで、トムと私は数日間、爆破試験場で車を徹底的に吹っ飛ばすことになった。

私は、自分が科学者であることを強調しておきたい。科学をするにはさまざまな方法がある。たとえば、可能なかぎりすべての変数を制御し、綿密な測定と組み合わせる系統的なアプローチがある。一方で、爆薬でどれだけのダメージを与えられるかを見る、『怪しい伝説（MythBusters）』（噂を過激な方法で徹底検証するテレビ番組）的な過激なアプローチもある。私は『怪しい伝説』が好きで、息子たちがまだ幼かったころには、番組を毎シーズン一緒に観ていた。だが、この番組でしているのは研究ではない。大まかな概念実証試験だ。私が行った車の爆破試験は、その彼らのアプローチに近いものだった。

私たちは爆弾車と標的車とだいたい同じ大きさの車を購入した。そして同じ爆薬を使った。爆薬はそれぞれエネルギーの放出の仕方が少しずつ異なる。ＡＮＦＯはエネルギーの放出がやや遅いことで知られている。現場では、物をもち上げる傾向があると言われている。そのため、車の横に約20キロのＣ４爆薬を置くと車は粉々になるが、同量のＡＮＦＯではそこまで多くの破片にはならず、代わりに、車を長く押しつづける力を生み出し、より遠くまで移動させることになる。

問題は、同じ地表面をシミュレートすることだった。テニスボールをコンクリートで弾ませたあと、深い芝生でも弾ませてみてほしい。爆薬が爆発すると、圧力が地面に当たって跳ね返ってくる。地面がやわらかければ、より多くのエネルギーが吸収され、クレーターができる。問題の爆弾は市街地の道路で爆発したため、圧力は上方に反射し、となりに停まっていた車にぶつかった。だが試験場は固い土で、アスファルトよりはやわらかい。それを埋め合わせるため、コンクリートの敷石をもち込んで爆弾車の下に敷き、より多くの反射を生むようにした。さらに、南米で目撃者が爆弾車に置かれていたと証言した同じ位置に、爆弾を配置した。

制御可能な変数をすべて整えたうえで、爆破と測定に取りかかった。楽しそうに聞こえるかもしれないし、確かに初めは楽しい。だが、爆薬が車を試験場のいたるところにばらまいたあと、片づけるのには何時間もかかる。つまり、数秒のスリルのために、何時間もの単調な片づけが待っている。

結局、私は11キロ、23キロ、34キロのＡＮＦＯ爆薬をつくった。そうして、爆薬を爆発させ、車の移動距離を測定し、片づけ、次の爆破の準備をした。すべての実験を終えて最終的には、23キロでは車を23メートル飛ばすだけのエネルギー量にはならないと判断した。だが34キロではエネルギー量が多すぎた。私たちのやや常軌を逸したゴルディロックスの分析では、「ちょうどいい」量はその中間あたりだった。南米当局による爆薬量の公式推定値は、27から45キロだった。

やはりこの科学的なアプローチにも何かしらの価値があるのかもしれない。

第5章 頭を見ます？

法執行機関に入るときに考えないことのひとつは、この仕事が陰惨な展開を見せる場合もあるということだ。２０１８年のハロウィンの少し前、心配した市民がカリフォルニア州オークランドの警察署に人の頭部らしきものをもち込んだ。警察は最初、いたずらだと思ったが、よく見ると、「腐敗し、わずかに肉がついている」ことがわかった。頭部が発見された集合住宅の住民に聞き込みを行った捜査員は、「頭部がないことについては何も知らない」といった答えを得た。警官のひとりは、「長年勤務してきたが、警察署に人の頭蓋骨が届けられたことは一度もなかった」と、この状況の特殊性を語った。

少なくとも私は最初から、頭がどうして体を従えずにさまようことになったのか、ある程度の見当はついている。この仕事をしていると、頭がいくつも載ったトレイを見たいかと誰かに訊かれたら、長い1日になることがわかる。

どの国もいずれはそれぞれの9・11を経験する。インドネシアはバリ島の同時多発テロを自分たちの9・11と呼んだ。そしてスリランカは、２０１９年のイースター（キリスト教の復活祭）

に同様の出来事を経験した。

モロッコにその時が来たのは、カサブランカでテロが起きた2003年5月16日のことだった。その運命の夜、テロ攻撃は警告もなく行われ、モロッコ政府も、地元の警察や消防も、市民も、準備ができていなかった。午後10時からの30分のあいだに、14人の自爆テロリストが、カサブランカに点在する5か所の標的に対して攻撃を仕掛けた。

実行犯は、アルカイダとつながりのある北アフリカのテロ組織「サラフィア・ジハディア」のメンバーだった。自爆テロ犯のうち12人は爆破に成功し、ふたりは爆弾を起爆させようとしているところを逮捕された。攻撃が終わるまでに33人が死亡し、負傷者は100人以上。この攻撃はモロッコで自爆テロが起きた初の事件であり、モロッコ史上最悪のテロ攻撃となった。

襲われた標的はモロッコの奇妙な多様性を象徴するものだったが、主に西洋化された施設やユダヤ人の施設に集中していた。最も多くの犠牲者を出したのは、スペイン人が経営するレストラン「カーサ・デ・エスパーニャ」への攻撃で、犯人らはレストランの警備員を切りつけ、満席の中庭へと侵入した。そしてパティオのテーブルに散らばると、それぞれの爆弾を爆発させ、20人の客を殺害した。別の犯人ふたりは5つ星ホテルの「ホテル・ファラー」を襲撃した。ひとりは爆弾の起爆に成功し、もうひとりは成功しなかった。誰もいないユダヤ人のコミュニティセンターにはふたりの爆弾犯が攻撃を仕掛け、別のふたりはユダヤ人が経営するイタリアンレストランへの侵入を試みたが、結局店の外で自爆した。最後に、ひとりの爆弾犯がユダヤ人墓地から140メートルほど離れた噴水のそばで爆弾を起爆させた。

通常、爆発後の調査は、爆弾が何でつくられ、どう機能したかを解明することに重点が置かれる。ところがモロッコのケースでは、私は爆破の順序と標的の選択を理解することにかなりの時間を費やした。その多くは厳密な論理で説明できるものではなかったが、科学で説明できることには限界がある。自爆テロリストの動機は多くの場合、単なる科学捜査では解明できないほどあまりに深い謎なのだ。

カサブランカのテロでアメリカ市民に死者や負傷者はいなかった。だが、モロッコ政府はＦＢＩの支援を要請した。１件の自爆テロでも都市の法執行機関にはストレスがかかる。それが30分のあいだに12個も爆発すれば、完全なる大混乱を引き起こす。私たちのチームの役割は、よくあるように、アドバイザーを務めることだった。爆発物課の上級調査官と私がチームとして派遣された。私の仕事は科学者のレンズを通して現場を見ること、彼の仕事は科学調査官とＦＢＩ捜査官の目で現場を見ることだった。私たちには、どの現場においても指揮権も明確な任務も（「可能なかぎり支援する」こと以外には）なかったので、事件を広く俯瞰《ふかん》することにした。

ひとつひとつを詳しく検証するには現場の数が多すぎた。私たちが現地入りするころには、すでに地元の捜査機関が現場を「処理」していた。パートナーのレオ・ウェストと私は現地のＦＢＩの司法担当官《リーガル・アタッシェ》と会い、事件の全体像を把握するために5つの現場をすべて見てみることにした。直接現場に行ってみなければ、なんの洞察も提供することはできない。これは真のトリアージ科学捜査だった。雑草のなかに飛び込むべきときもあれば、高台に向かうべきときもある。このときの私たちには丘の上からの視点が必要だった。

　現場を処理するとは、人によって意味が異なる。ＦＢＩが現場を処理する場合、証拠となりうる微細な残留物を残らず洗い出し、最大限に活用したと確信するまでは現場を公開しない。だが国際的には、かならずしもこのアプローチがとられているわけではない。それを最も如実《にょじつ》に表していたのが、レストラン「カーサ・デ・エスパーニャ」の現場だった。店内へと通じる通路は狭い廊下で、通りに面した場所には警備員が配置されていた。その夜、私たちを出迎えたのは、警備員が立っていた戸口に弧を描く大きな血の染みだった。まるでうっかり者のペンキ屋が、赤いペンキのしたたる幅広の刷毛《はけ》を肩の高さから床に向かって三日月状に振り下ろしたかのようだった。そこは、自爆テロ犯が店内に侵入するために、警備員をナタで切りつけた場所だった。犯人たちは狭い廊下を通り抜けると、壁で囲まれた屋外の中庭に出た。４人のテロリストたちは、暖かい夜の食事とビンゴを楽しんでいた常連客のなかで配置につき、ひとりが全員への起爆の合図に叫んだ。「アッラーは偉大なり《アッラーフ・アクバル》」

　中庭の床にはテーブルの破片が散乱していた。敷石と壁には焼け焦げた跡が広がっていた。恐怖におののいた客が逃げ出し、救急隊員が死者や瀕死の人たちに対応し、のちに警察が現場を処理するという大混乱で、いたるところにがらくたが残されていた。この殺戮の意味を理解するために私にできることはほとんど何もなかった。ところが、中庭をざっと捜索したところ、思いがけない証拠がまだ残っていることが判明した。ねじれた釘やボールベアリングの破片だ。こんな証拠が爆発後の現場に残されているなどありえない。ＦＢＩが現場を処理するときには、爆弾の破片は残らず回収する。だがそこは、私たちの現場ではなかった。

念のため、私は現場調査キットを取り出し、破片をいくつか収集した。ここで見つけたようなねじれた釘は、主爆薬の近くにあったはずだ。爆薬の痕跡が残っている可能性がある。現地の関係者がいらないとしても、私はそれを無駄にするつもりはなかった。

中庭をゆっくり歩きまわり、地面に不自然なものを見つけた。骨に似た小さな白いかけらだ。屈《かが》んでよく見ると、3本の歯がついていた。私はレオを呼んだ。

「本当に時差ぼけなのかな、それともこれは顎の骨のかけらだろうか?」と尋ねた。体の一部は、その一部だけで見ると識別しづらい場合がある。たとえば、人の笑顔を見ているとき、歯は簡単に見分けることができる。だがその笑顔と切り離されて地面に転がっていると、それが同じ歯だと脳が処理するにはもう少し時間がかかる。

レオも私の見立てに同意した。私は人の遺体の一部を破片と同じように梱包するつもりはなかった。ひとつには、それが犠牲者のものなら、きちんと埋葬されるように遺族に返す必要があるし、そうでなければテロリストのものという可能性もあるからだ。その時点では、どちらかを知る術がなかった。さらに重要なのは、アメリカの税関に対して、なぜ下顎骨をもち帰るのか、説明するいい方法がないからだった。私たちは現場に案内してくれた現地の警官にこの発見のことを知らせ、次の現場へと向かった。[13]

13 ちなみに、理由は思い出せないが、私たちは2日後にもう一度この中庭を訪れている。歯と顎骨はまだそこにあった。

今回の視察の難しさのひとつは、それぞれの現場で何が起きたのかを教えてくれる人がいないことだった。ある意味、それはいいことでもあった。現地捜査員の解釈が大きくはずれている可能性もあるからだ。人の説を聞いてしまうと、どうしても事件への先入観をもたないようにするのは難しい。しかも、それを証明された事実として聞かされたら、なおのことだ。とはいえ、何が起きたのかまったく手掛かりがないのでは、分析は大きく狂いかねない。ホテル・ファラーの視察は、私の頭を何か月も悩ませつづけた。

私としては、それぞれの現場の爆心地を特定して被害を測定し、爆発した爆薬の種類と量を推定したいと考えていた。カーサ・デ・エスパーニャでは、爆心地を突き止めることはできなかった。一方、ホテル・ファラーでは、また違った難しさがあった。爆心地が多すぎたのだ。集めた情報によると、自爆テロ犯はホテルに侵入しようとした際に抵抗にあっている。コンクリートブロック造りの広い入り口は、ホテルのロビーへと通じていた。その入り口の一角のコンクリートが完全に破壊されていた。爆発が起きたとき、そのあたりが爆発物に最も近い場所だったのだ。

損傷した入り口のまわりには、放射状の筋と呼ばれる痕跡が見られた。水風船を壁に投げつけると、風船が当たったところから水がまるい模様を描くように放射状に外に飛び散る。これは単純な物理的現象だ。爆発物が爆発すると、圧力波が外向きに放出される。爆薬によっては、反応時に超高温の炭素原子を大量に生成するものもある。基本的に爆発は、その中心から外向きに移動する超高温のすすを生成する。このすすがたいらな表面に当たると、水風船が水分の筋をつくるのと同じ理由で、炭素の筋ができる。水風船やペイントボールがどこに衝突したかを、放射状の筋を中心までたどることで推定できるように、爆発の中心も同じように推定できる。すすの筋が爆発で破壊されたホテルの入り口部分から外向きに広がっているのが、30メートルほど離れたところからも見てとれた。

大きく損壊してすすの筋の残るロビーへの入り口は、ホテル正面の車回しから段差の低い2段ほどの階段をのぼった先にある。その階段の下に、謎が待っていた。階段下の舗装が、まるで誰かが私の足元で爆弾を爆発させたかのようになっていたのだ。舗装面には大きなくぼみがあり、くぼみのとなりにある大理石の階段の下の方が粉々に砕けていた。そこは、入り口の明らかな爆心地からはだいぶ離れていた。

これほどの損傷を与えるには、爆弾は文字どおりホテルの車回しの地面に置かれていなければならない。ところが明らかな爆心地は、ゆうに9メートルは離れた、階段を2段あがった上にある。犯人はバックパックを背負っていた。階段の上で爆発した爆弾が、いったいどうしてこんな離れた場所に損傷を与えたのだろうか。

意味がわからなかった。全体像が見えてきたのは、それから数か月後、以前は私に伏せられていた現場写真が、ある捜査官から送られてきてからのことだった。

ホテルにテロを仕掛けた爆弾犯は、じつはふたりいた。ひとりは、ホテルの警備員のひとりと取っ組み合いになった。そしてもみ合っているうちに、爆弾が爆発した。それが、ホテルの入り口で見た被害の原因だった。だが、ふたり目の爆弾犯はその取っ組み合いの近くにいたため、お友だちの爆弾が爆発したとき、後方に飛ばされた。その爆発の際に、生き残った爆弾犯2号は手を吹き飛ばされ、どういうわけかバックパックが外れてしまった。

私が見た写真には、ホテルのロビーに転がっているバックパックが写っている。バックパックから出ているのは黒いワイヤだ。それが爆弾犯2号の血まみれの手の断面につながっている（手はなおも圧力スイッチを握っていた）。神経インパルスは空間を越えてはうまく伝わらないため、手のない爆弾犯は起爆することができなかった。男は身柄を拘束された。

爆発のあった当日、駆けつけた警察が目にしたのは、現場に散らばる寸断された2体の遺体と、対処しなければならない生きた爆弾だった。別の写真には、ホテルの前の舗装された車回しにダンプカーが停まり、通りをはさんだ向かいの安全な位置で爆弾処理班がロープラインを操作しているのが写っていた。このフック・アンド・ライン技術は「リギング」と呼ばれる。爆弾処理班がバックパックにロープを取り付け、そのロープをダンプカーの荷台に渡す。遠隔操作でバックパックをロビーから引っ張り出し、階段をおろして荷台に引き上げ、市外に運び出して処理しようとしているのだ。ただし、ひとつ問題があった。バックパックのなかの爆薬は過度に敏感で、その事実を当時、爆弾処理班は知らなかった。

彼らがロープを引っ張ると、バックパックは階段を6段ほどすべり落ちた。1段落ちるたびに、どう見ても「岩のように硬い」大理石に当たった。そして最後の1段を落ちて路上に達したとき、爆弾が爆発した。別の写真では、階段の下で爆発が起きている。奇妙にもそれは、何か月ものあいだ私を困惑させたあの謎の損傷部分のすぐ近くだった。

第3の現場はさらにとらえどころがなかった。5階建てのベルギー領事館と「ポジターノ」という小さなレストランにはさまれた狭い通りで、さらに3人の自爆テロ犯のうちふたりが爆弾を起爆した。領事館の警備員が通りをやって来る彼らに気づき、不審に思って近づいたときのことだった。犯人が領事館を狙ったのか、ユダヤ人が経営するレストランを狙ったのか、議論が続いた。

私たちもその現場を少しの時間訪れたが、爆弾犯が最期を遂げた路上のくぼみ以外には、ほかに見るべきものはあまりなかった。領事館の損傷は最上階まで見られた。私たちはなかに入って外交職員と話し、建物内の損傷の一部を記録することができた。また、屋上と爆発に面した部屋のなかにも案内してもらった。運がよければ、爆弾の一部が近隣のビルの屋上まで吹き飛んでいたり、爆風で割れた窓から室内に入っていたりすることがある。だが今回は、そんな幸運には恵まれなかった。

すべての標的のなかで、「イスラエル・コミュニティ・サークル（ユダヤ人コミュニティセンター）」は最も奇妙だった。このセンターは、モロッコではごく少数派である地元ユダヤ人コミュニティの集会場所だった。攻撃時は安息日で閉鎖されていたのに、この場所を標的に選んだことは不可解だった。翌日の晩であれば、食事やお祭りを楽しむ家族連れで賑わっていたはずなのに。そこで何が起きたのかは、ろくに目撃者もいなかったので、詳しいことはわからなかった。私たちは物理的な損傷だけをもとに、全体像を組み立てるしかなかった。

ひとつだけ明らかなのは、爆発が建物の外で起きたということだった。センターは、入り口が奥まった2階建て構造をしている。入り口に残っていたのは、鉄製の門扉を支えていた粉々になったコンクリートブロックだけだった。先ほどのホテル・ファラーのときと同じ手掛かりを使えば、爆心地は明らかだった。誰かが鍵のかかった入り口で自爆した。要するに爆弾犯は、門が施錠されたセンターに侵入するという明確な目的のために命を捧げたのだ。すべての物理的証拠がこの否定できない結論を示していたものの、私はなおもその結論に反する証拠を探した。なぜ建物に入るために自殺などするのだろう?

建物の内部も同じように異様な光景が広がっていた。センター内には広いオープンスペースがあり、2階のバルコニーがそれをぐるりと囲んでいた。広々とした部屋の上には、大きなガラスのシャンデリアがかかっていた。私は、最初の爆弾で室内に吹き飛ばされたずたずたの鉄製の門(爆弾が入り口で爆発したさらなる証拠)をまたいでなかに入った。もうひとつの爆発の爆心地は、その部屋の中央だった。シャンデリアの真下の床には、まるく焼け焦げた跡と放射状のくぼみがあり、そこで第2の爆発があったことを示していた。破片の衝突で、壁や入り口のすぐ左の小さなステージは傷だらけになっていた。最も不気味だったのは、人の遺体が織りなす模様だった。

私は部屋の中央に立ち、ゆっくりと体をめぐらせた。血しぶきや肉片が1階から2階のバルコニーまで壁に飛び散っているのがわかった。相棒がドアを開けるために自爆するのを見届けたあと、ふたり目の爆弾犯も無人の部屋の真ん中に立ち、同じことをした。犠牲者がどこにもいない自爆テロを目にするのはめずらしいことだった。殉教を決意した人の心理が十分に理解できるわけではないが、その惨憺《さんたん》たる部屋の真ん中に立っていると、自らを吹き飛ばした同胞の暴力を目の当たりにしたあと、自分もあとに続くために暗闇のなか、人けのない部屋の真ん中に立っていた最後の数秒間を想像せずにはいられなかった。

殺意をもって人ごみのなかに入り込む爆弾犯は、何かを感じているにちがいない。それは敵に近づいていく目的意識なのか、それとも標的とする人々への激しい憎しみなのか。怒り、憎しみ、恐怖は原初的な感情だ。人間の共有体験の範囲内であり、正当化はできないにしろ、頭では理解できる。

だが、敵の姿も見えず、暗闇の静寂に包まれて、ひとりぽつんとたたずんでいる者は、自らの存在を終わらせるボタンを押す前に、何を思うのだろうか。いまでもその答えは思いつかない。この疑問は、キャリアを通じて、ほかの多くの疑問よりも私を悩ませつづけた。

最後の現場は、爆弾犯の後方支援ミスと考えられた。ユダヤ人墓地から90メートルほど離れたところに、聖地に入る前に身を清めるための噴水があった。そこが、私たちが検証した最後の現場だった。基本的に、見るべきものは何もなかった。噴水の横に壁があり、それが爆発で破壊されていた。ひとりの爆弾犯がそこで爆弾を爆発させたのだ。現地当局は、犯人がもともとほかの爆弾犯と合流するはずだったが、道に迷ったのだと考えていた。ほかの爆発音が聞こえたために、噴水のそばに座って、同胞に倣ったのだろう。

その行為は、小さな男の子が眠っていた近くの家の壁を倒壊させた。私たちがそこにいると、父親がその子の頭の切り傷を見せにきた。少年は当時、私の長男と同じくらいの年齢だった。そのような暴力行為で傷つけられた子どもを見るのは心穏やかではない。こうした事件と自分の私生活とを結びつけて考えてしまうと、感情を抑えるのが難しくなる。これまで恐ろしい殺戮を目にしてきたものの、子どもへの残虐行為をほとんど見ずにすんだことは恵まれている。私はそうした重荷を背負う法執行官たちを知っている。私は科学者だが、彼らは聖人だ。

人間関係は世界を動かす。ＦＢＩが世界中に捜査官を置く主な理由はそこにある。捜査官は外に出て現地のパートナーと会い、信頼の絆《きずな》を築く必要がある。これほど多くの扉を開き、大きな利益を生むものはない。カサブランカのケースでは、運がよかった。モロッコとの関係を所管する私たちの司法担当官が、会議でカサブランカの監察医と会い、良好な関係を築いて戻ってきたばかりだったのだ。

爆破現場を５か所回り、使われた爆弾の種類についてかなり一貫したイメージをつかむところまでは来た。とはいえ、死者との対話（のようなもの）なしには、どんな分析も完結しない。だから、そのつながりはありがたかった。

証拠収集のために遺体安置所に入るのは、潜在意識に消えることなく刻み込まれる不快な作業であり、そのイメージは時を経ても改善することはない。モロッコでは、さまざまな現場の爆薬量を推定するのはかなり難しいものだった。薬量を把握するため、私たちは犯人の肉や骨へのダメージを調べなければならなかった。

爆弾事件における重要な疑問に死体の分析がどう答えてくれるのかを簡単に説明するため、オクラホマ州ノーマンで担当した事件を思い出してみよう。ひとりの若い男が、満員の大学フットボール競技場の外にある公園のベンチで自爆した。当時、その学生が爆弾を競技場にもち込もうとしていたのではないかとの憶測が飛び交った。のちにそれは誤りだと判明したが、当初、唯一の手掛かりは、首のない死体と、現場の対応にかなり狼狽《ろうばい》していた警察官たちだけだった。現場で彼らは、関係者の最大限の努力にもかかわらず、説明のつかない一連の出来事に直面した。私は、若い男が使った爆薬がどれほどの量だったのか推定したかった。また、爆発時に彼が何をしていたのかも解明したかった。

オクラホマ州の遺体安置所を訪れる前に、手掛かりはいくつかあった。まず、バスに歩いて戻ろうとしていた運転手が、薄暗い公園のベンチでバックパックを抱えてうずくまっている若い男を目撃していた。30メートルほど離れたバスに運転手が戻ると、爆発が起き、彼は顔面から倒れそうになった。そしてすぐに警察に通報し、爆発の発生源を特定した。

遺体安置所に到着した私を出迎えたのは、安置台に横たわる死体だった。まず、明らかに欠けていたのは頭だった。そういうものはすぐに目に飛び込んでくる。肩と胸の皮膚は、ボタンを外しておなかの上にたらしているオーバーオールのようにめくれ、その下の筋肉が露出していた。また、腕もなかった。正確には、両腕が体に付いていなかった。2本の腕は別の台の上にあった。そこには、前腕、肘、上腕の一部が残っている。欠けていたのは、頭、両手、両肩だった。

では、文字どおり上から始めよう。頭部は驚くべき進化の産物だ。脳という非常に貴重な臓器を守るように設計されていて、かなり痛めつけられても耐えることができる。このケースで見つかった頭蓋骨の最大の部分は小さなコースターほどの大きさだったが、湾曲しているため、カップの下に敷くには実用的ではなかっただろう。ひとつだけ確実なのは、爆発が起きたとき、この若者の頭が爆発物のすぐ近くにあったということだ。体の欠けている部分とバス運転手の目撃証言を併せると、状況が思い浮かんだ。

バックパックを膝にのせる。爆弾をバックパックから取り出し、脚から離す。そして顔の近くまでもち上げ、薄明かりのなかでよく見ようと身を乗り出す。そんなふうに前かがみになると、爆弾は両手に触れつつ、目と肩の高さで頭のすぐ近くにあることになる。爆弾が爆発すると、それがすべて一気に外側に飛んでいく。私には若者がなぜ爆弾をそんな位置に掲げたのかはわからない。だが物理学的には、爆発物と犠牲者双方の物理的な位置はほぼ決まっていた。

私が事件を物理的に解明していると、主任監察医がやって来て「これを見てくれ」と言った。ほぼ考えうるかぎりのグロテスクなものを見てきた監察医が、わざわざコメントするほど注目すべきであり、見せびらかすに値すると感じているものがあるとしたら、そんなものはまず見るべきではない。だが私は科学者であり、うわべはプロの冷静さを保つ必要がある。

サイドテーブルの上に、かつて被害者に付随していたと思しき3つの小片が載っていた。私はそれを数秒間見つめ、自分が何を見ているのか見極めようとした。そして、ピンと来た。目の前にあるのは、皮膚と毛髪の小片だった。私は毛髪を頼りに、推測しはじめた。そして、連想するものを導き出そうとしたちょうどそのとき、監察医が職業上の興奮を抑えきれず、一片を手に取って誇らしげに叫んだ。「彼の眉だよ！」

監察医がその小片《ピース》を戻したとたん、パズルがぴたりとはまった。彼は故人の両方の眉と額のわずかな縮れ毛をならべて配置していたのだ。若者は生え際が後退していたので縮れ毛はほんの少ししかなく、その髪の束は額のわずかな皮膚ごと引きはがされていた。

必要なすべてのピースがそろい、オクラホマでは爆薬の量も位置関係も把握することができた。モロッコでは、ずっと多くのピースがそろっていたが、背景ははるかに乏しかった。

モロッコの爆発現場では、爆弾の大きさを推測できる情報はほとんど得られなかった。現場はすべて、私たちが到着する前に片づけられていた。爆発はほとんど屋外で発生している。基本的に現場には、圧力の評価に使える「対象物質」はなかった。私が知る唯一信頼できる対象物質は、犯人自身だ。遺体安置所に行き、爆弾犯を検分する必要があった。

遺体安置所には3つの簡易的な部屋があった。いちばん外側の部屋には、図書館で棚に戻す本をぎっしりと積んでいるような、キャスター付きの小さなカートが置かれていた。カートの上にはビニールシートがかけられ、大きな氷で重しをしてある。不透明なシートの下の曖昧な輪郭は、その中身が一部のスティーヴン・キングの小説よりも不気味であることを暗示していた。私が毅然《きぜん》とした顔でシートをめくると、手と足の山が現れた。となりに立つ監察医が矢も楯もたまらず、私が見ているのは爆発現場から回収した「手と足」だと告げた。彼が、もとの持ち主から切り離された体の部位を私が見分けられるかどうか確信がもてなかったのか、それとも、予備が必要になったときのために、手当たり次第に手足を拾ってきては冷凍保存しておく習慣があるわけではないと私に保証したかったのかはわからない。いずれにしろ、この状況でどう返事をするのがいちばん社交的なのかもわからず、私はうなずき、こう返した。「ええ、手と足ですね」

そこにある切断された手足の数を記録しておくべきかどうか、迷った。記録するなら、左と右のそれぞれの数も一緒に記す必要があるだろうか。自爆した犯人の数はすでにわかっているが、手足の数はその犯人の数より多そうだった。つまり、ばらばらになった体の部位を正確に記録すれば、カクテルパーティーのおもしろい話題にはなるかもしれないが、その数字に法医学的な価値はないということだ。監察医がとなりの部屋へのドア越しに、死体のほうを指さした。そうして私たちは、お化け屋敷のように、次の驚きが待つ部屋へと進んだ。

となりの部屋には、壁の一面に、床から天井まで積み重ねられた12個のローラー引き出し式のキャビネットが取り付けられていた。テレビで犯罪もののドラマを観たことがある人なら、そういう壁を目にしたことがあるだろう。通常、監察医が警察官を遺体安置所に連れてきて、冷凍庫の扉を開け、凄惨な殺人事件の被害者の遺体を引き出す。そうした番組では、遺体はいつもかなりまともな状態だが、冷たさを表現するために少し青く色づけされている。だがモロッコでは、キャビネットから引き出された遺体は、わずかしか残ってはいなかったものの、もっと深紅色を帯びていた。

自爆犯たちはバックパックを背負っていたため、胴体のほとんどは飛び散ってしまっていた。だがバックパック爆弾では下半身の大きな部分は残ることが多く、その安置所にも腰と脚の入った袋がたくさんあった。死体の損傷だけで爆薬の量をうまく推定するのは難しいが、十分な数の遺体、もしくはその断片があれば、おおよその推定は可能だ。私の見た損傷は、ゆうに4・5から9キロの爆薬が使われたことを物語っていた。3つ目の遺体袋を調べながら、陰惨さではずっとましだった手と足のカートを懐かしく思い出していると、監察医が私たちのチームに近づいてきて言った。「頭を見ます？」

この仕事をしていると、頭のなかで自分と距離をとり、中立の第三者として状況を観察することがある。

いま、「頭《ザ・ヘッド》」を見るかと訊いたのか？　まさか、聞き間違いだろ。たぶん彼は、トイレ《ザ・ヘッド》を使いたいか知りたかったんだ。いや、それじゃ余計に意味がわからない。こっちをじっと見てるみたいだ。なんでだ？　バカ、返事を待ってるんだよ。時間を稼げ。

私は、映画『ソウ』の予備の小道具のような遺体袋から顔を上げた。監察医がもう一度、今度は言葉を足して言った。「自爆テロ犯たちの頭を見ます？」私はうなずき、みんなで次の部屋に入り、陰惨なツアーを続けた。

今度の部屋は解剖検査エリアだった。標準的な金属テーブルが真ん中に置かれ、その上にのしかかるように大きなライトが取り付けられていた。左手の隅には、大きな金属のトレイがあり、その上に12個の頭が整然と並んでいた。6個ずつ2列に並んだ頭には、それぞれ番号の書かれたテープが額に貼られていた。

だいたいにおいて、頭はかなりいい状態だった。もちろん、相対的に言っての話だ。より正確には、爆発によって胴体から引きちぎられ、宙に放り出され、硬い地面に激突したにしてはきれいだった。頭のひとつは、ひとつながりの皮膚で肩と腕の一部にまだつながっていた。その頭は、爆弾犯が腕を枕に昼寝を決め込んでいると見えるように整えられていた。その錯覚が、大皿に盛られたホラー映画のケーキを飾る不気味なアイシングになっていた。

頭部の損傷は、前の部屋の死体の残骸を見て推測した爆薬の量と整合性がとれていた。私はパートナーに身を寄せ、頭のひとつにやぎ髭があることを指摘した。その存在は、科学的分析にはなんの価値もない（やぎ髭が頭を長く保持するわけでもなく、空気抵抗となって、元の宿主から放物線を描いて母なる大地の抱擁に移行する速度が減速されるわけでもない）が、捜査の手掛かりにはなる。特定の信仰をもつ自爆テロ犯は、自爆する前に清めの儀式を行う。その儀式のひとつは、髭をきれいに剃っておくことだ。やぎ髭の存在は目を引いた。

別々に集められた人体の各部分をすべてチェックし終わると、爆弾についていくつか評価を行うことができた。爆弾のあった位置は、体の損傷が最も大きな箇所と一致していたのでわかりやすい。それでいくと、バックパックは完全につじつまが合う。一方、体の損傷から爆薬の量を推定するのは少し難しい。だが、頭部は特定の範囲の爆薬量では胴体についたままで、それ以上ではもげる傾向にある。絶対的な上限値は、普通の人が運んでも、通りでよろめいて注意を引かないような量をもとに推定できる。すべてを考え合わせると、爆弾は9キロの範囲内にあると考えられた。

私たちがモロッコに入って3日目、FBIは、あと支援できることは何が残っているかを考えはじめていた。攻撃の現場はすべて見た。爆弾犯の死体を検分した。期待できるかぎりの全体像はほぼ描けた。あとは犯罪科学研究所に行くだけだった。ところがその途中、サイドミッションに向かわされることになった。

その日の朝か前の晩、現地警察がモロッコの爆弾がつくられた爆弾工場を突き止めた。そして化学薬品や爆薬の製造設備をすべて押収し、地元警察署に運び込んでいた。グループを率いる化学者として、その状況は私の専門領域だ。私たちはすぐに警察署に向かった。するとそこでは、悪路に迷い込んだようなめまぐるしい作業が待っていた。

警察が爆弾工場から押収した化学薬品は、きわめて不安定なTATP（過酸化アセトン）の製造に必要なものだった。TATPは、パリ、ブリュッセル、マンチェスターでISISが比較的最近起こした爆弾テロによって世間で知られるようになったが、テロリストによるTATPの使用はずっと以前から続いていた。

TATPは1895年、ドイツの化学者リヒャルト・ヴォルフェンシュタインによって偶然発見された。ヴォルフェンシュタインは爆薬をつくりたかったわけではない。実際は、ヘムロック（ドクニンジン）の成分を化学的に反応させて別の化合物をつくろうとしていた。その過程で、ヘムロックの葉をアセトンで溶かして別の化合物を取り出し、その混合物に過酸化水素を加えて、抽出した物質と反応させた。そしてその溶液を何日も放置していた。過酸化水素はヘムロックの成分とは反応しなかったものの、アセトン溶媒のなかで〝仲間〟を見つけた。やがて、溶液から白い固形物質が現れ、ヴォルフェンシュタインにとってはなんとも残念なことだが、それが非常に過敏な爆薬だったのだ。

偶然発見された爆薬は、ほとんどが軍事用途か商業用途に組み込まれた。だが、ＴＡＴＰの場合は違った。この物質は外部からの刺激に非常に敏感で化学反応性が高いため、誰も扱いたがらなかった。そうしてあっけなく化学の世界から消え、その後１００年のあいだ、姿を現すことはなかった。

アルカイダがＴＡＴＰを歴史上の冬眠から目覚めさせたのは、実用的な理由からだった。アルカイダはＴＡＴＰの使用を通常、28グラム以下の少量に制限し、より大量の爆薬を起爆させるために使っていた。ＴＡＴＰを小さな紙筒に詰めると、リチャード・リードの靴爆弾に使われた爆破装置を再現できる。そんなふうにして、ＴＡＴＰはテロリストの爆薬の世界に登場した。とはいえ、リードの靴爆弾とカサブランカのテロのあいだには、もうひとつの進化があった。

１９９０年代後半、パレスチナ人はアルカイダよりもさらに一歩踏み込んだ仕事を始めた。アルカイダの爆弾製造者は、はるかに安定性の高いより大量の爆薬を起爆させるために微量のＴＡＴＰをつくっていたにすぎなかったが、パレスチナ人はその〝中間段階〟を省き、ＴＡＴＰの生産量をただただ恐ろしいレベルにまで引き上げることにした。

パレスチナのテロリスト集団とイスラエル軍との紛争には長く複雑な歴史がある。この紛争の過程で、イスラエルはパレスチナ領内にもち込める化学薬品の種類に多くの制限を課した。ＴＡＴＰの利点は、ごく基本的でありふれた３つの化学薬品である、アセトン、過酸化水素（実際、ＴＡＴＰは単に「過酸化アセトン」[14]とも呼ばれる）、酸を組み合わせればつくれる点にある。酸は触媒と呼ばれ、反応を速めるために使われる。化学において触媒とは、反応を促進するが、それ自身は反応によって変化しない物質のことをいう。通常、ＴＡＴＰの生成に使われる酸は硫酸（電池酸）だ。アセトン、過酸化水素、電池酸は3つとも非常に一般的な化学物質であり、パレスチナ人が容易に手に入れられるものだった。

パレスチナ人は、爆弾の主爆薬の製造に使える化学物質の利用は制限されたが、ＴＡＴＰの製造に必要な前駆体物質なら大量に入手できた。このため、一部の恐れ知らずのテロリスト集団は、主爆薬としてＴＡＴＰだけを大量につくることにした。そうしてパレスチナ人は数百キロものＴＡＴＰをつくりはじめた。それはさまざまな即席爆発装置の製造に使われた。ある事件では、スイカをくりぬいてＴＡＴＰを詰めた爆弾がバスのなかで見つかっている。

ＴＡＴＰをキロ単位で使用するために量産するには、大きな欠点がひとつあった。ＴＡＴＰは非常に敏感で、いつもどおりに扱っていてもエネルギーが加わり、ご機嫌を損ねてしまうことがある。怒りで凶暴な超人ハルクに変身するブルース・バナー同様、怒ったときのＴＡＴＰは好きになれない。この物質の生成過程で、パレスチナの多くの爆弾工場が爆発した。理性的な人間がこれほど悪意に満ちた物質を扱いつづけることは理解しがたいように思えるかもしれないが、

14　私は通常、爆薬のレシピを話題にすることはないが、これは最近では非常に一般的で、誰でも簡単に材料を知ることができる。ＴＡＴＰを試しに調合してみようと考えている人のために言っておくと、私がＴＡＴＰをつくっている人に出くわすのはたいてい、一日をスタートしたときにもっていたより体のパーツが少なくなって病院に現れたときだ。

断固たる決意の爆弾製造者たちは、危険を冒すことを恐れていない。その決意が固ければ固いほど、冒すリスクも大きくなる。

イスラエルの爆弾技術者から聞いた話では、パレスチナの爆弾工場に駆けつけると、死んでいる、それもなぜか裸の爆弾製造者を見つけることがあったという。彼らが現場のその自然主義的な側面を理解するのには、いくらか時間がかかった。バレーボールをしているヌーディストに出くわすのと、爆弾工場でヌーディストを見つけるのとではまったく話が違う。結局、パレスチナ人たちはＴＡＴＰに対して非常に恐怖心を抱いていたため、静電気で爆発するのを恐れて、扱う際には、服を完全に脱ぐこともあったのだという。

２０００年代初頭、パレスチナ人は主爆薬にＴＡＴＰを大量生産している唯一の集団だった。やがて彼らは、この物質がもたらす人的代償に嫌気がさし、別の爆薬に乗り換えた。モロッコは、ＴＡＴＰがより広い世界に飛び出した初めての舞台だった。

モロッコ警察は押収したＴＡＴＰの危険性を低下させようとしたあげく、小型の爆弾をつくってしまっていた。警察の駐車場には、空《から》の薬品ボトルがずらりと並んでいた。明確に「Acetone」（アセトン）とラベルの貼られたボトルもあれば、側面に「eau oxygénée」と印刷されているボトルもあった。フランス語はわからないが、「oxygénée」は「oxygen（酸素）」のことでまず間違いない。そのボトルには「12Volume」とも明記されていた。そんなふうに奇妙な古めかしい方法で濃度が記載されている化学薬品はひとつしかない。髪の脱色に使われる過酸化水素だ。これは大規模なＴＡＴＰ製造所であるのは間違いなかった。そして、パレスチナ地域以外で発見された初の大規模TATP製造所でもあった。

偶然にも当時、私はアメリカにおけるTATPの第一人者だったのだが、駐車場のその光景に、私がこの物質に関してスパイダーマン並みに発達させた危険を察知する直感、「スパイディ・センス」が全力で作動していた。

警察は、ボトルを残らず段ボール箱から取り出し、水を入れていた。ボトルの内側はすべてTATPの大きな結晶でコーティングされている。そのコーティングが日光の紫外線によって駐車場でひとりでに爆発する恐れがあるため、モロッコ警察を支援していたフランスの科学捜査チームが、それを防ぐために水を加えるよう勧めたのだった。

誰かを絞め殺したくなるような状況でも、手腕を発揮しなければならないときがあることを私は知った。本当ならもう少しで「もともと入ってた段ボールにそのまま入れておけば、そもそもボトルは太陽になんかさらされなかっただろ」と口走るところだった。そんなふうに怒りを爆発すればすっきりしたかもしれないが、生産的ではない。とはいえ、TATPが水に溶けないことはわかっていた。しかも、水を加えることで、じつは、フランスチームが予期していない副次的な弊害が生じることにも気づいた。

爆弾犯たちは、ボトルに反応溶液を満たし、時間をかけてTATPが生成されるようにしていた。その後、ボトルからTATPを濾過《ろか》し、それぞれのボトルにはTATPのコーティングが残された。そこに水を加えると、内側に薄く広がっていたTATPが洗い流され、ボトルの首の部分まで浮いてきて、固形の栓を形成する。つまり、爆弾技術者たちはボトルに水を入れることで、その首部分に小さなＴＡＴＰ爆薬をつくってしまっていたのだ。

私はそこにいた集団に、彼らが駐車場のそこら中に何十個もの爆薬をつくり出してしまったことを指摘した。その指摘は彼らの関心を引いたようだった。フランスチームは私の技術的評価に少し驚いたようだったが、モロッコ警察のほうはその場に立ち尽くし、自分たちがつくり出してしまった災難の海を見つめていた。そしてようやく、爆弾処理班の指揮官が、どうすればいいかと私にアドバイスを求めた。それは、私が放り込まれた数々の難局のひとつにすぎなかった。私ははっきり言って、あとの祭りだ。この状況を無事切り抜けられる確実な方法はなかった。私は彼らに、野次馬が祭りを見物しようと集まっていたため、必要のない人たちを全員、駐車場から出すように告げた。さらに、それ以上水を入れて爆弾をつくるのをやめるように言った。そして最後に、耐爆スーツを着用したうえで（ボトルはそれぞれ、いつ爆発してもおかしくないように扱わなければならない）、ボトルをすべて梱包し、砂漠に運んで、爆破するように助言した。

ＴＡＴＰの知識があることで、私はにわかに必要かつ求められる存在になった。モロッコはＴＡＴＰを見たことがなく、私は世界中の科学者の誰よりも長い年月をかけてこの物質を研究していた。私が教師の立場に立ち、授業開始のベルを鳴らす時が来た。

このときまで、私たちのチームは不利な立場にいた。言葉は通じず、それぞれの現場に到着したのは処理がとっくに済んだあとで、モロッコ警察からは助けになっているとは見られていないようだった。ところが犯罪科学研究所に到着すると、状況は一変した。私たちは研究所の所長に迎えられ、内々の話をするために会議室に通された。ＴＡＴＰの存在に現地の研究所はすっかり驚いていた。自分たちが何に対処しているのか、まったく知らなかったのだ。私たちのチームにはＴＡＴＰの実践経験と、その特性に関する長年の研究実績があった。突然、いろいろな人が私たちと話したがるようになった。

所長は側面的な議論をするために、部下の化学者数人を会議室に連れてきた。私がＴＡＴＰの特性について説明を始めると、化学者のひとりに話をさえぎられた。彼が片手を挙げて私を止め、「その情報は本で読んだだけか、それともこの爆薬を実際に経験したことがあるのか」と言ったのを、いまでも鮮明に憶えている。もし彼が礼儀正しくその質問をしていたら、そして私がその数日にわたって体よく遠ざけられていなかったら、もっと外交的で気の利いた答え方をする気にもなっていたかもしれない。だが、この時点で私はもうほとほとうんざりしていた。彼らは、自分たちが扱っている脅威を理解していなかったせいで誰かを殺しかけていたわけで、エゴから私の信頼を毀損しようとする人物を相手にする忍耐を私はもちあわせていなかった。だから所長とその部下たちにぶっきらぼうに応じ、私がアメリカで最初にＴＡＴＰを研究した科学者であることを説明した。ＴＡＴＰの安全性と起爆特性に関するアメリカの研究はすべて私が行った。当時、アメリカの爆弾処理班がもっていたＴＡＴＰの扱い方に関するトレーニング資料はすべて私が作成したものであることを。そして最後に、彼らに興味があるなら喜んで情報を伝えてもいいし、興味がないなら私はアメリカに帰るので、自爆せずにすむ方法を私の助けなしに自力で考えてもらってもいい、どちらでもかまわないのだと締めくくった。それ以上、私の知識を試すような質問はなかった。ときには、強気に出なければならないこともある。

私は数時間にわたって研究所の科学者たちにＴＡＴＰについて教えた。ＴＡＴＰは爆発後の分析が難しく、ＦＢＩはそのためだけの手順を考案したので、ＦＢＩとのコミュニケーションはきわめて重要だった。この分野での私たちの知識は、相手との協力という新たな精神を生み出した。私は爆弾技術者たちと連携し、彼らにＴＡＴＰの扱い方や、悪い連中がＴＡＴＰを武器化する方法についてできるかぎりの見識を与えた。駐車場にあった原料物質のボトルの数から、製造所がどれだけのＴＡＴＰをつくれたかを推定することができた。結局、爆弾犯らは約90キロの揮発性物質を十分製造できるだけの原料物質をもっていたようだ。

私は、爆弾犯らの創意工夫に驚くとともに、彼らが全滅せずにＴＡＴＰの生成をやり遂げたことにも舌を巻いた。彼らは、4リットル弱の大きなガラスの水差しと、ミシンのモーターに竹の棒を取り付けた装置を組み合わせていた。この仕組みによって、材料を入れながら混合物をかき混ぜることができる。また、途中で攪拌《かくはん》速度を調節することも可能だ。彼らはＴＡＴＰを扱いやすくするために、いくつか別の成分を追加していた。正確な成分はここでする話の範疇を超えているが、何年も前に私が見たパレスチナ人のしていたこととよく似ていた。最も印象的だったのは、テロ集団があれほど大量のＴＡＴＰを唐突とも思えるかたちで使いはじめたことだった。それまでは、ほかのテロ集団が少量のＴＡＴＰを使いはじめ、その後じょじょに製造に熟達し、やがて生産量を増やすようになるのを見てきた。ところがモロッコの爆弾製造者は、助走もなしにいきなり時速１００キロに急加速した。その知識をどこで得たのかはいまもよくわからないが、彼らは十分情報に通じていた。悪い奴らは悪い奴ら同士で話をするし、インターネットは爆薬の生成と爆弾製造を望む連中のより緊密な連携を可能にした。

　私はこれまでたくさんの国を訪れた。訪問中はかならずしも、その国の最も輝かしい瞬間を見たわけではないし、最もリラックスしたタイミングでその国の人々と交流したわけでもない。派遣された場所のほとんどは、また訪れたいと思える魅力がなかった。だがモロッコは、その数少ない例外のひとつだ。モロッコには何か心惹かれるものがあった。

　混沌とした事件現場、カート、引き出し、ばらばらの手足の載ったトレイというドラマを経て、最終的には、多少なりともいいことをするチャンスを得たあと、私たちはモロッコのバーでくつろぎながら最後の夜を過ごした。

　店内は薄暗かった。海からの風を入れるために窓は開け放たれていた。窓の外に目をやると、ハッサン2世モスクの明かりが見えた。金色、白、ターコイズブルーが入り江の向こうで輝き、モスクは静寂を放っていた。背景には、モロッコの民族音楽が流れている。海の向こうにはスペイン、背後にはアフリカ大陸があり、両方の文化が岸を洗う波のように打ち寄せるのを感じた。それは穏やかで、神秘的で、完璧なひとときだった。いつかまたここに戻り、もう一度その感覚に浸ってみたいと願った。


　モロッコでテロが起きたとき、私はＦＢＩに入局してまだ比較的日が浅かった。上司から、ＦＢＩのモラー長官が今回の爆破事件に個人的に関心を寄せ、ブリーフィングを求めていると聞かされた。いつもなら、上級捜査官であるレオがブリーフィングを行っていたが、この事件にはＴＡＴＰがからんでおり、私はこの物質に関するアメリカの専門家だったため、レオとともに本部でモラー長官に説明することになった。私がＦＢＩ長官にブリーフィングを行うのはこのときが初めてだったが、それが最後ではなかった。

親から何気なく受け継いだものというのはおもしろい。私の父は１９６０年代半ばに英語の教師をしていたが、新しい世代だったため、ネクタイの着用を拒否していた。そのうえ、母に縫わせた特製の「スーツ」は、色とりどりのペイズリー柄という妙な取り合わせの生地だった。父はそれを気にも留めなかった。その服装をお偉方が気に入らないというなら、クビにすればいいと思っていた。知らず知らずのうちに私も、そのメッセージの一部を自分のなかに取り込んでいた。

いまでは、私がネクタイを着けるのは、どこかに意図的に溶け込みたいときだけだ。だが以前はニューメキシコにいたころから、ループタイを着ける習慣があった。モラー長官には自分らしい姿で会おうと決めた。だから、えび茶色のドレスシャツに、めずらしい「ホワイト」ターコイズのループタイを着けて出かけた。

そのときは、モラー長官が白いドレスシャツ以外を着た幹部に会うのを極度に嫌っているとは知らなかった。青いシャツでさえ彼には気に食わなかったようだ。レオは、ブリーフィングを終えた私に「ループタイを着けてＦＢＩ長官にブリーフィングしたなんて信じられない」と言った。

ここで言っておくと、ブリーフィングはとてもうまくいったし、長官は私たちの仕事を称賛していた。実際、１年後には、ＦＢＩの最高の名誉のひとつを私に授与してくれた。だがそれはまた別の話だ。科学者であることで、私には自分らしくいるいくらかの自由度がある。それはループタイも含めてのことだ。長官は私がもたらした見識を尊重し、ネックウェアの選択については許容してくれた。

数年後、ＦＢＩの研究所長が、私がスーツの上着を持参しなかったという理由で、モラー長官とのブリーフィングに出さないと決めた。私は、長官との最初のブリーフィングの話を所長にはしなかった。人生には、形式があって、実質がある。形式にとらわれる者はややもすると、プールの浅瀬で身動きがとれなくなるものだ。

第6章 マジカルでもないミステリーツアー

知りたいことはなんでも「へい、シリ!」ですんでしまう時代、人はたやすく情報に通じている気になる。そして、自分の「知識」に自信をもち、意見を形成しやすくなる。ところが、世界の暗部で仕事をしていると、私たちが知っていると思っていることは多くの場合、画面上の言葉にすぎないことが浮き彫りになってくる。実際に理解するようになると、じつは知らなかったと気づくことはたくさんある。

この旅がうまくいかないことは、私の仕事用具一式が消えた瞬間から予測しておくべきだった。用具が消えれば、仕事柄、けっして小さくはない不便をきたす。派遣先にもっていく用具の選択は厄介で、時間もかかる。多くの国では、証拠品袋や手袋のほか、犯罪現場処理に使う比較的ありふれた必需品については、現地の警察にあるだろうと当てにできる。だが2004年1月、私は、爆弾製造の容疑者たちを一斉検挙したばかりのバングラデシュに向かい、現地の人々に技術指導を行うことになっていた。地域の財政難が物資の不足を意味することはわかっていたので、軽装備で行くという選択肢はなかった。だから、もち運べる(というより、転がせる)いちばん大きなＦＢＩのペリカンケースに、爆破現場の処理に必要と考えられる物を片っ端から詰め込んだ。

キットには、スワブ用品、証拠梱包用品、多種多様な計測機器、カメラ、ヘッドランプ、懐中電灯、ポケットナイフ、ライター、へら、舌圧子、カッターナイフ、大小さまざまなマルチツール、さまざまな倍率の拡大鏡、作業用手袋、フライトスーツ（オーバーオール）、その他、こまごまとしたたくさんの多様なツールがすき間を埋めるように詰め込まれていた。爆弾調査官は、言ってみれば、自動車修理工や配管工と似ている。さまざまな道具を必要とする汚れ仕事で、作業に取りかからないことには、どの道具が必要になるかわからない。

24時間かけて1万3000キロ近くを横断したあと、私はほかの乗客が荷物を回収して蒸し暑い夜へと去っていくなか、不安を募らせながら待ちつづけた。やがて、荷物用ベルトコンベアが止まり、犯罪現場キットが明らかに不足しているという状況に取り残された。

ホテルに向かう代わりに、大使館の現地調整役と一緒に航空会社の荷物紛失カウンターに向かい、一連の通訳と身振り手振りを介して、紛失したものが何か、私たちのミッションにどれだけ重要なものかを説明しなければならなかった。そして1時間後、紛失したペリカンケースとその中身が戻ってくることはないと確信し、げんなりしながらホテルに向かった。

外国に到着すると、方向感覚を失うことがある。ほとんど眠らずに1日がかりで移動したすえ、真夜中の集中豪雨のなかに到着したため、私はひどく混乱していた。熱帯の木々、小さなトラック、リキシャ、そして最後に、武装警備員が守るホテルの鉄の門が、黒々とした渦を巻いて見えたことを憶えている。朝の散歩で市内をぶらつくのは無理だと悟った。

ホテルのロビーに到着したときには、午前3時半ごろになっていた。朝のミーティングは8時ごろに始まる。7時ごろに朝食の席で集合する予定だった。何年も経ってそんな時間を憶えているのは奇妙に思えるかもしれないが、私の旅は、朝の7時から9時ごろ現地に到着し、そのまま仕事に取りかかることがほとんどだった。それがこのときは、新しい1日が始まるまでに3時間眠れる可能性があった。そのことが歓迎すべき贅沢のように感じられたのだ。

部屋に上がり、用具を失ったことをなおも呪いながらも、少なくとも数時間は眠れると思うと、多少は慰められた。部屋の窓を雨が滝のように流れ落ちるなか、バッグを部屋の隅に放り、ベッドにもぐり込むために服を半分ほど脱いだ。外ではときおり、雷鳴が轟いていた。私のいる2階の窓からは、荒れ狂う嵐のなか、鉄の門がかろうじて見えるだけだった。

ドレッサーに携帯電話を置き、ベッドに向かおうとしたそのとき、目がくらむような閃光が部屋じゅうを照らした。その1秒後、聞いたこともないような大きな爆発音（と言えば、それがどれほどかは想像してほしい）がして、部屋全体を揺るがした。その瞬間、真っ暗闇の静寂に包まれた。停電だ。

最初に頭に浮かんだのは、「あれは絶対、自動車爆弾だ」だった。やがて、暗闇に目が慣れ、状況を整理する余裕ができると、私のなかの科学者があたりを見回し、窓が無傷のままであることに気づいて、爆弾ではないとわかった。だが、寝ずに働きどおしでアドレナリン漬けの脳の一部は、その判断を聞き入れず、攻撃を受けていると主張しつづけていた。私はすぐに落ち着きを取りもどし、パンツのポケットから懐中電灯を取り出して携帯電話を探した。[15]

パートナーのリッチ・ストライカーに電話し、無事かどうか確認した。彼は無事だった。フロントに電話すると、ホテルのすぐ外の変圧器に雷が落ち、爆発したことがわかった。その後、停電は復旧したが、残りの夜のあいだ、電気は不安定に明滅しつづけた。

翌日、私たちのチームは「警察署」と称される場所に出かけていった。ところがそこは、すでに厳重警備の敷地内の、さらに有刺鉄線で囲まれた構内で、まるで耐火金庫のなかの鍵のかかった箱のようだった。ときおり周囲の電気がちらつくなか、私たちは中堅の幹部職員と通りいっぺんの会話を交わした。その職員がリッチと私に愛想よく「ツアー」の案内を申し出たとき、私の肌はぞくりと粟立《あわだ》った。

ガイド役のホストが私たちを連れて狭く薄暗い階段をいくつか下り、地下へと下りた。どっしりとした扉を押し開けると、スティーヴン・キングの小説に出てくるような廊下に通じていた。正直なところ、私はもう一歩も先に進みたくなかった。だが、任務を投げ出すわけにはいかない。その任務がなんなのかはぼんやりしていたものの、爆弾テロ……あるいは、爆弾テロの陰謀に関係しているという。私たちはまだすべての詳細を伝えられていなかった。

警備員の案内で、メインの廊下からいくつかの小部屋に向かった。最初の部屋には、隅に押しやられたシンプルなテーブルの脇に椅子が1脚あり、かなり重そうなバイク用ヘルメットのよう

15　この稼業は『X－ファイル』のようなものだ。（1）懐中電灯はつねに手元に置け。（2）誰も信じるな。

なものがテーブルに置かれていた。ちらりと上を見ると、天井から大きな金属製のフックがぶら下がっていた。そのフックについては何も訊かないことにした。本当に知りたくなかった。

次の部屋はもっと広かった。およそ3メートル×6メートルの、ゆったりとしたリビングルームほどの広さがあるが、魅力的と言えるものではない。またしてもフックが、今度は壁と天井にあるものの、スカーフや帽子をかけたくなるような代物ではない。太さ2・5センチほどの大きな金属棒とリングは、アットホームドラマの家というより映画『悪魔のいけにえ』の部屋を連想させた。

部屋のいちばん奥には、粗雑な板木と鉄帯でぞんざいに組み立てたディナーテーブルのようなものが置かれていた。大きさは長さ180センチ、幅90センチほど。四隅には枷《かせ》が溶接されている。一瞬の間をおいて、何を目にしているのか理解した。手製の拷問台《ラック》と対面しているのだ。大きな鉄の車輪が一連の歯車を介してテーブルにつながっていた。

ツアーガイドが、そのテーブルがどのように使われるのかを熱心に説明した。手首と足首を四隅に拘束し、その後、車輪を使ってテーブルを回転させ、尋問者が「足を叩ける」ようにするという。私はめったに言葉を失う人間ではない。いつもなら、社会的状況に応じて何かしら言葉を見つけることができる。だがこのときは、どうがんばっても、ガイドに返すべきコメントが見つからなかった。頭のなかの声は「まさかの時にスペイン宗教裁判！」（コメディ番組『空飛ぶモンティ・パイソン』に登場する有名な台詞）と繰り返していた。正直、こんなときに脳は、恐ろしいイメージを和らげようとする以外にすることなどあるだろうか。だが表向き、私は黙っていた。

沈黙を破ったのは、パートナーのリッチだった。彼は私に「やれやれ、ひどいもんだ」という視線を向けたあと、得意げなホストに向かって皮肉たっぷりにこう訊いた。「使ってみてどの仕掛けがいちばん効果的でした?」

ひとりの警察官が近づいてきて、容疑者に会いたいかと尋ねた。私としては、会いたくなかった。なぜなら、それは私の仕事ではないからだ。外国の捜査機関はＦＢＩの職員をすべて同じだと考えている。彼らにとっては全員がＦＢＩ捜査官なのだ。だが私は科学者だ。捜査官は取り調べや尋問をする。私はしない。どんなにリラックスした状況でも、よその国の容疑者の前に座って質問を始めるつもりはない。しかも恐怖の部屋を背景に、そんなことをするつもりは絶対にない。

ところが、不安にどう対処するかを思いつく前に、ホストが、爆弾製造工場の一味と思われる拘束された容疑者を連れてきた。私は彼から目が離せなかった。小柄でやせ細り、汚れて破れた服を着ていた。脚を撃たれていたが、誰がなぜ撃ったのか、正確なところはわからない。そして彼は、ハヤブサのように頭巾をかぶらされていた。

というわけで私は、現地警察とともに、手錠と足枷をされ、片足に銃創のある、頭に黒い袋をかぶせられた男とその拷問部屋に座っていた。この状況に対する私の絶望的なまでの嫌悪感を恐怖心と見てとったのか、警察官が容疑者を指差し、「心配ありませんよ。彼と私はこの数日でとてもいい友人になりましたから」と言った。そして、容疑者を椅子に押し込みながら、男に向けて「友だちになったよな?」と声を張り上げた。それから、もっと親密な会話ができるように、袋をはずした。

私は血の気が引き、『ミッドナイト・エクスプレス』の昼の上映を最前列で観ることになるのだろうかと考えていた。さいわい、ＦＢＩの上級捜査官が部屋に入ってきて、あとを引き継いだ。ポリグラフで、ホストたちの言葉で言う「不届き者」を取り調べる準備が整ったという。そのため、警察官は男にまた袋をかぶせ、私たちのチームメイトのもとに連れていった。ＦＢＩの上級捜査官（彼に神のお恵みを！）は現地警察を相手に、ＦＢＩが長年かけて培ってきた、こんなに野蛮で非人道的ではない（外交上、その言い方は控えたが）取り調べや尋問の方法を教えるために、チームを派遣することについて話を始めた。

ツアーが終わり、容疑者も連れていかれると、私たち爆弾班はこのデヴィッド・リンチの脚本から抜け出す口実ができた。リッチと私はホテルに戻った。そして最初のビールを飲んでいると、ポリグラフ検査員たちが合流し、見てきたばかりの拷問部屋について、頼んでもいない情報を共有してくれた。

テーブルにあったあのフルフェイスのヘルメットには強力なライトが備え付けられていて、被疑者にかぶせると、安物雑貨店で売られる推理小説で警官が容疑者の顔に当てる、あのまぶしい電気スタンドの携帯版のような効果がある。フックは、枷で吊るして被疑者を従順にさせるためのもの。拷問台の車輪は、足の裏を好き勝手できるように台を垂直から水平に動かすだけでなく、遊園地の狂った乗り物のように、高速で回転させられる。さらに、容疑者には電気ショック装置を装着することもでき、電流を流す際に建物の電力を利用するので、照明がちらつく原因になっていた。

私たちのチームがバングラデシュを離れてほどなく、バングラデシュ政府は同国の犯罪・テロ対策精鋭部隊である「緊急行動部隊（RAB）」を創設した。RABの拷問方法は、私が聞いたもろもろに加えて、電気ドリルで穴を開けるなど、ほかにもまだあった。彼らのモットーは「犯罪者に人権はない」だった。

敵の人間性を奪うことは、自分自身の人間性を放棄する第一段階だ。私は、人命があまりにも軽んじられるのを世界のいくつかの場所で目の当たりにし、人の命をなおのこと大事に思うようになった。人権についても同じことが言える。アメリカが同じ暗黒の領域に足を踏み入れたと聞いたときは、公務員としてのキャリアのなかでとても悲しい日々だった。バングラデシュはその教訓を私の良心にしっかりと刻みつけた。私はようやくその概念が何を意味するのかを理解したのだ。

拷問について抽象的に議論したり、「強化尋問」などという言葉で実態をごまかしたりするのと、拷問に直面するのとはまったく別のことだ。本当に理解するまでは、知らないということ。それは私たちみんながもっておくべき人生の教訓と言える。重要な問題であればあるほど、自分がすでに「知っている」ことを本当の意味で理解することがますます不可欠なのだ。

第7章　自分たちが攻撃目標になるとき

父は（ほかにもかなりの人が）よく、「自分が割り出した悪人たちに狙われるのが恐くないのか」と私に訊く。端的に答えれば、「ノー」だ。もちろん、この仕事に携わる人たちはみな、日々の仕事に適度な恐怖心を抱いている。爆発物にやられて指を失い、難聴などの一生治らない負傷を負った友人が3人いるし、親しい同僚がひとり、命を落としている。とはいえ、私たちは爆弾を所持している人間よりも、物質そのものの爆発性をより警戒する傾向にある。それに爆弾犯も、もし生き延びたとしても、自分がやったと相手が知っているかどうかなど、たいてい気にしない。テロ集団は、自分たちの犯行でないことまで「手柄」にしようと騒ぎ立てるし、単独犯は自分の不満をみんなに知ってもらいたがる。結局、彼らの最大の任務は、強大なゴリアテたちに対して、世界のダビデたちが彼らをぶちのめせるとわからせることだ。いずれにせよ、彼らの狙いは私たちではない。

とはいえ、私たちが直接危険にさらされることが絶対にないというわけではない。そもそも、爆弾犯は危険で、ときに狂乱した人物だ。現場で活動する科学者である私たちは、リアルタイムで彼らから身を守る術をほぼもたない。また彼らのせいで、攻撃を受けたコミュニティでは怒りの連鎖反応が起こり、助けに来た人々が敵とみなされることもある。

私が心から身の危険を感じたのは、2005年に反シリアのジャーナリスト、サミール・カッシールの爆破暗殺事件後のベイルートで、証拠採取のチームを率いたときのことだ。その年、複数のFBIチームがレバノンに入ることになった。私たちはシリア人が「去った」あと、ベイルートに招かれた最初のチームだった。次の攻撃のあとには、友人で同僚のマイケル・レオーネとそのチームが入った。それからの5か月間、テロが続いたため、私たちの課はほぼコンスタントにレバノンに出たり入ったりを繰り返していた。そしてやがて、何か悪いことが起きるたびに出動しつづけることはできないと悟った。人々は私たちが何者かに気づきはじめていた。情報機関の報告書が、私たちがターゲットになりつつあることを示しはじめていた。

2005年6月2日、サミール・カッシールは、ベイルートのキリスト教地区に停めていたアルファロメオに乗り込んだ。エンジンをかけたのと同時に、運転席の下に仕掛けられていた爆弾が爆発し、彼は即死、同乗していた女性が負傷した。死亡時、カッシールは45歳で、レバノンの最も著名なリベラル派ジャーナリストのひとりだった。

通常、アメリカ市民ではない一個人に対する爆破事件では、FBIが支援要請を受けることはない。だが、カッシールの場合は違った。当時、レバノンに見られた政治的なもつれは緊張を伴う複雑なもので、その混乱ぶりは、そうとは知らない私のような第三者をその渦中に引きずり込むには十分だった。

混乱はその冬に始まった。カッシール暗殺の数か月前、2005年2月14日に、レバノン元首相のラフィーク・ハリーリーが、道端に仕掛けられた大規模なトラック爆弾で暗殺された。一部推定によると、2トンの高性能爆薬が使われたとされる。爆弾が爆発したのは、ハリーリーを乗せた6台の車列がレバノンの首都のウォーターフロントにほど近いセント・ジョージ・ホテルの前を通過したときだった。この爆発でハリーリーを乗せた車列は全滅し、同氏と8人の同行者、13人の見物人が死亡した。また、通りには直径9メートルのクレーターが残り、周辺の車20台が破壊され、さらに100人が負傷した。

事件の前、ハリーリーは、シリアによるレバノンの政治支配をめぐってシリアのアサド大統領と対立し、首相を辞任していた。ハリーリーは、新政権を樹立させて権力の座に返り咲く可能性のある次期選挙に集中していた。ハリーリー暗殺の規模と複雑さから、人々はこのテロがアサドとその政権によって画策されたのではないかと疑った。

事件は非常に注目度が高く、捜査はＦＢＩがいくらか支援するというレベルをはるかに超えていた。国連は自ら調査を進めるため、ハーグにレバノン特別法廷を設置した。さらに現場には、処理に当たる専門家チームを派遣した。私が長年にわたって一緒に仕事をしてきた何人かを含むオランダの法科学分析官は、爆弾犯のフラットベッドトラックの残骸を組み立てた。専門家らはまた、現場で数百に及ぶ遺体の一部を回収した（この作業をうらやましいとは思わない）。ほとんどは、ハリーリーとその同行メンバー、判明している犠牲者のものであることが確認された。しかし、遺伝的に共通する100個ほどのサンプルは、身元の判明している犠牲者と結びつけることができなかった。

経験上、現場から身元不明の遺体の一部が回収された場合、最も論理的な結論は、それが自爆犯かもしれないということだ。この事件で捜査官らは、それがまだ身元の判明していない犠牲者ではなく、爆弾のごく近くにいた人物のものであるという別の手掛かりも得ていた。とくに、遺体の散乱パターンは、爆発の最も近くにいた人物のものであることを示していた。さらに、遺体の部位が小さいことも爆発のすぐ近くだったことを示していた。発見された最も大きな部位は鼻だった。ほかの捜査官らは、その鼻のかたちから、爆弾犯の国籍を推測しようとした。

ハリーリー元首相殺害は、大きな波紋を広げた。その後の数か月、シリア政府が29年間にわたってレバノンを占領しつづけたことに対する大規模抗議活動が勃発し、この出来事はやがて「杉の革命」として知られるようになった。2月28日に親シリア派の政権が退き、3月8日にシリア軍が撤退を開始するなど、一連の出来事が続いた。そうして民衆によるデモは頂点に達し、3月14日、シリアによる占領に抗議して、100万人以上が参加するレバノン史上最大のデモが行われた。4月末までに、シリア政府はすべての軍隊を撤退させ、ベイルートとレバノン北部に置いた諜報機関の拠点をすべて解体した。

急激な変化はたやすく実現するものではない。杉の革命はレバノンをシリアの支配から解放した一方で、レバノンの政党を今日まで続く親シリア派と反シリア派に分断した。サミール・カッシールはこの革命における重要人物となった。反シリア感情の代弁者として、またレバノンの主要紙で尊敬され影響力のあるコラムニストとして、レバノン全土で注目を浴びた。ハリーリー暗殺の首謀者としてシリアを公然と非難し、親シリア派の政治家の辞任を求め、政党「民主左派運動」の創設メンバーを務めた。カッシールは、ハリーリーの死後に起きた社会を変革する大規模デモの原動力と目された。

カッシール自身が殺害されたとき、彼が反シリア派の活動家として目立つ存在だったことで、犯行は当然のように親シリア派勢力の仕業とされた。彼の死は、シリアがレバノンの政治に干渉を続けている証拠とされ、親シリア派大統領の解任を求める声がさらに高まった。レバノン政府は、カッシール暗殺の捜査に真剣に取り組んでいることを国民に示そうと必死だった。オープンで、なんら秘密がないことを証明したがっていた。そこで、中立の立場にあるふたつの国に働きかけ、支援を仰ぐことにした。アメリカとフランスだ。フランスは、自国の国立研究所から捜査官のトップチームを派遣した。そしてどういうわけか、FBIは私を送り込んだ。

私は、数十年前にアメリカの軍事施設や大使館が爆弾テロに遭って以来、初めてFBIのチームを率いてレバノンに入った。当時の私は、政治情勢にはかなりうとかった。おそらく、自分が放り込まれようとしている〝スズメバチの巣〟について無知だったことは、私には都合がよかったのかもしれない。「おい、ジム、私は医者だ。外交使節ではない」（SFドラマ『スター・トレック』に登場するドクター・マッコイの有名な決まり文句のもじり）。ところが、派遣が終わるころには、私は少しずつその両方になっていた。

カッシールの車の下に仕掛けられた爆弾が爆発したのは、現地時間の午前11時45分。クワンティコの時間では午前2時45分のことだ（クワンティコはFBIの訓練アカデミーと研究所の所在地）。通常、他国から支援要請があると、長々と承認手続きが発生し、FBIが現地入りするまでに何日もかかったりする。それがレバノンへの派遣は、私のキャリアのなかで最速で決まった。その朝、私が出勤すると、家に戻ってベイルートに向かう荷物をまとめるよう上司から指示を受けた。

仕事の装備を詰めたバッグは常時、用意してあった。派遣用装備はすぐに旅行ケースに入れられるようにしておくと面倒がない。普段着も事前に準備しておくのは簡単だった。たいてい、暑い気候の場所に行く用意をしていた。派遣される先はどこも暑いところばかりに思えた。

その日の午後、空港に着くと、チケットが用意されていた。バングラデシュで荷物の「行方不明」を経験したせいで、私は疑心暗鬼になっていた。標準的なフルサイズのキットに加え、緊急用の予備のキットも大きなバックパックに入れてもち歩いていた。大きな旅行ケースに入れたものと同じアイテムだが、「ミニサイズ」仕様だ。

爆発現場の調査用測定機器をもって空港の保安検査を通過するのは、旅をおもしろくも厄介にもする。国外への旅では、保安検査を何度受けるかはまったくわからないことを学んだ。アメリカでは、一度システムに入れば、乗り継ぎでもすべて問題なく通過できる。ヨーロッパでは、ターミナル間に保安検査ポイントがあり、果ては、出発ゲートでさらなるX線検査が待っている。国によっては、安全確保のために、ゲートで無作為に荷物をチェックするところまである。イスラエルへの旅では、そこにさらに、好奇心旺盛な保安職員と感じよく会話するのも加わることになる。

私の便はフランスを経由した。そこで、何重にも敷かれた保安検査のひとつに、私がもっていた「キャリパー」という測定器が引っかかった。平べったい小さなハサミのようなものがついた金属製の定規の不吉なかたちが彼らを恐怖におののかせ、使い方を簡単に説明して実演して見せても、その恐怖を和らげることはできなかった。私は空港警察と話したいと伝えた。

普通テロリストなら、空港警察に連れていってくれとは言わないので、私は脅威というより好奇の目で見られた。警察にアメリカの外交用パスポートとＦＢＩの身分証を見せ、精密測定の手ほどきを始めた。相手がなおも半信半疑なのがわかった。そこで、警察が私の道具をもって飛行機に同行し、パイロットに渡して保管してもらうのはどうかと提案した。それなら、私が飛行中に立ち上がり、精密測定を戦略的に応用して航空機を乗っ取ろうとはしないだろうと誰もが安心できる。その提案にみんな満足したらしく、私はぎりぎりのところでエスコート付きでの搭乗を許された。

皮肉なことに、飛行機を降りると、何便も乗り継いで疲れていたせいで、パイロットから道具を受け取るのを忘れてしまい、ターミナルビルに入る直前でそれに気づいた。おかげで、ベイルートのゲートの職員相手に、なぜパイロットに話をしてもらう必要があるのかを説明する羽目になった。だがその時点ではもう、あのいまいましいキャリパーを置いていくくらいなら腎臓を置いていくほうがマシだと思っていた。

派遣先の国に入るのは、ある種、信頼の賭けだ。多くの国で、入国には特別なビザが必要になる。私は、「向こうでなんとかしてくれるから」と保証され、派遣の通告を受けてほんの数時間で送り出されることがほとんどだった。そしてその保証は「運がよければ誰かが税関を通してくれる」という暗号だと気づかされた。レバノンで飛行機を降りると、さいわいにも出迎えてくれたのは、税関システムの通過に付き添ってくれる現地当局者だった。ところが、税関職員が私のパスポートをぱらぱらとめくる顔つきを見て、安堵感は一気に消え去った。けだるい視線をページからページに走らせていた職員が突然、体をこわばらせた。嫌悪の目で何かをにらみつけている。どうやら大きな罪を発見したようだ。

税関職員は、私が過去に派遣されたイスラエルのビザを見ていた。イスラエルのビザのステッカーは大きな「7枝の燭台《メノラー》」で、パスポートの1ページをまるまる占めている。ある国々はイスラエルを認めていない。もちろん、必要に迫られれば、地図で場所を特定することはできるが、主権国家として公式に存在を認めるのは、あまりに遠すぎる一歩だ。そんな存在しない国を訪れた証拠をパスポートでことさらに見せつける輩《やから》は、その国を認めないという大切な伝統を脅かす。もしパスポートにあったのがナルニア国やパンドラ、アトランティスのビザだったら、問題はなかったのだろう。だが私のパスポートには、存在しない国《ネバー・ネバー・ランド》のビザという汚点がついていた。よっていま私は、そんな書類をもった人間を（よくて）スパイとみなすよう訓練された、侮辱されたと憤《いきどお》る役人に直面していた。

私のエスコート役がすぐに、その気分を害した職員と活発に言葉を交わした。そして私に向き直り、問題を確認するために「イスラエルに行ったことがありますか?」と尋ねた。私の返事は疲れて苛立った「何度も」のひと言だった。エスコートは私に、通常、イスラエルのビザをもっている人は入国できないと指摘した。その時点で、私は気配りする気も失せかけていた。

「それは尊重しますけどね、この国の大統領がＦＢＩに支援を要請してきたんですよ。べつに私としては、喜んで求められた支援を提供してもいいし、次の便に乗って帰国したっていいんですけどね」

とたんに、エスコートと税関職員、そして、なんの騒ぎかようすを見に来ていた税関管理官が私の運命を話し合うため、脇の部屋に消えていった。いまでも、彼らがどんな話をしていたのかはさっぱりわからない。ただ、壮大な物語だったにちがいない。彼らが戻ってくるまでにまる1時間かかり、エスコートからは、アラビア語がたっぷり書かれた上にスタンプの押された公式の黄色い紙を1枚手渡された。レバノンを出国するにはその紙が必要だという。レバノンの税関がイスラエルのビザで汚されたパスポートにスタンプを押すのを拒否したため、スタンプを押すためにまったく別の紙を用意したというわけだ。エスコートからは、もし誰かに訊かれたら、レバノンで「商売をするために」来た「アメリカの商人」と答えるように言われた。私に入国許可が下りるように彼がひねり出した嘘としか思えない。入国するだけでこれほどの大騒ぎになるなら、実際に事件の調査に当たるのはどうなることかと不安になった。

空港から迎えの車に乗り込んだころには、現地時間の午後2時になっていた。爆弾が爆発したのは24時間以上も前で、現場はそのまま保存されていた。食べたり休んだりしている時間はない。悪い奴は死ぬまで眠れない。

ＦＢＩの司法担当官が私たちを警察本部に連れていった。調査の〝ダンス〟は、まず指揮官との接触から始まる。私たちは大きな会議室に通され、ミニサイズのコーラの儀式を経て、本題に入った。ブリーフィングでは通常、事件の概要と、事件にまつわる政治的に微妙な問題について説明を受ける。だが今回は、妙な雰囲気が漂っていた。手続きやブリーフィングが終わったのは午後3時ごろ。指揮官は、私たちが現場にどのくらいいるのかを知りたがった。現場の状況が不明なので、はっきりしたことはわからなかった。彼は、5時をかなり過ぎても現場にいられることに神経質になっているようだったが、理由は明かされなかった。その異様さに気づくべきだった。

指揮官とは私たちが現場を見てから翌日落ち合うことにして、その日は私たちだけで現場を確認に出かけた。チームはとても少人数だった。以前はもっと経験豊富な調査官たちが一緒だったが、今回はまさに私が独りでチームリーダーを務めなければならなかった。チームは、爆発物の専門家がふたり――ひとりは技術者、ひとりは法化学者（デイヴ・マッコラム）――と、犯罪現場の処理を専門とするＦＢＩの特別チーム、証拠収集班（ＥＲＴ）のベテラン管理官がひとりで構成されていた。

ＦＢＩの爆発物化学者は、爆弾に使われた爆薬を特定する。残留爆薬のサンプルを採取し、バルク爆薬のサンプルがあればそれを集め、両方の分析を行う。今回のような現場では、必要なら私がサンプルを収集することもできるが、化学者はもうひとつ重要な役割も担っている。現地のラボと連絡を取り合い、ラボの化学分析が適切に行われるように努める。必要であれば現地のラボの化学者に、爆発物化学分析の専門技術を教えることもある。

ＦＢＩの爆発物技術者は何でも屋だ。鑑定の訓練は受けていないものの、爆破事件の場数を踏んでいるため、そうした現場で何をすべきかわかっている。事態が込み入ってくれば、私のような調査官は難しい決断を下す。技術者は、爆破現場を徹底的に分析するという不快で疲労困憊するプロセスを、紹介しきれないくらいさまざまなかたちで支えている。病院の看護師のように、私の世界の陰のヒーローだ。

証拠収集班のメンバーは証拠収集の専門家として訓練されている。ＦＢＩのどの支局にも、犯罪現場の処理と証拠収集の訓練を志願して受けたチームが少なくともひとつはある。彼らはテレビの犯罪ものの番組にかならず登場する、背景でカメラをもち、ユニフォームのレイドジャケットを着て指紋を採取し、室内をスケッチし、机の引き出しを念入りに調べている人たちだ。彼らは現実に存在する。ただ、ムード照明が当たっていないだけだ。

犯罪現場での目標は、動かせるものは集め、動かせないものはその場で活用することだ。完全な写真記録は必須。爆弾は近くのものすべてに損傷を与える。その損傷を記録すれば、爆弾の大きさを分析するのに役立ち、爆弾がどのように組み立てられ、機能したかを知る手掛かりになる。クレーターは大きさを測り、写真に撮らなければならない。車両の損傷も同じように写真に撮って分析する。爆弾から割れた窓までの距離を測る。付近で窓ガラスの割れた建物は、爆弾の部品が投げ込まれていないか部屋を捜索する。付近の屋上も、そこまで飛んできたかもしれない爆弾の破片を探す。写真撮影は通常、ひとりが担当し、爆発による損傷の測定はふたり1組、室内と屋上の捜索はできるだけ多くのチームを集めて行っていた。だが私には、そのすべての仕事をこなすのにひとりしかいない。いつもどおりのことだ。

爆発の現場は路上だった。破壊されたカッシールの車は縁石の横にあった。車両と街とを隔てているのは、車の周囲約9メートルの位置に張り巡らされたぺらぺらのビニールの現場保全テープだけ。そのテープは通りをさえぎるだけで、両側の歩道は歩行者や通りすがりの見物人が自由に行き来できるようになっていた。ネットで「カッシール暗殺」を検索すると、私とチームが現場を処理し、明らかに見物人とわかる人たちがすぐ近くで見ている画像がいくつも出てくる。

私たちは現場処理用具の入った大きな黒いケースを車から降ろし、作戦を練った。現場はみなそれぞれ違う。アメリカでは確立した手順があり、私たちはどの現場の処理でもそれに従う。だがレバノンでは、本来必要な10分の1の人数で仕事をこなすため、いつもの手順より即興で対処することがじょじょに上回っていった。チーム唯一の証拠収集班メンバーにとってそれは、爆発物技術者と協力して最重要の測定だけを行うということだった。化学者（デイヴ）と私は顔を見合わせ、何を最優先にすべきかを了解し、車の処理を開始した。

どんな爆破事件でも、たいていは爆心地が証拠探しの中心になる。原則として、私たちが最初にするのは、微量の爆薬残留物の採取だ。調査の一環で、爆発直後の現場写真はすでに確認していた。通りは、ブラックフライデーのセールを思わせるものだった。人々が車に群がっていた。群集のなかに、警察や軍のさまざまな制服がはっきりと見えた。軍服が写っているということは、私にとって意味はひとつ。「汚染」だ。

警察の存在は爆発現場を汚染する可能性がある。警官のホルスターに収められた銃は、弾丸が発射される際に無煙火薬から放出されるニトログリセリンを捕捉する。もし警官がホルスターに触れたあと、爆発現場の物体に手を置けば、ニトログリセリンが現場に持ち込まれる可能性がある。爆発後の写真に写っていた軍人のなかには爆弾技術者もきっといたはずだ。爆弾が爆発したあとに爆発物処理班を呼ぶのは当然のことだから。軍の処理班は日々、さまざまな爆発物に囲まれて過ごしている。彼らがトイレのあとに手を洗うことはあるかもしれないし、ないかもしれないが、高性能爆薬をいじったあとに手を洗うことはまずない。

そのため、車の表面はすべてそれに関連した爆薬に汚染されている可能性があると考えなければならなかった。外国政府に反対するジャーナリストを秘密裏に暗殺したのがその外国政府の可能性がある場合、軍用爆薬に関連する残留物が検出されれば、その国の犯行であるという先入観に信憑性《しんぴょうせい》を与えることになるかもしれない。残留物を見つけるなら、信頼できるものでなければならない。

爆発後の現場で私たちが最初にすることのひとつは、爆心地点の特定だ。そこに残留物が最も豊富に存在する可能性がある。車内では、大まかな全容を把握するのは難しくなかった。床が車内に押し上げられ、シートは激しく損傷し、天井には床とシート、もしかするとそのほかの破片が上方や外に吹き飛んだ際にできた穴が何か所もあいていた。爆弾は明らかに車体の下に仕掛けられていた。もしシートの下に仕掛けられていたのであれば、床が道路に向かって下向きに吹き飛ばされていたはずだ。ただし、ひとつ問題があった。クレーターが見当たらない。

車にこれほどの損傷を与えた爆弾なら、その下の道路には少なくともへこみがあるはずだ。ところが車両の下の道路は無傷だった。これまでの前提はそう簡単に振り払えるものではない。アメリカなら、現場全体の処理が済むまで車は手をつけずそのまま残されている。だがここでは、爆心地であるはずの場所に立っているのに、道路はまっさらな状態だ。ありえない。先入観が目を曇らせているのか。私は司法担当官を呼び、困惑していることを説明した。残留物を収集するために最初に爆心地を探したが、クレーターがないせいで混乱していた。さいわい、司法担当官はもっと広い範囲で現場を歩く時間があったため、被害車両のうしろに駐車してあった車に私を連れていき、その下の穴を指さして言った。「こんな穴ですか?」つまり、誰かがクレーターを動かしたか、車が移動させられたかのどちらかだ。応用物理学によって前者のシナリオは排除される。

犯罪現場の車を移動させるなんてどこのどいつだ? パーキングメーターの時間切れでも心配したのか? なぜ車が動かされたのかはいまもわからないが、とにかく動かされていた。クレーターはあったのだ。そして犯罪現場が汚染されている可能性を示すさらなる証拠もあった。しかも、おそらく恐れていたよりもひどい。

クレーターは荒らされていないようだった。大きさを測り、道路の下の、内側に隠れていた土までデイヴとふたりで表層のがれきを取りのぞいた。爆風が下向きに炸裂《さくれつ》し、コンクリートを削り取ったとき、残留物を巻き込んで穴に押し込んでいる。表層は最初に現場に来た者たちに触れられてしまっているかもしれないが、小さなシャベルで掘り進めた層は、まだ誰も触れていない領域だ。私たちは最初の残留物サンプルを採取した。

残留物の採取は運に左右されるゲームのようなものだ。残留物は物理の法則に従った場所に飛散するので、1か所だけから集めるのは、トランプから適当に1枚カードを引いて、絵札を期待するようなものだ。何枚も引くほど、当たりを引く確率は上がる。通常、手つかずの現場であれば、一も二もなく車の下のサンプルを採っていただろう。そこが爆弾に最も近い場所だからだ。だがこのケースでは、車は明らかに動かされていたので、そこが汚染されていないという確信がもてなかった。それでも、汚染の可能性はあるが、車台の手つかずに見える部分を見つけてスワブすることにした。完全に無視してしまうには、あまりに残留物が多く残る場所だ。

次に、私たちはシートのクッション材を調べた。シートは引き裂かれてずたずたになっていた。カッシールの脚が引きちぎれた場所の床とシートに血が染み込んでいた。そのクッション材は爆発物の粒子をとらえるのに理想的な「罠」だ。血を吸い取ったスポンジ部分を避けながら、明らかな焦げ跡部分の近くのクッションを丹念に調べ、分析のために数か所を採取した。

精いっぱい努力はしたが、採取したどのサンプルも汚染されていないとは、まだ100パーセント確信できなかった。そのとき、ふと現場を見渡し、ひらめいた。車の屋根だ。車中から爆弾や車の破片がいくつも屋根を突き抜けて吹き飛んでいる。たくさんの手が触れている可能性のある屋根の外側をスワブしても意味がない。だが、内側なら話は別だ。天井の内張りが屋根の内側を守っていた。デイヴと私は内張りを切り取り、車の屋根の金属フレーム全体を内側から露出させた。この表面に触れた可能性があるのは、ずっと前に組み立て工場で触れた手だけだ。私たちは爆発物が突き抜けたすべての穴のまわりをスワブし、そこには汚染物質が潜んでいないことを確信した。

化学鑑識が終わり、そろそろ爆弾がどのように組み立てられ、機能したかを解明する段階に移った。周囲の損傷を測定することで、主爆薬の規模を推定できる。クレーターはすでに測定しているので、爆薬量に関する一応の目安は得ていた。次に、車の前部座席の下の床に開いた穴を測定した。それがわかれば、爆破装置の寸法が判断できる。

爆発物が表面に接触すると、穴はそのサイズよりも大きくなり、小さくなることはない。たとえば、爆薬が直径10センチの保存容器に入っていたとしたら、直径5センチの穴があくことはない。だが、金属が伸びて、穴が15センチになることはあるかもしれない。穴の大きさと、車の底と地面との距離がわかれば、爆薬のおおよその体積を求めることができる。車の床に10センチの穴があき、地面とのすき間が15センチなら、そのふたつのサイズから円柱の最大サイズが導き出される。体積がわかれば、痕跡分析で見つかった爆薬の種類にもとづく密度を推定することで、爆薬の最大量がわかる。1・4キロ入る袋に2・3キロを詰め込むことはできないが、1・4キロならぴったり収まる。

車の損傷を記録するために物理的な測定と写真撮影をひと通り終えたころ、現地警察は、私たちが何か飲みたがっているようだと判断した。私たちが次の段階の作戦を練るために現場検証装備ケースに向かうと、感じのいい若い警官がデイヴと私のためにペプシ缶2本を手に近づいてきた。しかも親切にも、手渡す際には缶を開けてくれた。

　犯罪現場で作業をするときのごく基本的なルールがいくつかある。そのリストのかなり上位に来るのは、「犯罪現場では飲み食いするな」だ。また、外国で仕事をする際のルールもある。そのリストのトップは、「心遣いを拒否してホストを侮辱するな」だ。デイヴと私は差し出された缶を受け取ったが、現場から9メートルほど離れた現場キットの横に置いておいた。そして、さらにいくつか道具を手に取り、車に戻った。

　いつの間に撮られたのか、キットから道具を取り出す私たちと、その前景に写り込んだペプシ缶がまるで広告のように目を引く写真がニュース記事に載り、ＡＰ通信に報じられた。その晩、上司に状況を報告するため研究所に連絡すると、オンライン会議に参加した同僚たちが、ペプシと一緒にピザも注文したのかと訊いてきた。写真は撮られた数時間後にはウェブに掲載され、ＦＢＩじゅうが、おまけに長官までもが、私たちが恥じらいもなく炭酸飲料会社の〝サクラ〟をしているのを見たと知らされた。いまでもときどき昔のことをよく憶えている年配の調査官に、この科学捜査上の「失態」を思い出させられることがある。

　だが、調査の話に戻ろう。今度は爆弾の破片を探さなければならなかった。前にも触れたが、どんな爆弾にも、爆薬とその爆薬を起爆させる仕組みがある。私は爆弾を起爆させた装置と、それを隠したり固定したりするために使われたものの破片を探していた。事件現場の調査では、そうした捜索を導くために、私はいくつか考えうるシナリオを用意することが多い。今回の場合は、ふたつのシナリオを考えた。

最初のシナリオでは、爆弾は車の下の地面に置かれていた。もちろん、誰の目にも触れるところに爆弾を置くことはない。だが、犯人が爆弾を古いファストフードの紙袋に入れて車の下に置いた可能性はある。何も知らずに車で通りがかった人や、車の持ち主が車の下が見えるところから来た場合、それをただのゴミとみなすだろう。車の下にもぐり込んで他人のゴミを回収したい人などいない。地面には小さなクレーターがあった。つまり、小さな爆薬が地面に置かれていた可能性がある。また、それより少し大きな爆薬が車の下に、地面から何センチか浮いた状態で取り付けられていた可能性もある。

第2のシナリオでは、多くの暗殺攻撃と同様、即席爆発装置が車の下側に、外から見えないよう磁石や接着剤、テープで固定されている。車の大きな穴を考えると、こちらの可能性が高いと考えられた。爆弾が車に取り付けられていると、破片の一部はかならず上向きに飛ぶ。一方、爆弾が地面に置かれていた場合は、破片の一部は上向きに飛ぶが、その軌道は、車が大きな水たまりに入ったときに水が横に押し出されるように、外側にも破片を飛ばす。今回の爆発現場では、地面にただ転がっている破片が見つかるとはあまり期待していなかった。地元警察や見物人たちが放っておかなかっただろう。私の関心は、車のなかだ。

車内をどう捜索するのが最善策か考えながら、さらに道具を取ってこようと装備ケースに戻り、はたと足を止めた。武装した軍人たちが壁をつくり、野次馬を入れないように地面から90センチの高さに規制テープが張られた内側で、5歳くらいの少年が私の装備ケースのすぐ横に立っていた。たぶんペプシ好きか、謎めいたケースと大仰な防護服を着たアメリカ人たちに興味があっただけだろう。いずれにしろ、警備された犯罪現場の真ん中にいるべきではない。私は急いでカメラを取り出し、後世に伝えるためにその瞬間を写真に収めた。この写真は、規制線の管理について話す際に使うお気に入りの1枚になった。少年は、私の要請ですぐさま現場から連れ出された。

ようやく、デイヴと私は爆弾の破片を探すために車内の処理を開始した。床を掃き出し、すべての破片をふるいにかけた。だが、明らかなものは何も出てこなかった。今度は、ずたずたになった座席フレームからシートクッションを取り出し、破片の穴があるように見える部分を慎重に切り取った。いい流れで作業が進んでいたところで、事態は思いも寄らないかたちで脱線することとなった。

最初、遠くにオレンジ色のシャツが見えたとき、奇妙には思ったが気に留めなかった。彼らのおそろいのオレンジ色の服がどこかのスポーツチームを連想させ、なんでもないと片づけていた。化学者のデイヴと私は車を分解するのに忙しかった。それまで手の届かなかった座席フレームに手を入れた。私が車の内部をスワブする間、デイヴは整備士さながら車の下にもぐり込み、手の届きにくい位置にある、爆発による穴をスワブした。

車は、長さ400メートルの坂のふもとにあった。通りは車両通行止めで迂回《うかい》の交通規制がかかっていたが、ときおり歩行者が歩道を通り過ぎていた。

デイヴが車の下で体の位置を変えたため、私は後ろに下がって顔を上げた。すると、何十人ものオレンジ色の集団がゆっくりと坂を下ってきていた。そのオレンジ色の集団に脇道からも人がさらに合流し、100人を超える大群に膨れ上がった。そのときには、200〜300メートルほど先まで迫り、目的をもって、ひたすら無言のまま、私たちのほうに向かって坂を下っていた。

群集はどんどん増えつづけていた。道路の隅から隅までが、ゆっくりと移動するオレンジ色の人の波で埋め尽くされていた。人間の溶岩流が現場の規制テープに到達すると、岩の周囲を流れる水のように分かれ、私たちのまわりを四方から囲んでいった。数分のうちに、現場全体が群集に取り囲まれた。なかには、孤立し、群集に飲み込まれた格好の私たちの孤島をよく見ようと、信号機に登る者たちもいた。

相棒のデイヴが車の下から出てきた。彼が残留物の収集に集中していた数分のあいだに、世界は変わっていた。

「なあ、デイヴ」私は彼の驚いた顔を見つめながら声を絞り出した。「俺たちにお客さんみたいだ」彼が私の横に立ち、誰も状況を説明してくれないので、ふたりでただじっと動かず、待った。群集は無言で私たちを見つめ返していた。

先陣を切った誰かはいたはずだが、それは自然とわき上がったように見えた。というのも、集団が突如、歌いはじめたからだ。何百もの声が加わり、旗が揺れた。警備員たちのリラックスした姿勢を見て、それがレバノン国歌だと察した。私は帽子をとり、気をつけの姿勢をとった。相棒もそれにならった。それが正解かどうかはわからなかったが、なんらかの姿勢を示す必要があった。石が飛んでこないかぎりは、間違ってはいないのだと思った。

シリア軍は、カッシールが暗殺される1か月ほど前、抗議運動の高まりを受けてレバノンから撤退していた。このオレンジ色の海の抗議行動は、彼の暗殺を非難するために組織されたものだった。群集は、沈黙させられた「抵抗の声」の背後にあるレバノンの団結を示すために集結していた。思い返せば、私たちにどの程度の時間が必要かを迫った警察署の指揮官は抗議行動が起きると知っていながら、その情報を私たちに伝えなかったのだとわかった。

歌とスローガンが10分ほど続いたあと、群集の声がやんだ。デイヴと私は車に戻り、作業を再開した。ところが1分ほどすると、群集が静まり返り、ふた手に分かれて通り道ができた。その静けさに気づいて振り返ると、4人の警察官がひとりの女性をエスコートしながらゆっくりと規制テープを越え、車のほうに向かってきていた。私はデイヴを車から引き離し、再び帽子をとった。カッシールの未亡人にちがいないと思った。やはりそうだった。彼女は私たちがさっきまで作業をしていた車の開いたドアまで来ると、そろそろと片手を伸ばし、指先だけで、やさしいとも言える手つきで、穴のあいた屋根に触れた。

私は言葉がなかった。そして、いまも言葉がない。彼女は悲しみの化身だった。残虐行為に触れるやさしさは、まるで触れることでそうした残酷な行為が少しでも明確になればと願っているようだった。私は運がいい。科学者なので、被害者と接することはあまりない。だがこの瞬間は、私が調査を手伝った事件や残虐行為によって傷ついたすべての人々、こうした悲劇を理解しようともがく人々を象徴するものとして、私の記憶に鮮明に残っている。私は精神的な救済をもたらすことはできないが、願わくは、正義をもたらす一翼を担えればと思っている。

未亡人は警察官に付き添われてゆっくりと現場を去り、群集はもとの街並みへと散っていった。あのオレンジ色の集団があっという間に消えたように、アドレナリンも消えていき、私は疲れ果てていた。仕事に戻り、もっと安全な環境で作業できるように、車は押収車両保管場に運ぶことにした。日はみるみる暮れていき、新たな時間的プレッシャーがのしかかっていた。その晩、私たちは遺体安置所に行かなければならなかった。私の注意を必要とする遺体が待っていたからだ。

本来、亡くなったイスラム教徒はできるだけ早く埋葬する必要がある。信者の多くは、亡くなってから24時間以内に埋葬しようとする。カッシールの遺体はそれ以上の時間、警察に留め置かれていた。葬儀は翌日行われる予定で、もし遺体を調べたいのであれば、その晩調べるか、あきらめるしかない。

この時点で、私は30時間ほとんど眠らず、1日の大半を何も食べずに過ごしていた。現場で飲んだペプシのカフェインは効き目を失いつつあった。だが、1日はまだ続いていた。

いまではご存じのとおり、遺体安置所は私の派遣体験において特別な位置を占めている。さいわいにも、今回の爆弾はピンポイント攻撃だった。遺体の種々雑多な部位を見ることにはならない。だからといって、心のざわつきが和らぐわけではなかった。

私たちが遺体安置所に到着すると、カッシールの遺体はビニールのシートで何重にもくるまれ、高さ1・2メートルほどの金属のテーブルに載せられていた。私たちはシートをゆっくりはがすのがいいか、バンドエイドのようにできるだけさっとはがすのがいいか話し合ったが、どちらにしても気持ちのいいものではなかった。ひどい傷を負った肉体とじかに対面することが本能的に心に少しばかりの衝撃を与えることはわかっていた。だが、テーブルの上でビニールにくるまれた遺体には、また別の種類の不安を覚えた。

遺体からビニールシートを1枚はがすごとに、身体の特徴がじょじょにあらわになっていった。いっぽうで、得体のしれない赤い塊などの特徴は、謎のままだった。そして最後のシートをはがしたとき、私たちは気づいた。その赤い塊は、腰から切り離された肉の塊だった。

こんなとき、奇妙な考えが頭をよぎるものだ。私はふと、頭がついたままの遺体を調べるのはこれが初めてだなと思った。それでこの経験がましになったのかひどくなったのかは判断できない。体の一部や首のない遺体、切断された頭部を見るとき、そこにはある種の断絶がある。かなり陰惨な光景にもかかわらず、ある意味、現実味がうすれて見える。だがカッシールは一見するとまだ完全な状態で、そのために遺体により現実感があった。爆弾が車の下に仕掛けられていたため、損傷の大部分は下肢《かし》、腰、臀部《でんぶ》、大腿部《だいたいぶ》に集中していた。大動脈が切断されたため、かなり短時間で失血死したはずだ。

爆薬の残留物は遺体からも採取するのは可能だが、先に車の処理を行っているため、必要はないと感じた。それに、遺体はすでに部分的に洗浄されているようだった。私が傷を完全に評価できるように遺体を横向きにし、チームは体の損傷を写真に収めた。これをひとつの参考に、爆弾の大きさを推定した。また、遺体を動かしながら、破片が当たった箇所を探した。爆弾犯はナットやボルト、ねじなど、さまざまなものを爆弾に詰めることが多い。それが体を突くと、特徴的な跡が残る。釘やねじは長い筋や切り傷、穴を残すことがある。ボールベアリングは穴だけが残る。車の床板は規則性なくばらばらの破片になる。そのため、大きさもかたちもさまざまな穴が残る。

遺体に破片傷のはっきりしたパターンは見られなかった。私は、爆弾の破片が体内に埋まっているのではないかと思いはじめた。車を処理した際には、爆弾の起爆装置の一部らしきものは見つからなかった。奇妙に思えたが、あの抗議行動の前に作業を終える余裕はなかったので、その後の分析で何が見つかるかはわからなかった。

監察医に遺体をX線検査したかどうか尋ねた。していないという。安置所で遺体のX線検査をするのは通常の手順ではないが、X線を使えば体内に埋まった金属片がわかるし、過去にいくつもの現場でそれを経験してきた。私が爆弾の破片について説明すると、監察医はわかったという顔でうなずき、サイドテーブルまで行って何かを手に取った。そして私に手術用のメスを手渡し、一歩下がって、「さあどうぞ」というふうに遺体を示した。おかげで私はその場に立ち尽くし、自分の手の手術器具と、調査に協力することに満足して誇らしげに微笑む監察医とに交互に視線を走らせていた。振り返ると、チームの顔には困惑の表情が浮かんでいた。全員、「X線がどうのなんてばかな質問をしたのが自分じゃなくてよかった」と思っていたにちがいない。科学調査官として不快なことはたくさんしてきた。そのリストに「死体の冒瀆《ぼうとく》」を加えるつもりは毛頭なかった。私はゆっくり遺体に近づきながら、ルーペを取り出し、傷を何か所かじっくり調べることにした。何度かうなずいたり、何度か首を振ったりしたあと、メスを置いた。そして地元警察と医療チームに時間を割いてもらったお礼を言い、私たちはその場をあとにした。宿泊先に戻る車中、同僚たちは私の外科医としての洞察力について二言三言、皮肉なコメントを口にした。

長時間のフライト、税関でのいざこざ、地元警察との打ち合わせのあと、現場処理を試み、群集の合唱を聴き、人体解剖を勧められて提案を断り、私は疲れていた。このまま寝てしまいたいところだったが、それはかないそうにない。政治的に混乱したこの時期、この街にアメリカ人のチームが安全に宿泊できるホテルはなく、私たちはアメリカ大使館周辺の部屋に宿泊していた。休む前に、現場記録を仕上げなければならなかった。

記憶ははかない。十分に休養し、気をとられる邪魔が最小限のときでも、記憶に頼るのは必要最低限にとどめるべきだ。だから新しい仮住まいに着いて私が真っ先にしたのは、ノートを取り出し、現場を大まかなスケッチに起こすことだった。車を調べていたとき、写真を何枚も撮った。車から見た周囲の建物の被害状況も撮影していた。写真が多いと、それぞれ何を写したものか思い出すのが大変なこともある。犯罪現場の本物のカメラマンは、撮影する現場をスケッチし、それぞれの写真がどこで何を撮ったものかをそのスケッチに書き留める。さいわい、デジタルカメラはすべての写真を素早く確認することができる。

私は小さなアパートの居間のテーブルに陣取り、1時間かけて写真を一枚一枚見直しながら、それぞれの詳細を自分で描いたスケッチに書き込んでいった。

それが終わると、急いでシャワーを浴びて、埃《ほこり》と残留物と血と汚れを洗い流し、ようやく眠りの深淵に落ちることにした。犯罪現場で作業をしたあとのシャワーは、現場からつきまとう無数の不快なものを物理的に洗い流すのと同じくらい、精神的な浄化の儀式になる。ストレスが消えていくのを感じはじめたころ、ふとシャワーカーテンのほうに目をやった。すると、目の高さの、30センチほどの距離に、生まれてこのかた見たこともないようなバカでかいクモがいた。基本的に、私はクモ恐怖症ではない。だが、シャワーを浴びている最中にタランチュラを顔に押しつけられるのはとても通常の状態とは言えない。

恐怖は、生物学的存在の生存を確実にするための行動と反応として残された、数百万年に及ぶ進化の産物である。恐怖の神経回路は脳内の扁桃体《へんとうたい》から始まる。脳は視神経からの刺激を絶えず処理して、私たちが日常業務に励めるようにしている。クモに反射して私の目に達した光が視神経を刺激し、脳は一連の信号をディナープレートより大きなクモ類だと解釈する。その時点で、扁桃体が脳を乗っ取り、大脳新皮質にある「思考」をつかさどる部分を迂回する。扁桃体は視床下部を刺激してドーパミンとコルチコトロピン放出ホルモンというホルモンを分泌させ、このホルモンが交感神経系を活性化する。コルチコトロピン放出ホルモンはさらに脳下垂体を活性化して副腎皮質刺激ホルモン（ＡＣＴＨ）の放出を促し、それが副腎を刺激してコルチゾールとアドレナリンを分泌させる。

睡眠を奪われ、あの集団の一件ですでにアドレナリンに疲弊した肉体は、ストレスホルモンやアドレナリンがさらに送り込まれてもあまり反応しない。要するに、脳の理性的な部分は〝チェックアウト〟し、「闘争か逃走か」の舵取りをするほかの部位に健闘を祈ることになる。

どうやってそこにたどり着いたかは憶えていないが、私は次の瞬間にはシャワー室から出ていた。心臓の鼓動が静まり、シャワーの水が落ちる音が再び聞こえて扁桃体から主導権を取りもどすと、シャワー仲間を始末する最善の方法を考えた。ＦＢＩが科学者に武器を与えることを適切だと考えずにいてくれてよかった。さもなければ、8本足の侵入者に弾倉の弾を残らず撃ち込むことを真剣に考えていたところだ。飛び道具がないので2本のブーツを、イノシシを倒すほどの力を込めてシャワーカーテン越しに叩きつけた。敵を征服し、今日はもう十分だと判断して、寝ることにした。


新しい1日は、また新たな課題をもたらした。爆弾は、前日に群集が現れた坂の上にオートバイを停めていた謎のバイカーが起動したのではないかとの見方もあった。私たちは、近くのショッピングモールの防犯カメラ映像をチェックし、そのライダーが確認できるか見てもらえないかと頼まれた。普通に考えれば、それは私の仕事ではない。この種の手掛かりは現場の捜査官が追うものだ。だが私たちのチームは少人数で、司法担当官は、映像が見つかった場合、爆弾の起爆装置と特定できるものがないか一緒に見てほしいと言った。午前中は予定もなく、冒険に出ない理由はなかった。

ショッピングモールの地下駐車場に車を停めて警備管理室に向かうと、モールに入る車の列が警備員に止められ、チェックを受けているのに気づいた。そして、車の検査のようすを見て、信じられない思いで固まった。わが専門分野の歴史上、最大級の爆発物詐欺に出くわしたのはこれが初めてだった。私は伝説の「爆発物占い棒」を初めて目の当たりにしていた。

占い棒の話を語れば、それだけで1章まるごと書けてしまうほどだ。この問題とは、FBIに入局した当初から戦いつづけてきたように思える。みなさんは想像もしないかもしれないが、正義の追求に科学を役立てることが私の重要な役割ではあるものの、詐欺やエセ科学を白日の下にさらすことも同様に私の仕事の重要な一部だ。私のキャリアのなかで、「EDR」と呼ばれる爆発物占い棒ほどひどい詐欺はなかった。信じられないことに、すべての始まりはゴルフボール探知機だった。EDRのルーツは1993年にさかのぼる。中古車販売の元セールスマンがゴルフのロストボールを探す「ゴーファー」という装置を発明した[16]。その後、元セールスマンはゴーファーを改造し、ラベルをはがして、そこに爆発物探知機のラベルを貼った。そしてこの高機能爆発物探知機を「クアドロ・トラッカー陽性分子探知機（略して「クアドロ・トラッカー」）」と名づけた。

16　数年前、私はこの魔法アイテムを20ドルで購入した。いまも私のオフィスの本棚に誇らしげに収まっている。

元セールスマンがクアドロ・トラッカーにまつわる主張に手を抜くことはなかった。この装置で発見できると謳《うた》われたものには、爆発物、ドラッグ、武器、通貨がある。オリジナルのパンフレットを見つけることはできなかったが、当時の新聞記事を見つけた。どの記事でも、装置は「肺腔に気体を吸ったり吐いたりすることで生成される静電気」を振動させ、「シグネチャーカードの自由浮遊する中性電子を信号の主要な強度で帯電させる」ことで機能すると称されていることがわかる。この標語は、多岐にわたる科学用語を駆使し、言葉遊び並みの妥当性しかないものの、専門知識のない一般の人々を欺いた。装置は、プラスチックのピストルグリップの前面に格納式のカーラジオのアンテナがスイベル（自在軸受）で取り付けられたものだった。この装置を手に爆弾の疑いのあるものの付近を歩きまわり、アンテナが何かを指し示すと、そこに爆発物が入っているというわけだ。この装置は全米の多くの学区や公共の安全対策部門に約1000台販売された。FBIはサンディア国立研究所と共同で装置のテストを実施し、「クアドロ・トラッカー装置の宣伝されたメカニズムは、いずれの既知の物理法則にももとづいていないとみられる」と結論づけた。つまり、クアドロ・トラッカーの主張はデタラメだったということだ。

結局、法的措置によってクアドロ・トラッカーの販売は差し止めになったが、ランプの精は解き放たれてしまい、ほかの詐欺師たちが同じ原理にもとづく新世代の奇蹟の探知機を市場に送り出しつづけた。そうしたインチキ探知機は、一連の新たな詐欺、さらなる類似品を呼び、犯罪捜査が繰り返されることとなり、現在まで続いている。クアドロ・トラッカーはMOLE、ADE651、GT200、Alpha6へと姿を変えた。これら詐欺装置のなかには1台4万ドルもするものもあった。湾岸戦争後、イラクは6000万ドルで6000台以上の装置を購入した。どうやら、大量買いの値引きを受けたようだ。イラクだけでなく、さまざまな国の爆弾処理班が、この製品の限界についてほとんど理解せずに、数千台を購入したと推定される。

そしてこの駐車場ではそのクソ探知機がいまも使われ、無駄に何千ドルもかけてなんの役にも立っていない。

残念ながら、防犯カメラ映像は結局不発に終わった。私はいらいらしてきた。なんの手掛かりも見つからなかったばかりか、この事件とはまったく無関係な、正さなければならないとんでもない間違いに出くわしてしまったのだ。

そのころ、地元警察は、私が車のディーラーに出入りできるように手配してくれていた。自動車の価格は地元ヴァージニア州よりベイルートのほうが安かったが、私の関心は消費者としてのものではなかった。自動車爆弾の被害を調べるには、その車、この事件の場合はアルファロメオに大きな穴があき、爆発の衝撃で内部が破壊される前にどんな姿だったかを知る必要がある。

ディーラーで1時間ほどかけてカッシールの車の正確な車種と型式を調べ、ダッシュボードの下の配線や座席の構造と取り付け具の写真を撮った。爆弾にはよく配線が使われている。カッシールの車の下で爆弾が爆発したあと、衝撃波で床に穴があき、近くの配線はすべてずたずたに引き裂かれた。どの配線が爆弾のもので、どれが車のものかは、参考にできる車がなければわからない。同じことは電子部品や金物、ねじにも言える。正常な状態の車の全部品の写真があれば、即席爆発装置と車両を区別するのに役立つ。

だがまだ、爆弾が地面に置かれていたのか車台に取り付けられていたのかを判断しなければならなかった。車を整備用リフトに載せてもち上げると、車台全体を調べ、磁石が取り付けられそうな場所を確認することができた。この車はいわゆるユニボディフレーム構造で、磁石のつきそうな場所はほとんどなかった。現場でテープが見つからなかったことと考え合わせ、爆弾は紙袋のようなものに偽装して車の下に置かれていたと確信した。

車の完全なカタログをつくると、前日に開始して中断していた調査を終えるため、事件車両が運ばれた保管場に向かった。そのころには、フランスのチームが現場に到着しており、私たちは保管場で落ち合う手はずを整えていた。

こうした事件では、複数のチームが現場に当たるのが普通だ。私の目標は、被害者の車を解体し終えることだった。さいわいにも、フランスのチームとは以前にも一緒に仕事をしたことがあり、お互いのことは知っていた。私たちのチームはシートを手際よく車から取り出した。車両保管場で作業する良さは、整備士や彼らの工具をすべて利用できることだ。私たちはすべてのシートからボルトを外し、車の外に出した。爆破で荒れ果てた車のなかで作業しようとすると、前屈してつま先を触《さわ》れるしなやかさというより、曲芸師にも似た柔軟性が必要になる。シートを取り外して地面に置いたことで、ヨガのポーズはそれほど必要なかった。それに、チームの人数が増えたおかげで、処理のスピードは格段に上がった。

通常、こうした現場では、車の床からすぐに何かしらの証拠が出てくる。だがこの初日、それは起きなかったので、今度は被害者が座っていたシートのクッションを調べた。やはり何もない。不安な気持ちがわき上がってきた。それまで現場を調査して証拠が見つからなかったことは一度もなかった。それなのに私のチームは何も見つけていなかった。何も見つからないことでいっそう、ボルトのひとつまで分解してやろうという決意が強まった。私たちはすべてのクッション材を引き裂いた。あらゆる破片に磁石をかざした。カーペットを引き裂き、ダッシュボードをばらばらにし、車を横に倒して車台を完全に調べられるようにした。

ルーペで外装と内装を隅々まで調べ、針金、テープ、磁石、電池、電子部品その他、爆弾づくりに通常使われるおびただしい材料の残骸を探した。爆弾は犠牲者の行動によって起爆したか、犯人のコマンドによって起爆したかのどちらかだ。犠牲者自身に起爆させる場合、スイッチは洗濯バサミのようなシンプルなものかもしれない。コマンドで起爆する場合は、電子機器が使われる。ふたつのチームで何時間も作業したが、何も見つからなかった。

そのフラストレーションを説明するのは難しい。爆発後の調査は、ごく単純な基本原則が前提となっている。その1、爆弾は物でできている。その2、爆弾が爆発すると、物が周囲に飛び散る。その3、調査官は、火をつけられてシュレッダーにかけられたような物を探して回収する必要がある。回収する物がないのは、原則1と2に疑問を投げかけることになる。つまり、爆弾はむき出しの爆薬で魔法のように爆発したか、爆弾の製造に使われた材料が『ミッション：インポッシブル』の指令テープのように自動的に消滅したか、または、私たちが現場に到着する前にほかの誰かがすべて回収したかのいずれかだ。

最も可能性が高いのは、私たちが現場に着く前に誰かが証拠を回収していたというシナリオだ。だが私は初日に、車の状態を見ていた。誰も車を徹底的に処理していなかった。シートのクッションは手つかずで、ダッシュボードもそのままだった。車の床に転がっていた明らかな破片を誰かが拾った可能性はあるが、破片はほかにもさまざま場所にはさまっていたはず。何か見つかってもいいはずだ。私は職務の一環として、長年にわたり、小さな爆弾をつくっては、車のあらゆる箇所に取り付けてきた。その爆弾を爆発させたあと、爆発後の作業の訓練を受けている爆弾技術者チームに車の処理を指導した。だから物がどこに引っかかるかはわかっていた。それなのにカッシールの車には、何もなかった。本当にいらいらした。

数時間が経ち、あきらめるしかなかった。こんな現場は初めてだった。フランスのチームも困惑していた。彼らは、私たちが帰る前に、自分たちでスワブによる採取をしたいとのことだった。おそらく、まったくの手ぶらで帰らないために、そうしたのだろう。私たちは分析後、化学結果を共有することで合意した。

車両保管場を出たあと、私たちは地元の犯罪研究所に立ち寄った。国によっては、こうした訪問は2部構成になる。まず第1部では、化学者と話をし、彼らの施設を訪問して分析のようすを見学する。次に第2部では、現地の爆弾技術者と会い、彼らの能力について理解を深める。研究所に向かう際、大使館職員から、ベイルートの政治情勢がかなり緊迫していることを知らされた。実際、警察と軍は真っ向から対立していた。私は警察の捜査に協力しているので、軍の人間とは会うことができなかった。ばかげて聞こえるかもしれないが、ばかげているのだからしかたがない。だが民間の法執行機関と軍隊とのライバル関係は、世界的にもよくあることだ。多くの国では、爆発物や爆弾に関するリソースをすべて軍の爆発物処理部隊に集中させている。そうした国々は、この脅威に対処するために民間の警察を訓練する余裕がない。残念ながら、軍隊にしても、犯罪現場の処理の方法については訓練を提供されていない。そのことが深刻な断絶につながっている。

ベイルートの犯罪研究所には、本当に見るべきものは何もなく、最先端とはほど遠いものだった。爆弾テロなどの特殊な事件に対処するための設備もなければ、訓練も受けていなかった。レバノンは近年、熾烈《しれつ》な内戦を経験し、その後シリアとの内紛が続いていたため、リソースには限界があった。戦火で荒廃したベイルートの歴史は街のいたるところに鮮明に残され、コンクリートのビルには砲撃の衝撃や爆弾の傷跡が残り、内部のインフラも被害を受けていた。悲劇の渦に押し流されるこの苦しむ国家にとって、科学捜査研究所の建設が優先順位のトップになるとは考えられなかった。

犯罪研究所を訪問したあと、私たちは大使館に戻った。ＦＢＩチームの一員であるからには、派遣ミーティングには際限がないということだ。昼は、現場を処理したり犯罪科学的に見た全体像のようなものを描いたりすることで手いっぱいだが、夜は夜で、ワシントンのＦＢＩ本部に提出する最新報告書の作成に忙殺された。その晩は、アメリカ大使からブリーフィングを求められた。そのうえ、レバノンの捜査を担当するトップが、翌朝出国する前に私たちのチームと会いたがっていた。どちらも驚くことではないが、おかげでこちらは16時間労働となった。

私たちのチームは、街の海辺に夕食に出かけた。大使館職員が海を見渡せる魚料理のおいしいレストランを知っていた。気候は暖かく、海からの風が吹いていた。私たちは外のテラス席に座り、この旅で初めて景色を楽しんだ。レストランにはいくつか水槽が配され、調理してもらう魚の種類を選ぶことができた。もし魚が嫌な顔をしてにらんできたら、仕返しにその魚を選んでやることもできる。だが、水槽の海の生き物たちのなかには、とげとげしい態度をとってくるものもいなかったので、魚は大使館の職員に選んでもらった。大使へのブリーフィングに行くまでの数時間、私たちはほっとくつろぐ束の間の休息を楽しんだ。魚料理とともに、地元の伝統であるリンゴの木のシーシャ炭で食後の一服を堪能した。流行りのフーカバーのおかげでシーシャのことはよく知られているが、水パイプで吸う甘くフルーティーなリンゴの木の香りのタバコは、食事を心なごむものにしてくれる。小さなグラス1杯のアラック（少量の水で割って白濁させたアニス風味の酒）も相まって、1日の終わりを締めくくるのにぴったりだ。アメリカ大使とのミーティングが予定されていなければ、もう少し深くアラックに浸っていたところだが、それでもこの数日の緊張をいくらか和らげるには十分だった。

レストランから戻ると、チームのみんなはそれぞれ部屋に戻って休み、私は司法担当官とともに大使公邸に向かった。大使の人柄はじつにさまざまだ。政治任用官として、その国の文化を深く理解している場合もあれば、いない場合もある。

ほとんどの大使はとても社交的だ。だが、科学的なことを理解している人はほとんどいない。

つまり、爆弾テロやＦＢＩの現場の調査方法について、彼らを教育することも私の仕事の一部ということだ。発見した証拠や、それをどう組み合わせれば爆弾になるかなど、私はかなり時間をかけて説明する。今回は、何も発見できずに困惑していたため、それを大使に説明するのは二重に難しいものだった。

教育用にいつももち歩いているパワーポイントの資料を持参し、公邸で大使と会った。夜の9時ごろだったので、大使は夫人と食後の1杯を楽しんでいるところだった。みんなで書斎に移り、私は爆薬や爆弾に関するパソコンのスライドや、現場で撮った写真を見せた。この手のブリーフィングは何度も経験していたが、大使の配偶者が同席したのは初めてだった。遺体安置所で撮った写真は見せないことにした。一度潜在意識に入り込んでしまったが最後、そこにテントの杭を打ち込み、去ってくれなくなるからだ。夫人に不必要な血みどろの写真を見せないことにした選択は賢明だったようだ。話の途中で、大使に爆弾の威力を理解してもらうため、カッシールの車に使われたのと同程度の大きさの爆弾のビデオを見せた。ビデオで爆弾が爆発すると、夫人は驚きのあまり悲鳴を上げ、パソコンの前で座っていたビーンバックチェアから転げ落ちてしまった。

私は恐縮して夫人を助け起こしながら、頭のなかでは、筆頭外交官の妻を震え上がらせてしまったことについてＦＢＩ長官に送らなければならないメールの文面を考えはじめていた。さいわい、大使はこのドタバタ劇のような光景に少し照れて、私の心配を一蹴してくれた。ジェットコースターのような1日を締めくくる完璧な出来事だった。

翌朝は、レバノン当局とのチームミーティングに備えた。政府高官との対話や政治的駆け引きには、トレーニングマニュアルがない。科学調査官としての訓練を受けるときにも、そんなものは教えてくれない。正直なところ、科学者が隔離された研究室や研究に長時間没頭できる環境に惹かれるのには理由がある。私たちはカクテルパーティーや世間話、国際問題を避けるために一語一語、言葉を解析することには向いていない。だが、ネクストバッターズ・サークルに入ったからには、バットを振る準備をするしかなかった。

ベイルート警察の所長と技術的な会合をもつ準備はできていた。それに、警察全体を統括するトップの参加も想定していた。だが、パパラッチが来るとは思っていなかった。ミーティングのため私たちが大きな会議室に入ると、5～6台のカメラのフラッシュと、テレビで観るような肩に担ぐどっしりとした報道カメラに迎えられた。私は警察総監を紹介された。劇的なショットを撮ろうと、カメラマンたちが身をかがめた。総監が私の手を握ると、ビデオカメラは素早く向きを変え、さらにフラッシュがたかれた。私もキャリアを積んだこのころには、当初の想定を見直し、そのときどきで柔軟に対応することには慣れていた。オッケー、ミーティングはアカデミー賞のレッドカーペットに変わったというわけだ。この服が誰のデザインか？　ああ、ロイヤルロビンズが手掛けたものですよ（ロイヤルロビンズはアウトドアブランド）。

さて、なぜカメラが？　何が起きているのか理解するのに数分かかった。この事件が大きなニュースなのはわかっていたが、私は事件がもつ政治的な意味合いには気づいていなかった。

ＦＢＩが犯罪現場に出動すると、神秘的な雰囲気が醸し出される。私は「オズの魔法使い」の実態がただの人間であることを知っているが、レバノンの人々は偉大で強力な魔法使いしか見ていなかった。ベイルート当局は、何か月も暴動や抗議活動を経験してきた国民に、担当政府がこの事件解決に本腰を入れていることを示したかったのだ。そのために、ＦＢＩの爆弾調査官らがレバノン警察とミーティングしている何十枚もの写真以上に効果的なものがあるだろうか。その晩、私の写真は現地の新聞各紙に載り、あらゆるニュース番組で大々的に映像が流れたはずだ。彼らがうまく撮ってくれたことを願うばかりだ。

写真撮影チームがＦＢＩチームと地元警察との真摯な握手を十分に記録してから部屋を出ると、本当の仕事が始まった。私は何が起きたかを大まかに評価した。いくつか仮説を立てるには、被害を示す十分な物的証拠があった。私は、帰国したらすぐに、私の分析にもとづくＦＢＩの完全な正式報告書を提出すると約束した。最後に、爆弾に関連する物的証拠がないことを告げた。それは異常なことだと考えられ、私たちはなおもその状況に困惑していると伝えた。

総監は自分たちの研究所とその能力について評価を求めた。注意が必要なのはつねにこういうところだ。どんな状況でも、私は現地のチームについて軽蔑的な言葉を使ったりはしない。そんなことをしたらろくなことにならない。だから評価の代わりに、爆弾事件の調査が困難であること、ＦＢＩでさえ困難を感じていることを説明した。そして、ＦＢＩが１９２０年代から爆弾事件を調査してきたことを語り、最初から最善の仕事ができたわけではないと説明した。私たちは失敗から学び、いまの手順をつくり上げた。私は、相手の自尊心を傷つけたり身構えさせたりはしたくなかった。そこで、ベイルートの爆弾技術者と捜査員向けのトレーニング計画を立てることを申し出た。FBIは、現場処理について学んだ方法を、総監が望む人物に訓練する。彼らと連携し、研究所の能力を伸ばす手助けをする。彼らが望むなら、将来の事件でも支援を行う。

このミーティングは旅の最も重要な部分になった。この申し出から協力関係が強化され、非常に価値のある連携体制が構築された。私と爆発物課の同僚は、FBIの「爆発後」クラスで、レバノンの最初の爆弾技術者チームを教えた。これによってチーム間に長きにわたって強い絆が築かれることとなった。数年後、倉庫に保管されていた2700トンの硝酸アンモニウムが火災によって爆発し、ベイルートのダウンタウンの広範囲に壊滅的被害をもたらした際、彼らは私たちに支援を求めてきた。

カッシールの暗殺は、レバノンの社会不安の物語に終わりを告げるものではなかった。

彼の暗殺後、レバノンでは爆弾テロが相次ぎ、車を狙った即席爆発装置によって政治家ジョージ・ハウィが暗殺され、ジャーナリストのメイ・シディアックが負傷する事件も起きた。FBIはこのふたつの事件にもチームを送ったが、私のときと同様、証拠を見つけることができなかった。

科学捜査的には、私のあとの二度の派遣は、私のチームの汚名をいくらかそそいでくれた。私が同僚の調査官たちに事件の報告を行ったとき、証拠が見つからなかったことについて「プロとしての」批評も聞こえてきた。それまで課の誰も、現場に行って何も見つからなかったことはなかったからだ。だが、次のふたつのチームも私とまったく同様に何も見つけられずに戻ってくると、真剣な再考が行われた。

私のときは、現場管理が不十分だったために証拠の一部が損なわれたとは感じたが、それにしても車を部品にまで分解して何も出なかったのは説明がつかなかった。次の派遣は軍のエスコートのもとに行われ、軍が現場全体を封鎖して、ＦＢＩチームが到着するまで誰も近づけなかった。それでも何も見つからなかった。もっと大きな何かが起きていたのだ。

相手に暗殺を企てられるほど誰かを怒らせてしまうことがあるとしても、監察医にだけは殺意を抱かれないようにしたほうがいい。監察医は死因を調べることを生業とし、発見不可能か、誰も調べようと思わないほどわかりづらい殺害方法を考えつく可能性が高い。同じように、私のような人間なら、きわめて解明が困難になるような爆弾を設計することができる。レバノンで非常に目立つ人物を暗殺していたのはプロだった。私に推測できるのはその程度だ。私のキャリアのなかで、そしてＦＢＩの爆発物課の歴史上、行き詰まったのはこのときだけだった。もしかするとアサド大統領とその諜報機関は、私たちが考えていたほどレバノンの首都から遠くへは行っていなかったのかもしれない。

第8章 犬に頼る

2018年3月、オースティンの住民は19日間にわたり、次々と爆発する爆弾によって、絶望的な恐怖のなかを過ごしていた。爆弾はどれも基本的な設計ではあったが、殺傷能力は高く、テキサス州中部の町でふたりの住民が死亡し、5人が負傷した。「ケリー・キルモア《killmore》（もっと殺す）」という世間をあざ笑うかのような偽名で死を招く荷物を送っていた爆弾犯は、自らが恐怖に陥れている市民のなかに紛れ込んでいたが、その追跡は、彼以前の多くの連続爆弾魔の追跡と同様に、見えないインクで描かれた点と点をつないでいくようなものだった。

法科学者である私は、爆弾を「カチカチ」させるものを解明するためのツールを使いこなしている。クロマトグラフィーを使って爆発後のごく微量な残留物を分析し、爆弾犯が破壊装置の製造と爆破に使った材料を正確に割り出す方法を知っている。私がもっていないもの、そして仲間とともに絶えず追求してきたのは、実際の爆弾犯を特定しやすくするツールだ。とくに、都市（あるいは国家）が恐怖に陥り、コミュニティの人々が無差別に殺され、負傷している状況では、その必要性をいっそう痛感する。私の同僚で友人でもあった人物が、2016年に亡くなる前、そのツールが私たちの目と鼻の先にあること、もっと具体的に言えば、私たちの相棒である犬の鼻先にあることを、私にほぼ確信させてくれた。

空港の保安検査の列で荷物の詰まったバッグに湿った鼻を当てられたことのある人なら、爆弾探知犬がすでに存在することは知っている。彼らはとても有能だ。その仕事にはソムリエに似たスキルが必要だからだ。ブドウの種類がかぎられているように、世界には爆発性化合物もかぎられている。たとえば、犬にTNTを見つけてほしいなら、実際の爆薬を使って訓練させればいい。そうすれば、犬はTNTのにおいを嗅ぎ分け、私たちに知らせることができる。

爆弾をつくった人間を見つけるのはもっと難しいが、ある種の犬を訓練すればできる仕事でもある。生きている人間はすべて固有のにおいを放っている。嗅覚の指紋のようなものだ。私たちはそれを感知することができない。だが人間のにおいを嗅ぎ分ける犬、ブラッドハウンドには、それができる。

2004年にある科学者のチームが「ヒトのにおいの残存性」と題する論文を発表し、腐敗臭や刺激臭を放つ爆発物の大量の残骸から、犬が個々のヒトのにおいを嗅ぎ分けられることを示すと、一部の犯罪科学の専門家は、私たちがゲームチェンジャーを発見したのだと考えた。つまり、爆弾探知犬だけでなく爆弾犯追跡犬を犯罪現場に文字どおり放ち、連続犯罪を未然に防げると考えたのだ。

ヒトのにおいの追跡という分野への挑戦は、FBIでの長いキャリアのなかで、私が爆発物からおびき出されかけた初めての経験だった。その犬たちが私をどこへ連れていこうとしているのか、当時は知る由もなかった。

ほとんどの人と同じように、そもそも私がブラッドハウンドに触れたのは、ほぼテレビや映画にかぎられていた。たとえば、お互いに鎖でつながれた囚人のなかから誰かが逃げ出すと、レイバンのサングラスをかけて楊枝をくわえた南部の刑務所の看守が「ハウンド！」と犬を呼び、追跡が始まる。脱獄もののシナリオでは、任務はそう難しそうには見えない。犬は、森や野や小川のなかを、誰かのにおいを追いかける。惑わされるようなほかの人間のにおいは、あたりにあまりない。だが、その犬が、複数の犠牲者や無数の警察官が残した混沌としたにおいの痕跡のなかをかき分けて逃亡中の爆弾犯を追跡できるという考えは、ハリウッドの描写の範囲もはるかに超えているように思える。

ところが、犬を使って爆弾犯を追跡したという科学捜査チームから出てくるのは、（いわば）度肝を抜くような話ばかりだった。たとえばこんな話もある。ワシントンDCのシボレー・ブレイザーの車内で、釘と火薬を詰めたパイプ爆弾が爆発した。爆発で運転手の皮膚の大部分は焼け落ち、片方の臀部は引き裂かれた。3日後、運転手の異母兄、プレスコット・シグムンドが行方不明となった。当局は、ヴァージニア州ヴィエナの地下鉄の立体駐車場で彼の車を発見し、遺書らしきメモも見つかった。

事件から17日後、パイプ爆弾の破片から採取したにおいを嗅がせた犬が、アルコール・タバコ・火器及び爆発物取締局（ＡＴＦ）とＦＢＩのヒト臭跡証拠班の調査官らを、見知らぬ地域を抜けてシグムンドの家へとまっすぐ導き、要するに、シグムンドの家の玄関先にそのふさふさした尻を下ろしたという。

シグムンドの家で反応を示したのに続き、犬はその後、駐車場に乗り捨てられていた車から、通勤、通学の人波を（もちろん、2週間半のあいだに残された多くの人間のにおいの海も）抜けて、調査員らをエレベーターに、そして最終的に、シグムンドが町を出るのに利用したバス停へと導いた（結局シグムンドは、『アメリカズ・モスト・ウォンテッド』（視聴者から指名手配犯の情報を募るテレビ番組）で取り上げられたあと、警察に出頭した）。

私の世界では、どんな道具もその足元にも及ばない。それこそ何年もかかるかもしれないことを、その犬はわずか1日でやってのけたのだ。犬の鼻には最大3億個もの嗅覚受容体があり、私たち人間のわずか600万個に比べて圧倒的に多く、嗅覚情報を処理する脳領域は、割合から言えば、私たちの40倍以上の大きさがある。彼らは、においを通じて世界を見ている。そして、科学捜査における犬の可能性をレックスほど熱烈に信じていた者はいなかった。ちなみにレックスは、犬にありそうな名前だが、犬ではない。

ＦＢＩの爆発物・危険装置調査官のレックス・ストックハム[17]は、ブラッドハウンドにまつわる私たちのすべての仕事の主要窓口だった。彼が猟犬の可能性に夢中になったのは、ある会議

17　親しい友人になってからレックスに聞いた話では、彼は私の応募書類を読んで私を「イカれてる」と判断し、ＦＢＩに入れないようにしようとしていたという。レックスは２０１６年、世界貿易センター関連の癌で他界した［訳注／２００１年の同時テロで倒壊したビルからの有害な粉塵で、のちに多くの健康被害を生んだ］。ＦＢＩの使命に対する情熱においてレックスを超える人物に私はまだ会ったことがない。

で、カリフォルニア州のブラッドハウンドの訓練士《ハンドラー》たちが行っている走行中の車からの発砲《ドライブ・バイ・シューティング》に関する実験のプレゼンテーションを聞いたことがきっかけだった。

ドライブ・バイ・シューティングについては誰でも耳にしたことがあるだろう。目撃者がいなければ、そうした犯罪を解決するのはとてつもなく難しい。多くの場合、唯一の証拠は、発砲の際に銃から吐き出される薬莢だけだ。たいした手掛かりにはならない。

ある日、射撃訓練場で、カリフォルニアのブラッドハウンドのハンドラーたちは、1発の弾丸から嗅ぎ取ったにおいだけで犬がそれを追跡できるのではないかと考えた。そこで、誰かに弾を撃って逃走させ、犬がその跡を追えるかどうか試した。ところが、彼らが弾丸のにおいを嗅がせると、返ってきたのは、犬のぽかんとした表情とやる気のない反応だった。答えは「ノー」かと思われた。

それでも彼らはめげることなく、弾丸が1発では不十分なのかもしれない、犬がにおいを追うにはある程度の数の薬莢が必要なのかもしれないと考えた。そこで、犯人役は50発の弾丸を装塡《そうてん》して撃ち、逃げた。この大量の弾丸のにおいを嗅がされると、犬は犯人役のにおいを識別し、追跡することができた。ハンドラーたちの仮説は正しかった。単に量の問題だったのだ。

それからの数か月間、ハンドラーたちは弾丸の数を減らしながら犬を訓練した。1か月もすると、わずか20発の弾丸のにおいで追跡できる犬も出てきた。そこで伸び悩む犬もいたが、さらに進歩しつづける犬もいた。プロセス全体が終了したとき、ハンドラーのもとには、1発の弾丸から得られるにおいで人を追跡できる犬が3頭残った。

これで問題の半分は解決した。だが残り半分のジレンマは、方程式の「ドライブ・バイ」の部分だった。訓練を受けたトップクラスのブラッドハウンドなら、たった1発の弾丸に残る誰かのにおいを嗅ぎ取ることはできるかもしれない。しかし発砲してくる人物は動く車のなかにいる。人が通りを走ると、においを落としていく。逃亡者の例では、脱獄囚は木の葉や長い草をかき分けながら、皮膚細胞やにおいを残していく。同じ脱獄囚が道を走れば、重力のはからいで、地面とかなり規則的に接触するのは確実だ。靴底に付着した彼のにおいは、嗅覚にとってはペンキの足跡に相当する。だが、車のなかにいる場合はどうだろう?

すぐにわかったのは、車は基本的に、自分のにおいの入った大きなバケツであるということだ。運転者は運転中、車の内張りや、シートのクッション材、床に自分のにおいをこすり付けている。車は完全に密閉されているわけではないので、通りににおいをまき散らし、スプレー式の塗料で自分の痕跡を残していくようなものだ。驚くべきことに、ブラッドハウンドは犯人のにおいとほかのあらゆるにおいとを区別することができる。

ブラッドハウンドがドライブ・バイ・シューティングで成功した話を聞くと、レックスは、犬が爆弾事件ではどんな働きができるかを想像した。銃に弾を込める際には、弾との接触はごく短時間ですむ。一方、爆弾の製造は非常に時間のかかる作業だ。即席爆発装置をつくるには、多くの手作業が伴う。その爆弾づくりは通常、つくる者になじみのある場所、つまりその人物のにおいが充満した場所で行われる。犬が薬莢ひとつからにおいを嗅ぎ取れるなら、即席爆発装置ははるかに簡単なはず。唯一の問題は、爆弾がときおり爆発することだ。

当時、爆発が爆弾の破片に残されたにおいにどんな影響を及ぼすかは、誰も知らなかった。爆発は膨大な熱を発生することがあり、それによって揮発性化学物質は飛ばされてしまうことが多い。それでもブラッドハウンドが焼け焦げた破片のにおいから追跡できるのかどうかを見極めるには、ある程度の調査が必要だった。そこで私の出番となった。

レックスは「南カリフォルニア・ブラッドハウンド・ハンドラーズ連合」と協力してパイプ爆弾のような簡単な装置をつくり、それを爆発させた。また、2分間燃えてから消える放火装置をつくった。そして、ガソリン缶、パイプの破片、電池の一部、スイッチの破片など、回収したがれきからにおいを採取した。犬はそのすべてのにおいを嗅ぎ取り、爆弾製造者を追跡することができた。この手法は有望だった。単純な概念実証を終えたレックスは、私にさらに掘り下げて調べることを求めた。

そこで私たちは、設定をさらに難しくした。ある実験シリーズでは、テロリストに非常に人気の（そして不安定な）物質である過酸化水素を使って、私が5キロの爆薬をつくった。爆弾犯役がピックアップトラックに座り、ハンドルを握った。その後、私が助手席側の床に爆弾を置き、起爆させた。

5キロの爆薬で車がどうなるかを説明するのは難しい。次の写真は、私たちが作成した爆発のビデオから2コマを切り取ったものだ。上の写真では、火球の下にトラックの荷台が見える。下の写真は、私が自分の〝作品〟と一緒にポーズを決めているものだ。ハンドルが残っているのがわかる。私たちはこのハンドルから犯人役のにおいを取り出すことができ、ブラッドハウンドが追

跡に成功した。過酸化水素の爆発で、私が恐れていたにおいの「消毒」は起きなかった。

この試験に励まされた私たちの次のステップは、実際の事件で腕試しをすることだった。そしてほどなくして、完璧な事件が転がり込んできた。

すべては郵便受けから始まった。郵便受けは最も月並みな爆破ターゲットのひとつで、とりわけ、花火や爆竹を手に入れた頭の弱い若者から狙われやすい。私も「爆弾探偵」としてのキャリアを考えはじめるずっと前から、そうした事件をそれなりに目撃してきた。

私がまだ15か16歳だったころのある夜、親友と家でごろごろとテレビゲームをしていたとき、エイリアンとの戦いが、それまで聞いたこともない轟《とどろ》くような爆発音にさえぎられた。その爆発の前には、タイヤのきしむ大きな音がしていた。私たちふたりが玄関から飛び出すと、我が家の郵便受けが庭の向こうに吹き飛び、燃える閃光粉の鼻をつくにおいが漂っていた。

父は、通りのすぐ向かいにある地元の高校の英語教師だった。そしてまた、学習への関心が薄い生徒に愚直に手を差し伸べようとする頑固者でもあった。我が家の郵便受けは、父が生徒の努力を期待したことと、我が家が犯罪の舞台である高校に近かったことで、被害を受けたのだ。当時はまだ、3グラムの火薬が詰まった昔ながらのM80爆竹を手に入れることができた。我が家を含む多くの家の郵便受けがその犠牲となり、爆竹から手を離すのが間に合わなかったおおぜいの子どもたちも犠牲になっていた。後者の要因はやがて、爆竹が違法とされることにつながった。

父は結局、背面にプレキシガラスの窓を付けた郵便受けを自分でつくり、不審物を事前に確認できるようにした。もしほかの人も父がつくったのと同じデザインの郵便受けにしていたら、ルーカス・ヘルダーの連続爆弾テロで怪我をせずにすんだかもしれない。

ルーカスの悪事は2002年5月3日に始まり、アイオワ州東部の住宅の郵便受けに5つのパイプ爆弾が仕掛けられ、さらにイリノイ州西部の郵便受けにも同じ方法で3つのパイプ爆弾が郵便受けに仕掛けられた。ほどなく、爆弾はその金属片のように全国にばらまかれ、ネブラスカ州東中央部の郵便受けで8つのパイプ爆弾が発見され、コロラド州サリダとテキサス州アマリロの郵便受けでもふたつが回収された。第1弾の爆弾とは違って、第2弾の爆弾には完全な起爆装置がなかったため、さいわい、爆発することはなかった。[18] 連続爆弾テロが終わるまでに、当局は合計18個のパイプ爆弾を記録した。

18　爆弾は比較的単純な設計で、両側をキャップで閉じた直径2・5センチ、長さ15センチの鉄パイプに、無煙火薬が詰められていた。各パイプには、起爆装置に電球、電球を点灯させるための9ボルトのバッテリー、破片を増やすための金属球や釘が使われ、スイッチは、バネに結びつけたひもがペーパークリップと接触するように設計されていた。爆弾は、郵便受けの扉を開くとスイッチが閉じて爆発する仕掛けだった。

事件当時、私は爆発物課の科学調査官としての訓練を終えようとしていた。私が研究所に戻り、送られてくる爆弾を調べていた間、レックスはブラッドハウンドのチームを集め、犬がどんな手掛かりを与えてくれるか見極めようとしていた。

それは、ドライブ・バイ・シューティングの事件後に車を追跡するといった単純なものではなかった。通常そうした発砲は、犯人の自宅の数キロ圏内で発生する。一方、ルーカス・ヘルダーが爆弾を仕掛けたのは複数の州にまたがり、そのルートは5000キロ以上にも及んだ。爆弾が仕掛けられたすべての現場からブラッドハウンドを走らせるのは、現実的ではなかった。そこでチームは、直近で破壊された郵便受けからにおいを採取し、犬に追跡を開始させた。

西部の州には開けた土地が広大に広がる。1本の道が分岐点や交差点もないまま何キロも続くこともある。犯人が爆弾を仕掛けた際の選択肢はふたつしかなかった。郵便受けまで車で行き、爆弾を設置し、そのまま進行方向に進むか、車で行って爆弾を設置し、Uターンして、来た方向に戻るかだ。

ブラッドハウンドはつねに最新のにおいを追跡する。チームは直近で被害に遭った郵便受けまで車を走らせ、犬を放し、爆弾犯が最後に向かった方向に追跡を開始させた。その後、再び犬を車に乗せ、道の次の決定ポイントまで移動した。四差路の交差点に入ると、再び外に出てにおいを採取し、犬を放す。犬は、左か、右か、直進方向かに追跡する。そうしてそれが何百キロも続き、幸運に恵まれていなければ、おそらくさらに何百キロも続いていただろう。

2002年5月6日、郵便受けを狙った連続爆弾事件が始まって3日後、ヘルダーの父親が息子から気がかりな手紙を受け取り、ＦＢＩに連絡した。息子が事件に関わっているのではないかと不審に思ったからだ。捜査官らがヘルダーの捜索を開始した一方、ブラッドハウンドのチームは、最後に確認されたヘルダーの住居へと飛んだ。ヘルダーは、自分が住む地域のはずれに爆弾のひとつを残し、そこにメモも残していた。[19] チームがそのメモのにおいを嗅がせると、犬はチームをまっすぐヘルダーのアパートへと導いた。ついに犯人を追い詰めたのだ。

ヘルダーの逮捕後、彼がアメリカ全土に自分の爆弾で笑顔マーク《スマイリーフェイス》を描くことを目的に「郵便受けツアー」を開始したことがわかった。片目はネブラスカ州、もう片方の目はアイオワ州とイリノイ州にまたがって配置された。コロラド州とテキサス州がスマイルの始まりの部分。興味があれば、ヘルダーが描こうとした「アートワーク」の図解をネットでいくつも見ることができる。ヘルダーは口を完成させなかったが、その理由はわからない。

これまでヘルダーの事件で証言の機会を得た人は誰もいない。彼が「裁判に耐えうる責任能力がない」と宣告されたからだが、犯行目的を考えれば、それは驚くにはあたらない（彼がミッションを完了しなかったのも、精神状態が理由だったのかもしれない）。ともかく、ヘルダーの事件によって、ブラッドハウンド部隊がきわめて有望であることが示され、ＦＢＩはその可能性を最大限に活かそうと乗り気だった。レックスと私は、犬の能力という点で、主役の座に躍り出る準備ができているのか確信がもてなかったが、いずれにしろ、出番はやって来た。

19　残念ながら、メモの中身を口外することは禁じられている。ヘルダーは爆弾を仕掛けたことをＦＢＩに自供しているにもかかわらず、まだ裁判にかけられていないからだ。

1992年から2003年にかけて、連続強姦殺人犯がルイジアナ州バトンルージュを恐怖に陥れていた。2002年9月、確実な手掛かりを得られず、捜査が行き詰まったまま10年以上が経過するなか、警察署長は捜査の方向性を見出そうと必死だった。レックスは、何か実質的な支援ができるかどうかチームと話をしてみると言った。私は爆弾が専門。爆弾科学者だ。普通に考えれば、私が関わったところでほとんど意味がない。だが私は、ブラッドハウンドをテストする調査プログラムの策定にも手を貸し、爆弾と関連のある捜索、ない捜索を何度かチームと行い、不運にも、分析的思考を披露してレックスを感心させてしまった。その無関係とも思えるキャリアの脱線の見返りとして、モンスターを追い詰めることを目指し、ブラッドハウンドのチームとともに派遣される羽目になったのだ。[20]

直近の殺人があったのは7月12日、私たちが事件に飛び込む2か月以上も前だった。1日経つごとに、においはうすれ、散逸し、ほかのにおいで覆われて、追跡は難しくなる。しかも、殺人犯が地元の住人なのか、それとも遠くの町に住んでいて、次の獲物を選ぶためにバトンルージュに来ただけなのかもわからなかった。後者の場合、犯人を追跡できる可能性は低くなる。だからこそ、犬が役に立つかもしれなかった。犬を連れていき、どこにも痕跡が見つからなければ、殺人

20　ここまで話に付き合っていただいたみなさんは、「だけどモンスターを追いかけるのが仕事でしょ?」と考えて首をかしげているかもしれない。思想的モンスターなら、少なくとも、科学的な思考で理解できる理屈がある。一方、この手の原始的なモンスターは、私には理解不能だ。

犯はその地域にはおらず、しばらく来ていないということになる。逆に、犬が追跡を始めれば、犯人は街に頻繁に出没している可能性がある。

何をするにしても、まずは犯人のにおいが必要だった。私たちは、いちばん最近の被害者の衣類のうち、無理やりはぎ取られたブラジャーなど、3点を手掛かりとすることにした。あとは、その証拠品ににおいがいくつ付着しているかを割り出さなければならなかった。犠牲者が亡くなってから2か月が経過していた。つまり、彼女が車で町なかににおいの痕跡を残すことはそれ以来なかったということだ。殺人者がまだほかの獲物を探しまわっているとしたら、そのにおいの痕跡のほうが強くなるはず。だが、問題はもうひとつあった。ほかの人間が証拠品に触れたことだ。証拠品は警官が回収し、鑑識技術者、科学調査官が処理した。3人ともバトンルージュ周辺に暮らし、日々、新鮮なにおいを町なかに残している。

このため、警官、鑑識技術者、科学調査官は、私たちがブラッドハウンドににおいを嗅がせるすべての現場に立ち会わなければならなかった。理由はこうだ。犬はにおいを嗅がされたあと、証拠品ににおいが付着している可能性のある人、捜索の周辺にいる人全員のそばを通り過ぎる。現場で彼らのにおいを嗅いだ犬は、そのにおいは追わなくていいと理解する。そして、その場にいない誰かのにおいの痕跡を探し、そのにおいを追跡する。

最初に犬ににおいを嗅がせたとき、3頭とも追跡を開始した。つまり、証拠に付着したにおいがその周辺にもあり、誰かがその痕跡を町じゅうに残しているということだ。

これが『CSI：科学捜査班』のエピソードなら、犬がそのまま犯人の車へと導いてくれ、私たちはそこで指紋を採取し、次の凶悪犯罪が行われる寸前に裏路地で犯人を逮捕して、日没までに一件落着となるところだ。だが、この事件は1日で解決とはいかなかった。捜索は何日も続いた。干上がるような日々だった。

9月のバトンルージュは地獄のサウナ並みの暑さだ。そのため、追跡は夕方以降に限定し、ラッシュアワーの渋滞がおさまり、耐えがたい暑さがやわらいで、気温30度台前半、湿度90パーセント前半くらいの、なんとか我慢できる程度になってから開始した。

チームを組むのは、ハンドラー3人、大きなブラッドハウンド3頭、複数の制服警官、レックス、FBIの技術者、そして私だ。その面々が黒い大型SUVで現場へと乗りつけた。小さな車から次々ピエロが出てくるサーカスさながら、私たちが車からぞろぞろと出てくると、居合わせた人たちはあっけにとられた。6台の白バイがライトを点滅させながら私たちを取り囲んだ。仰々しさはそこまでで、誰かが犬にハーネスをつけ、においを嗅がせ、どうなるかを見守った。いくつかの場所では、犬はただ座ったまま動かずにいたが、それ以外ではほとんど地面に鼻をつけ、追跡を始めた。

わかったのは、ブラッドハウンドの仕事は不健康な人には向かないということだ。犬は道をぶらぶら歩くのではなく、走る。ついていきたければ、自分も走るしかない。私は人生の大半で走ることを習慣にしてきた。事件当時は、8キロから10キロ程度は難なく走ることができた。

というわけで、私たちは走った。バトンルージュの主要幹線道路を、犬を先頭に、そのすぐ近くをハンドラーが走り、ほかに少なくとも6人のメンバーがあとに続いた。白バイは、2台が急加速して前方の交差点をすべて封鎖し、2台が私たちの横を守り、2台が後ろについて後方から追突されないように交通を遮断した。夜ごと、暑さと、サイレンと、点滅灯のなかを、犬たちが先を行き、私たちが後ろを走った。体はぐっしょり汗にまみれた。むっとする空気にまとわりつかれながら、犬は私たちを前進させつづけた。

4夜にわたり、私たちは町のほぼ同じルートを走りつづけた。そして毎夜、どこから出発しても、犬はきまってルイジアナ州立大学近郊まで私たちを連れていき、そこで止まるのではなく、渦を巻いて排水溝を流れ落ちる水のように、執拗にくるくるとまわりつづけた（それと同時に、私たちのやる気も次第にどこかに流れ落ちていった）。同じルートをまわればまわるほど、すっかりこんがらがった気分だった。まるで、自分のリードを木にからませて、抜け出せなくなった犬のようだった。

何もかも意味不明だった。これではらちが明かない。だがそんな苛立ちの奥底にも、犯人はまだこのあたりにいる、そして犯人もまた、次の獲物を探してあたりをうろつきまわっているのだという感覚がつきまとっていた。

調査最終日は、1年前にルイジアナ州立大学近くの自宅でレイプされ、絞殺された41歳の看護師兼事務長、ジーナ・ウィルソン・グリーンの追悼集会と重なっていた。私たちのチームは、その夜の最後の追跡を、集会の現場から始めることにした。古いことわざで「犯人はかならず現場に戻る」と言う。連続殺人犯は犠牲者から記念の品を奪うことが知られている。犯人が犯行を思い出すために、車で集会のそばを通りかかる可能性があった。

集会が終わるころには、外は暗くなっていた。私たちは、車で通りかかった人物が集会を観察しやすそうな位置に陣取った。そして犬の1頭ににおいを嗅がせ、追跡を開始させた。このころには誰もが、目隠ししても基本ルートを走れるほどになっていた。何度犬に痕跡をたどらせても、同じ幹線道路に出て、最終的にはルイジアナ州立大学周辺の住宅街に行き着いたからだ。その日も、いつもの主要幹線道路に出た。そして、いつも州立大学へと戻る交差点に差しかかった。ところがこの日は、犬がそのまま進みつづけた。新たな痕跡が見つかったのだ。

犬が3頭いる利点は、3個の独立した探知機があることだ。1頭がまったく新しい方向に進んだため、私たちはそのチームをもう少し走らせてから、別の1頭を外に出し、ダブルチェックした。2頭目も、幹線道路からさっきと同じ脇道に入っていった。そして最終的に、ウォルマートの駐車場に行き着いた。それまで犬が一度も私たちを連れてこなかった場所だ。3頭目にも、やはりウォルマートの駐車場に連れてこられた。

私たちは、すぐにウォルマートから防犯カメラ映像を入手し、何か目を引くものがないか確認するようチームに伝えた。とはいえ、容疑者がどんな外見かもわからなければ、本人がシャベルやゴミ袋、ロープ、『超初心者向け死体遺棄マニュアル』でももって出てこないかぎり、それもまた見込みは薄かった。のちに殺人犯は捕まったものの、なぜ私たちがあの駐車場に行き着いたのかは、いまでもまだわからない。[21]

---

21 私たちが追っていた殺人犯はデリック・トッド・リーという男だ。リーが連続殺人犯としての一歩を歩みはじめたのは1998年のことだった。最終的にリーは、わかっている8件の暴行に関与し（うち生存者は、運よく息子

説明のつかないことばかり経験し、16時間勤務の4日間に消耗しはじめてきたなか、ありがたいことにハンドラーのひとりが、「ステーキとビールでもやりに行こう」と提案してくれた。その瞬間、それ以上に魅力的な響きはなかった。ところが、私が息を吐く間もなく、パトカーが1台、ライトを点滅させながらやって来て、私たちのパートナーであるタスクフォースの警官が車から飛び出し、「助けが必要です」と宣言した。全員その場に固まった。いまでも彼の次の言葉が耳に残っている。「地元の商店の外で人が射殺されました。バトンルージュではこんなことは絶対に起きないのに」

ミセス・ホン・イム・バレンジャーは午後6時30分ごろ、店長を務める美容用品店「ビューティーデポ」を出たところ、車のそばで男に襲われた。頭を1発撃たれ、ほぼ即死だった。目撃者が警察に語ったところでは、撃った男は彼女のハンドバッグをつかむと、近くの小さな公園に走って向かったという。

私たちは犬を車に乗せ、警察車両に付き添われて銃撃現場へと向かった。到着すると、駐車場に車はほとんどなく、縁石の横に防水シートで覆われた遺体が横たわっていた。

で、どうすればいいのか？　殺人犯はほんの1時間ほど前にこの付近にいた。痕跡は新鮮な状態だが、どうやって犯人のにおいを採取すればいい？　私たちは四方に散り、薬莢を探しはじめ

が助けに入ったひとりのみ）、ほかに2件の容疑をかけられていた。わかっている最後の犯行は２００３年だった。この事件もまた、人気の犯罪ドラマが現実を不当に扱っていることを示す一例だ。テレビは60分で事件に決着をつける。現実では、危機一髪の状況やフラストレーションのたまる袋小路が何年も続くことがある。

た。目ざといメンバーが、駐車場に停まっている1台の車のサイドミラーが壊れているのを見つけた。なんと幸運なことに、サイドミラーをこじ開けると、弾丸の破片が見つかった。被害者の頭を貫通したのと同じ弾丸が、細かく砕け、エネルギーを失って、車のサイドミラーに突き刺さっていたのだ。これでにおいの潜在的な供給源が手に入った。

映画では、警官が犬の鼻面にTシャツを押しつけてにおいを嗅《か》がせ、吠える犬が走り出す。だが現実はそんなふうにはいかない。においはさまざまな技術を使って証拠品から取り出される。FBIでは「におい転移ユニット（STU）」と呼ばれる装置を使っていた。ほかにいい譬《たと》えがないのであえて言うと、高級な掃除機のような、ハンドクリーナーほどの大きさの装置だ。機能も掃除機とほぼ同じようなものだが、STUには集塵袋はない。滅菌された四角いコットンガーゼを使う。証拠品をガーゼで覆ったスクリーンの上に置き、STUのスイッチを入れる。大きな証拠品なら、ガーゼが接触するようにSTUを動かす。においを取り出したら、その場で犬に嗅がせるか、必要になるまで殺菌したガラス瓶に入れて冷凍庫で保管する。

この事件では、チームメンバーのひとりと私が弾丸を引き受け、STUでにおいを集めた。レックスはブラッドハウンドの1チームを準備した。弾丸の破片に犬が嗅ぎ取れるだけのにおいが付着しているかどうかはわからなかったが、私たちにはその破片がすべてだった。

ハンドラーが犬の1頭にガーゼを嗅がせると、犬は私がそれまで見たこともないほど元気よく飛び出した。痕跡は新しく、犬はやる気と決意に満ちていた。全員が銃を取り出し、追跡が始まった。レックスは制服警官のひとりに呼びかけ、車を取ってきて、私を乗せてついてくるよう指示した。くどいようだが、私は科学者で、現場の捜査官ではない。ゆえに、銃をもっていない。それに、そのときは防弾チョッキも支給されていなかった。それが初めてでもなければ最後でもなく、私は武器も防具ももたずにパーティーに来ているただひとりの出席者だった。だからパトカーの後部座席に飛び乗り、追跡劇を追った。エアコンのきいたパトカーの後部座席に乗り、バトンルージュのうだるような暑さのなかを走らずにすむ贅沢は、喜んで引き受ける〝苦難〟だ。

1・5キロほども行くと、荒れ果てたトレーラーパークに入った。犬がスピードを落とし、首をたれた。チームの緊張感が伝わってきた。制服警官たちはこの体勢の変化が何を意味するのかを知らなかったが、私たちは知っていた。

においが強く、痕跡が明確なら、ブラッドハウンドはことさらにがんばる必要がない。たとえば、家に帰ったら悪臭がするみたいなものだ。そのにおいがどの部屋から漂ってくるのかは、すぐにわかる。だが、部屋に入ってからは、においの原因を正確に突き止めるために少し捜索が必要になる。ブラッドハウンドの仕事も同じことだ。犬が鼻を地面に落とした瞬間、大量のにおいがこのトレーラーパークにあることを意味していた。撃った犯人はおそらく定期的にここに出入りし、そこらじゅうににおいを残している。それだけにおいが散乱しているため、犬はいちばん新しいにおいを突き止めようと精力的だった。

ウィンドウを開けると、犬が小刻みに息を吸ったり吐いたりして、大きな鼻息を出すのが聞こえた。においだまり《プール・オブ・セント》のなかにいるということだ。[22] レックスが、間もなくだと警官たちに知らせた。拳銃をもった6人ほどの警官とライトを点滅させた3台のパトカーが、犬の後ろをゆっくりと進んでいった。やがて、犬は1台のトレーラーの近くで足を止めた。この時点で、ブラッドハウンドは危険のない場所に連れていかれた。

レックスは銃を構え、トレーラーハウスのドアの片側に立った。別の警官も銃を構え、反対側に立った。ほかの警官たちは窓をはさんで立ち、銃を構えた。そのとき、私たちのパトカーを運転していた女性警官がトレーラーのすぐ正面に車を停めた。私が座っている位置からトレーラーのドアまで6メートルほどしかない。銃撃戦になれば、まともに弾が飛んでくる。どう見ても、最初の1発は私がくらうだろう。いや、すべての弾をくらう可能性もある。私はどうにか礼節を保って身を乗り出し、もう少し車を移動してもらえないかと丁寧に頼んだ。まじめな話、これから起きる銃撃戦を音響効果付きで見物する必要など私にはないからだ。

警官がドアをノックした。すぐにそれとわかる有無を言わせない調子で、何度も叩いた。何も起きない。反応がない。誰もいないようだった。張り詰めた空気がやわらいだものの、またすぐに、雨のなかでバチバチと音を立てる高圧線のように、緊張感が高まった。となりのトレーラーのドアが勢いよく開いた。上半身裸の若いアフリカ系アメリカ人の男がシャツを手に、のんびりした足取りで出てきた。そして、ライトの点いたパトカーに囲まれて銃を構える警官たちをじっ

22　においだまり（プール・オブ・セント）とは、人のにおいが充満している場所のこと。プールは、毎日座っているソファが最も深く、家全体を浸し、家から離れるほど浅くなる。

と見つめたまま、何食わぬ顔でTシャツを首にかけ、いま出てきたトレーラーの後ろにある別のトレーラーのほうにふらりと歩いていった。

結局のところ、犬たちは核心に迫る寸前まで私たちを連れていってくれた。それは確かだ。だがその核心とは？　100パーセント確かなことはわからなかった。私たちは、トレーラーパークをしらみつぶしに調べて手掛かりを見つけるよう警官たちに助言した。そうしてチームを集め、〝当直〟を終えた。疲労困憊し、早めに切り上げて疲れ切った体を休める以外、もう何もする気になれなかった。帰りの機中、私はまた爆弾事件に集中しようという結論に達した。ブラッドハウンドの余計なストレスは本当にもうたくさんだった。

それから1週間後の2002年10月2日水曜日、メリーランド州アスペンヒルの手芸用品店「マイケルズ」の窓を銃弾が突き抜け、危うくレジ係に命中しかけた。その1時間後、隣町の大規模小売店の駐車場で、2発目の銃弾がアメリカ海洋大気庁の分析官の命を奪った。これが、首都圏全域に広まった不安と疑心暗鬼と恐怖が支配する3週間の始まりだった。今回は、世界の遠いどこかの片隅に無法者の所業を調べに行くのではなかった。今回、モンスターは私のホームグラウンドにやって来たのだ。

翌日、事態は一気に完全な混沌の渦へとのみ込まれていった。数時間のうちに4人が処刑され、その日の夜、5人目が殺された。事件があまりにも身近で起きていて、私はブラッドハウンドの仕事から手を引きたい気持ちはあったものの、そのせいで被害が食い止められないのも嫌だった。いまは手を引くことにこだわるタイミングではないような気がした。その週の金曜日、私は出勤するとまっすぐレックスのオフィスに行き、ブラッドハウンドが事件解決に役立つと思うか尋ねた。レックスは、ブラッドハウンドのチームがじつは別の任務で翌週町に来る予定だと教えてくれた。そして一瞬ためらったあと、「われわれで何もかもやることはできない」と言った。耳が痛かった。私はまだ現場経験が浅く、世界を救いたい衝動を感じてしまったが、そう判断するレックスの捜査本能を信じていた。ところがその日の午後、またひとり、被害者が負傷した。

週末のあいだ、事態は静まっていた。私はレックスの意見を妥当なものと受け止め、いくらか冷静さを取りもどしたが、ワシントンDCの誰もが重圧を感じていた。当時、私の息子は6歳と3歳だった。ふたりが通う学校と園は、子どもたちが休み時間に外に出て遊ぶのを禁止した。子どもに無差別殺人の恐ろしい現実など説明のしようがない。自分でも理解できないのだからなおさらだ。

月曜（10月7日）の朝8時9分、車で出勤する途中、みぞおちを殴られるようなニュース速報が飛び込んできた。13歳のイラン・ブラウンがベンジャミン・タスカー中学校に到着したところ、腹部を撃たれて重傷を負ったという。私はレックスのオフィスに直行した。私がそこに立っているのを見ると、レックスはただ下を向き、深呼吸してこう言った。「わかってる。犬を走らせるぞ」

ルイジアナでは、亡霊を追いかけた。においの痕跡は古く、殺人者は百数十キロ圏内のどこにいてもおかしくなかった。だがこの狙撃事件で私たちが追うのは、高性能ライフルをもち、殺す能力と意欲を実証した容疑者だった。

においを入手することが最初の仕事だった。少年を撃った際、犯人らは襲撃現場の中学校の近くに薬莢とタロットカード1枚(「死神」カード)を残していた。私たちは運がよかった。両方の証拠品からにおいを採取することができた。殺人はメリーランド州、ワシントンDC、ヴァージニア州で発生したので、広大な地域が捜索の対象だった。犯人が住民なのか、居住地を定めずに適当に車で走りまわっているだけなのかは知りようがなかった。犬を使うことにするまでに、犯人らは8人を撃っていた。追跡を開始する候補地は8か所。銃撃が始まったメリーランド州の一連の現場が最適と思われた。

この期間、私は2交代制で働いた。日中は、爆弾捜査官として研究所で訓練を受けもっていた。夜には、レックスやブラッドハウンドと合流して現場に行き、痕跡を追った。午前1時か2時に帰宅し、ほんの数時間眠ったあとには、またそっくり同じことを繰り返す。まるで連夜の悪夢のように、郊外のショッピングセンターを次から次へと走り抜けた。なんの成果も得られなかった。司令本部を出たり入ったりしながら、事件を担当している警察から捜索のヒントをもらい、また別の現場へと向かった。そしてまた、空回りしつづけた。

10月9日水曜日の午後8時18分、ヴァージニア州プリンスウィリアム郡で給油中の男性が射殺された。レックスが電話を受けたとき、私たちは痕跡を追っている最中だった。ワシントンDCの環状道路は渋滞することで知られ、その夜もひどい状況だった。ところが、殺人はついいましがた起きたばかりで、現場は数キロしか離れていない。新鮮な痕跡を追うチャンスだった。私たちはサイレンを鳴らしながら、渋滞する車と防護壁のあいだの路肩を疾走した。1台、近くに寄りすぎた車があり、通り過ぎるときにサイドミラーを叩き落としてしまった。

現場に着くと、追跡が始まり……そして終わった。現場からたどり着いたのは袋小路で、あたりの家はどこもしんと静まり返っていた。明確な痕跡を見つけることができなかった。丘の頂上に立ち、完全な静寂に包まれた袋小路を見下ろした。ほぼ音のない夜の静けさのなか、その瞬間、ライフルが自分に向けられているかもしれないことにはたと気づいた。またしても、武器も防弾チョッキもないのは、この現場で私だけだった。残念ながら、痕跡はそこで止まっていた。その日の捜索はそこまでだった。

ブラッドハウンドを使ってもなんの進展もなく、チームは何日か捜索を休止することに決めた。そのため、週末は休むことができ、私たちはニュージャージー州で開かれた友人の結婚式に出席した。だが、週末の楽しみは長くは続かなかった。帰りの車のなかでレックスから電話があり、新しい手掛かりがあると告げられたからだ。私は家にたどり着くことなく、妻に現場の外で降ろしてもらい、再び狂気の日々が始まった。

10月14日月曜日の午後9時15分、ヴァージニア州フェアファクス郡の大型ホームセンター「ホームデポ」の屋根付き駐輪場で、FBIの情報分析官、リンダ・フランクリンが射殺された。私たちの仲間の命が奪われたのだ。

このFBI稼業は、2役をこなさなければならないときがある。私は、「昼は研究所の科学者、夜はブラッドハウンドと走るランナー」の2役を何か月も経験した。だがときに、どちらかを優先しなければならないこともある。

レックスやブラッドハウンドのチーム、そして私がＤＣの銃撃事件で失った同僚の死を悼んでいたころ、私のもうひとつの人生、つまり爆弾専門家としての人生が、私を呼びもどそうとしていた。

それも大きな任務で。

このあと私はバリに向かい、ご存じのとおり、かつて見たこともない都市を狙った大規模爆発の現場に直面することになる。

バリでの長い数日間、爆弾の破片を分析し、棒やひもを使って爆心地を推定し、傷だらけの建物を捜索したあと、私はホテルの部屋で倒れ込み、ＣＮＮの国際ニュースフィードをクリックした。雑音を流して気を紛らわせたかったのが大きい。ぼんやり画面を見つめていると、ひとりの男――いまではＤＣ狙撃犯《スナイパー》のひとりとして知られているリー・ボイド・マルヴォ――が手錠をかけられ、警察署と思しき建物の脇のドアから出てきた。テレビ画面に映るその男を見ていると、床が抜け落ちるような感覚に襲われ、バトンルージュのトレーラーパークをゆっくり進むパトカーの後部座席に座り、となりのトレーラーから出てきた若い男を見ていた場面に引きもどされる気がした。絶対そうとは言い切れないが、心のどこかで、逮捕された若い男は、数週間前にバトンルージュのトレーラーから不気味なほど平然と出てきた男と同一人物ではないかという嫌な予感、確固とした予感があった。

バリの現場を終えてアメリカに戻ると、再びフラッシュバックに襲われた。過ぎ去るのを何週間も待った。だが消えなかった。嫌な予感を振り払うことができず、私はレックスのオフィスに行ってドアを閉め、打ち明けたいことがあると告げた。そうして疑念を口にしかけたとき、レックスが私をさえぎって言った。「当ててみようか？　バトンルージュのことをずっと考えてるんだろ？」。私は唖然《あぜん》とするのと同時に、ほっとした。レックスも同じ思いを味わっていたのだ。

私たちの記憶と本能的直感は、一致し、そして正しかったのかもしれない。

私たちがバトンルージュで最後の夜に追っていた殺人は、じつはＤＣスナイパーの犯行だったのではないか。あれは彼らがＤＣ地区で殺人を始める前に行った連続無差別殺人の最後の１件だったのではないか。

現実がフィクションのような世界で、バトンルージュのあの運命の夜、善が悪を阻止できていたらどんなによかったかと思う。もし犬が私たちを明確にマルヴォのもとに連れて行ってくれていたら、彼を拘束することができただろう。だがブラッドハウンドは、法律が定めるような、逮捕を正当化する普遍的な「相当理由」につながる捜査手法ではない。私たちは地元警察に、痕跡はこのあたりで途切れていると告げた。強いにおいの痕跡が残る地域を見つけた。あとは法執行機関がその情報を受けて付近を歩き、聞き込みをし、捜索令状を作成する必要があった。においがマルヴォのものであったとしても、犬はマルヴォの身元を確認することはできない。あの時点では、できることは何もなかった。

直感は正しかったのだろうかと、私たちはいつも考えている。

それに、物語のドクター・ドリトルではなく博士号をもつ科学者である私は、においが複雑なマトリックスであることを理解せざるをえなかった。においが何で構成されているのか、私たちにはまったくわからない。ブラッドハウンドは、たとえば双子のにおいをどうやって区別するのだろうか。においは人のはるかＤＮＡにまで関わるものなのだろうか。答えのない疑問があまりにも多い。私たちにはとにかくわからない。その最も基本的な知識がないかぎり、いくらその技術を活用しようとしても硬い壁にぶち当たる。

レックスはその理解に努めることをライフワークの最終章とした。何年もかけて実験を繰り返し、におい探知技術の前進におおいに貢献した。だが、その道が意義のある成果へと結びつくのを見届けることなく世を去った。彼は何をするにも情熱的な人だった。彼の死によって、ともに働いたすべての人々の人生にはぽっかりと穴があいてしまった。

ブラッドハウンドについては、ＦＢＩは結局手を引くこととなった。そして私は、かつて見たこともないような、新たな謎に足を踏み入れた。

第9章 首輪爆弾

2003年8月28日木曜日、午後2時30分ごろ、ペンシルヴェニア州エリーにあるPNC銀行にひとりの男が入ってきた。男の名前はブライアン・ウェルズ。手づくりの散弾銃を携えていた。首には時限爆弾が固定され、爆発に向けて時を刻んでいた。1時間も経たないうちに爆弾は爆発し、ウェルズは即死。そこから7年にわたる捜査が始まることになる。のちに「カラーボム（首輪爆弾）事件」と呼ばれるこの一件は、ウェルズによる銀行強盗未遂へとつながるいくつかの出来事に始まり、2010年11月、共犯者とされるマージョリー・ディール＝アームストロングの有罪判決で終結を迎えた。この事件の全体像は入り組んでいて、にわかには信じられないような部分もある。詳しくは、元FBI特別捜査官ジェリー・クラークの著書『*Pizza Bomber: The Untold Story of America's Most Shocking Bank Robbery*（ピザ配達人爆死事件：アメリカにおける最も衝撃的な銀行強盗の知られざるストーリー）』（未邦訳）に描かれている。

事件の捜査は困難をきわめ、爆弾そのものの仕組みの解明も難航した。特別捜査官だったジェリー・クラークは、FBIで勤務した年月のほぼ3分の1を現場での捜査に費やし、私はそのあいだ、彼と一緒に仕事をする機会にたびたび恵まれた。当時の私は、主任科学調査官として、カラーボム事件のあらゆる側面の科学的検証を統括する立場にあった。今日に至るまで、ウェルズに装着されていたものほど複雑で奇妙な爆弾を目にしたことはない。

カラーボム事件は、多くの点でほかの事件とは異なっている。もとより、ＦＢＩの「重要事件203号」に指定されたことからも、この事件の特異性がわかる。これは、ＦＢＩ史上203番目の重大事件であることを意味する。この指定は通常、オクラホマシティ連邦政府ビル爆破事件や9・11同時多発テロのような大規模な事案にかぎられる。「重要事件」に指定された事件にはかならずコードネームがつけられ、ＦＢＩの歴史にその名が刻まれる。オクラホマシティの事件にはオーケーボム（OKBOMB）、「ユナボマー」ことテッド・カジンスキーによる連続小包爆弾事件にはユナボム（UNABOM）、そして1996年アトランタ五輪開催中にセンテニアル公園で起きた爆弾事件にはセントボム（CENTBOM）というコードネームが与えられた。そして2003年のこの事件は、カラーボム（COLLARBOMB）と呼ばれることになった。

私は爆弾担当の科学調査官なので、ほかの部門の科学調査官とは仕事の進め方が少し異なる。たとえば指紋鑑識の担当者の場合、捜査に役立つ指紋が証拠品に残されているかや、証拠品から採取された指紋が特定の容疑者の指紋と合致するかといったことを判断するうえで、犯行現場についての情報はそこまで必要ないだろう。だが爆弾となると、その仕組みを正確に解明するためには、爆発が起きた現場の状況をできるかぎり詳しく知る必要がある。爆弾を起爆させる手段としては、いくつもの方法が考えられるからだ。

カラーボム事件では、ウェルズの首に装着されていた爆弾は決まった時刻に爆発するよう設定されていたのかもしれないし、ウェルズのなんらかの行動によって爆発したのかもしれない。あるいは、爆弾の内部に必要な部品が備わっていれば、遠く離れた場所にいた誰かが遠隔操作で起爆させることも可能だっただろう。だからこそ、ウェルズが最後の1時間にどのような行動を取ったかが鍵になる。最初の証拠が研究所の扉を通って私の前に置かれるより前から、その悲劇の1時間は私にとっての重要事項となっていた。

事件当日、PNC銀行に入っていったウェルズが身に着けていた「GUESS」のTシャツは胸の部分が盛り上がり、シャツの下に何かあることが見て取れた。首にはめられた輪で固定されていた爆弾だ。つえに見せかけた手づくりの散弾銃をもったウェルズは、銀行の窓口に並ぶ列へ向かい、その途中で、サービスとして置かれていた棒付きキャンディを手に取った。窓口係は、この男性は何か医療器具を装着しているのだろうと考え、病人への心遣いから、列の先頭に来るよう促した。

このときのウェルズの行動を検証して、誰もが疑問を抱いた。私なら、誰かに無理やり爆弾を装着され、銀行強盗をするようにと言われたら、列に並んでおとなしく順番を待ったりしないだろうし、キャンディを取るために余計な時間を費やしたりもしないだろう。ウェルズの行動は、爆弾を制御できる人や、爆弾が本物ではないと考えている人、あるいは、自分に装着された爆弾はそれほど心配するようなものではないと知っている人のそれに思えた。

ウェルズは窓口係に、自分が爆弾で「人質」になっていることを説明した4枚のメモを渡し、金を要求した。私は仕事上、それまでにかなりの件数の銀行強盗事件を扱っていた。爆弾の専門家がなぜ銀行強盗事件を扱うのかと疑問に思われるかもしれない。あまり知られていないのだが、じつは、銀行強盗が偽の爆弾を使うことは多い。爆弾のように見えるものを現場に残すことで、警察の対応を遅らせ、時間を稼げるという考えからだ。そのため、爆発物課に配属された新人調査官は、研修の最初の段階でかなりの件数の偽爆弾を取り扱い、証拠品の扱い方や報告書の書き方を学ぶのが一般的だ。

ウェルズが渡した4枚のメモには、窓口係に宛てた内容に加え、銀行の支店長に宛てた内容もあり、また、通報された場合に備えて、銀行の従業員や警察への長々とした脅迫も書かれていた。さらに、銀行に対してふたつの選択肢まで示してあった。25万ドルを渡せ。そうすれば誰にも危害は加えない。選択肢その2。金が25万ドルに満たない場合は、客や従業員を危険にさらすことになる。この銀行強盗計画を考えた人間は、明らかに犯罪ドラマの見すぎだ。

首に爆弾が装着されていると主張する人間が金を要求してきたとき、指示だの要求だのがくどくどと書かれた4枚もの紙を、悠長に読む銀行員がいるだろうか。犯人が何をしようが、爆弾が本物だろうが偽物だろうが、銀行員が取る行動はこれしかない。引き出しから現金を取り出して犯人に渡し、できるだけ早く警察に通報することだ。

仮に、ウェルズが爆弾ではなくアルミホイルで包んだじゃがいもからワイヤが何本か突き出たもの（これも独創的なアイデアとは思えないが）をもって銀行に入ったとしても、この強盗は同じようにうまくいっていただろう。入店から約10分後、現金およそ8700ドルを手に入れてウェルズは銀行をあとにした。選択肢その1も2も、無残にも無視されたというわけだ。

銀行で奇妙な行動を見せたウェルズだったが、現金をもって出て行ったあとの行動はさらに奇妙だった。銀行強盗なら現場から逃走するはずだが、彼は遠くには行かなかった。銀行を出てから10分後、近くの眼鏡店「アイグラス・ワールド」の駐車場で逮捕された。手錠をかけられたウェルズは、自分の体には爆弾が仕掛けられていると警察に告げた。警察官がウェルズのTシャツをめくると、窓のついた箱が現れ、なかにデジタル時計、配線、携帯電話のようなものなどが見えた。この警察官の報告内容が、私が爆弾の構造について知ることのできたすべてだった。爆発してばらばらになる前の爆弾を自分の目で見ることはできなかったからだ。

警察はウェルズを地面に座らせ、周辺から一般人を避難させて、爆発物処理班の出動を要請した。この間ウェルズは警察に対し、自分は誘拐されて爆弾を無理やり装着され、銀行強盗をするよう指示されたのだと話した。ウェルズが「銀行人質」宛ての4枚のメモをもっていたこともわかった。そこには、爆弾を首から外すために行くべき場所や入手すべきものについて、いくつもの指示が書かれていた。逮捕されたとき、彼はまだこの指示の第一段階にまでしか進んでいなかった。

ウェルズの体に本物の爆弾が仕掛けられている可能性が高いことがわかると、警察官たちはすぐにパトカーの背後へと移動し、安全な距離を取ったうえで、彼とやりとりを続けた。やがて報道陣が到着し、この過去に例のない膠着《こうちゃく》状態の撮影を始めた。現場にいた警察官たちの報告によれば、ウェルズをその場に座らせてから30分近く経ったときに、警告音が鳴りはじめたという。音は数秒間続き、爆弾が爆発した。ウェルズが銀行にやってきてからこの時点まで、およそ50分が経過していた。それから2～3分も経たないうちに、爆発物処理班が現場に到着した。

エリーのような小さな市の警察としては、この爆発物処理班の手配は迅速だったといえる。爆発のあとに到着したことは、彼らにとって幸運だった。爆発物処理班には定められた安全手順がある。たとえば、即席爆発装置とみられる不審物に近づくときは物々しい防護服の着用が欠かせない。だが、人命に差し迫った危険があるときには、こういった手順は現場の技術者の判断で省略することができる。もし爆発より前に現場に到着していたら、処理班の誰かが防護服なしですぐにウェルズに近づき、状況によっては死亡していたかもしれない。

こうした報告内容のうち、科学調査官である私が重要な証拠として注目したのは2点。ひとつは、ウェルズのシャツをめくって爆弾を目撃した警察官からの報告だ。大まかな内容ではあったが、パズルのピースをひとつ、ふたつほど埋める手掛かりとなった。ふたつ目は警告音だ。後述するように、この爆弾にはデジタルタイマーが組み込まれていた。問題は、果たしてこのタイマーが爆弾を爆発させたのかどうかということだ。私は、その可能性は低いと推察した。

起爆装置にタイマーが使用されている爆弾では、ほとんどの場合、警告音を出さないように配線が組まれている。タイマーの別の場所に配線することで、スピーカーをオンにしておくことはできるが、タイマーがゼロになった瞬間に電流が流れて爆発が起きる。つまり、警告音が聞こえはじめた瞬間に爆発していたはずだ。この爆弾におけるタイマーの役割は、爆発の引き金を引くことではなかった。ウェルズの胸に固定された金属の箱に隠されていた別のスイッチが、間もなくカウントダウンを終えて作動することを知らせる役割だったのだ。そのスイッチが何なのか、そして、この男の人生を終わらせた一連の仕組みをどう作動させたのか。私がその答えにたどり着いたのは何か月も経ってからだった。

ウェルズの死亡後の流れは、複数の捜査機関が協力し、一致団結して対応に当たった模範的な例であったと言いたいところだが、実態はそうではない。犯罪映画でよくあるあのシーンを憶えているだろうか。ＦＢＩがやってきて、「管轄権の確立」を行うシーンだ。ＦＢＩでは昔から「管轄権（jurisdiction）」には「命令権（dic.）」が含まれると言われてきた。ウェルズの件は殺人事件だという見方もあった。その場合、捜査はエリー市警の手に委ねられる。連邦政府が関与する法的な根拠がない場合、地元警察は、爆発物に関する知見を得るために（とりわけ、組織内に対応できる人員がいない場合には）ＦＢＩやアルコール・タバコ・火器及び爆発物取締局（ＡＴＦ）に支援を要請することがある。こうした連邦機関は、重大事件になりそうな現場には要請がなくても支援に赴くことがよくある。３つの組織から来た人間が現場にいれば、まとめ役が必要だ。カラーボム事件では、どの機関が中心となって捜査を行うのかについて激しい議論になった。最終的に、ひとつの明確なルールが決め手となった――銀行強盗は連邦犯罪としてＦＢＩの管轄になる。こうして、ＦＢＩが捜査の指揮を執ることが決まった。

管轄の確認が済んでからはスムーズに進展した。ペンシルヴェニア州警、エリー市警、ＦＢＩ、ＡＴＦがタスクフォースを組み、協力して捜査を行う。科学捜査に必要な証拠品はすべてＦＢＩ

の研究所の管理となる。ＦＢＩの証拠収集班（ＥＲＴ）が呼ばれ、すべての証拠品の撮影、記録、収集を行う。

カラーボム事件では、爆弾技術者でもあるＦＢＩの特別捜査官たちが証拠収集班に協力した。ありとあらゆるものが爆弾の材料になりうる。どれが爆弾の破片で、どれが道に落ちていたただのゴミなのかを現場で見分けるのは簡単ではない。昔から、用心深い証拠収集班の爆発現場での合言葉は、「何もかも集めておいて研究所に選ばせろ」だった。経験豊富な爆弾の専門家が証拠収集に協力することで、無意味ながらくたの収集は最小限になり、研究所での分析は格段に効率的になる。

証拠収集に関していえば、爆弾事件の現場は厄介きわまりない。発砲事件の現場なら話はシンプルだ。証拠収集班は薬莢を探し、弾痕を調べる。爆弾以外のほとんどの事件では、証拠のひとつひとつについて、どこで収集されたかをすべて記録するために非常に綿密な作業が必要になる。だが爆弾の場合は異なる。爆弾とは、カオスそのものだ。ときには数百個の破片に砕け、そのほとんどは四方八方へと無秩序に飛んでいく。どこで回収されたかはさほど重要ではない。私にとって重要なのは、もとのかたちに戻したらどうなるのかということだ。

爆弾事件のランダム性に対応するため、現場はいくつかのゾーンに分けるやり方が一般的だ。カラーボム事件の場合は、爆発のとき、ウェルズは背筋を伸ばして地面に座っていた。つまり、証拠のほとんどは、彼の胸から前方に飛び散ったことになる。近くの固い物体に当たって跳ね返ったものだけが彼の後ろ側で見つかった。証拠の収集にあたっては、ウェルズの体がひとつのゾーンであり、現場の駐車場がもうひとつのゾーン、爆弾の破片がいくつか飛んでいった近くの芝生が3つめのゾーンとなった。

収集されたものはこのゾーンごとにまとめられる。私たちは通常、「同じ種類を同じ袋に」方式を教えている。同一のゾーンで収集されたワイヤの切れ端はすべて同じ袋に、電池の破片はまた別の袋に、といった具合だ。こうすることで、袋の数も、証拠を追跡するための管理作業も減らすことができる。にもかかわらず、証拠収集班が従来の習慣から爆弾事件を発砲事件のように扱ってしまい、その結果、余分な追跡や書類作業が膨大になることがある。そんな証拠が大量に届けば、森は資源の無駄遣いで仲間を失ったと嘆くことになる。

私は昔から、人生をかたちづくるうえでの思わぬ偶然《セレンディピティ》の力を強く信じている。私のこれまでの人生は、どれほど念入りに練られた計画よりもこの偶然の力のほうに大きく影響されてきたように思う。ウェルズの事件の証拠品は、8月29日金曜日の夜遅くにFBI研究所に到着する予定だった。月曜日はレイバーデーの祝日にあたる。担当者を決めるために上司がやってきたとき、この事件を担当できるレベルの調査官でまだ研究所に残っていたのはふたりだけだった。長い休暇を家族と過ごして戻ってきたばかりだった私は、レイバーデーの連休にはとくに予定がなかった。一方、友人（バリの仕事で一緒だったマーク）は、家を売りに出そうとしていて、この週末は売却準備として壁を塗るのだと話してくれたところだった。私は上司に、自分がこの事件を引き受けると伝えた。心のなかには、「たいして難しいこともないだろう」という気持ちがあった。バッグス・バニー（『ルーニー・テューンズ』に登場するウサギのキャラクター）の言葉を借りれば、「バカな奴！」だ。

アメリカで使用される爆弾のほとんどは、さほど高度ではない。起爆装置は多くの場合、かなり初歩的なもので、結果として爆弾の分析は（退屈ではあるが）なんとかなる。だがこのとき、私は気づかないうちに、自分が経験したなかで最も難解で奇妙な事件のひとつに足を踏み入れていたのだ。

証拠品の襲来を迎え撃つべく、私は技術者のチームを集めた。捜査員たちは、証拠品が現場を離れたその瞬間から、どうして研究所の連中は分析結果を返してよこすのにこんなに時間がかかるのかと考えはじめる。だから私たちのチームは、昼夜を問わず証拠品と格闘しなければならなかった。

『CSI』や『NCIS ～ネイビー犯罪捜査班』のような犯罪科学が登場するドラマは、私の仕事についてかなり歪曲《わいきょく》して伝えている。私は、しゃれたラボでほのかな明かりのなかに座り、高慢な態度で返事をする以外はひたすら顕微鏡をのぞき込んでいるわけではない。ドラマに出てくる同業者と私との共通点は、見た目が魅力的なことくらいだ。

テレビのなかでは、とてもドラマチックな、そして明らかに重要な証拠が存在し、きれいにアイロンのかかった白衣姿の登場人物がゆっくりと歩きまわりながらその証拠について考えをめぐらす。だが現実には、爆弾は破片を空中にまき散らす。ずたずたになった血のついたがれきがトラック（または飛行機）で大量に運ばれてきて、担当者はその山をより分けていく。いくつもの袋に入った、完全に判別不能な殺戮の痕跡に目を通していくのが私の現実だ。私の白衣については（着ていればの話だが）、きれいでもなければアイロンがかかってもいないと断言できる。

以前、『ポピュラーメカニクス』誌が、私を紹介する記事に使う写真を撮るために研究所に来たことがある。白衣はあるかと訊かれたので、私は、隅でしわくちゃになっていた1枚を見つけてはおった。カメラマンは失望を隠せない表情で、アイロンがかかっている白衣はあるかと訊いてきた。さいわい、撮影チームが小型の衣類スチーマーをもってきていることがすぐにわかった。私の白衣にしわがなかったのはあの日くらいだったかもしれない。スチーマーが使えると前もってわかっていれば、背広も何着かもっていったのだが。

ＦＢＩ科学捜査研究所では、証拠が到着すると、調査官の下で働く若手の技術者たちの手によって開封され、記録され、振り分けられる。ペンシルヴェニア州エリーからであれば、ヴァージニア州クワンティコにある研究所まではトラックで運べる距離だ。およそ１２０袋の鑑定対象が届けられた。ずたずたのプラスチックが一片だけ入った袋もあれば、何十個もの繊維板の破片や薄い金属片、さらには、いったい何なのか見当もつかない素材の入った袋もあった。

研究所での証拠品登録手続きは、華々しい仕事ではない。骨の折れる退屈な作業だ。ひとりがパソコンの前に座り、現場から連絡のあった証拠品がすべて入っていることを確認するため、袋が開封されるそばからひたすら内容を記録していく。現場でがれきを集める担当者が収集された証拠品と過ごす期間は長くても数日だが、研究所の私たちの場合は数年にもなる。運ばれてきた証拠品のひとつひとつについて、現場で収集された時点の情報までさかのぼってたどれるように、証拠管理の連鎖は完璧でなければならない。そのためには、膨大な量の書類作成、リスト化、照合作業が必要となる。そしてまた、ことあるごとに悪態をつき、どんなささいな管理上の食い違いも見逃さないために、現場に連絡して確認を取ることになる。

これがドラマとは違うところだ。『NCIS』のなかでアビーが、証拠収集にあたった誰かが雨どいにあったカセットテープをラボに送ろうとした理由を確かめるために、書類の束や幾層にも積み重なった容器や袋をかき分けながら、パソコンのディスプレイ2台に目を凝らし、新人の現場捜査員とのかみ合わないやりとりに四苦八苦する場面など、見たことがない（これは実際に、9・11同時多発テロの現場から届いた膨大な数の証拠品の登録をしていたときに私が経験したことだ）。こうした作業はどれも、どれがゴミでどれが証拠品なのかを判断しながら行われる。あとはラボのメンバーが、ピザと固くなったドーナツでエネルギーを補給しながら、血にまみれた得体のしれない何かのかけらを夜を徹して調べている場面でも加えれば、現実の科学捜査たるものがより明確に浮かび上がってくる。

証拠品を扱う際は、几帳面さがとにかく重視される。登録手続きはその第一段階だ。ひとりがリストを作成し、ほかのふたりの技術者がすべてを写真に収める。一見ありふれたものに見えても、証拠品のひとつひとつを撮影する。研究所に届く証拠品は、いくつもの工程をたどるのだからなおさらだ。

私のところに届くまでに、証拠品は3〜4人の調査官の手を通り、少しずつ分解され、役に立つ手掛かりがないか精査される。たとえば、爆弾事件の犯人は粘着テープが大好きだ。物体は通常、「エントロピー増大の法則」に従ってばらばらになっていくものだが、それを押しとどめることを目的とした人類の発明品のひとつが粘着テープである。証拠品にテープが貼られている場合、テープの下がどうなっているのかは見えない。そして、テープをはがしてなかをのぞくこともできない。テープがくっついているところに、毛髪や繊維、肉眼では見えない潜在指紋、DNAといった〝お宝〟が付着しているかもしれないからだ。爆弾の形状を知る手掛かりがテープの下に隠されているかもしれない場合、はがしていく過程ごとに写真を撮るようほかの調査官に連絡がいく。研究所に届けられた証拠品を分解するときは、私も一緒に作業にあたることがある。最も重要なヒントがどの証拠品に隠されているのかはわからない。だからこそ、すべてが撮影の対象となる。そして、研究所内のあちこちを移動する証拠品を何度も撮影することもめずらしくない。

カラーボム事件では、私は主にふたつの役割を担った。第一に、爆弾の構成と仕組みを解明することを任務とする調査官の仕事があり、この任務だけで何か月もかかった。そして第二に、より緊急を要する任務として、この事件の科学捜査の計画立案を担当した。研究所に届いた膨大な数の証拠品ひとつひとつについて、どの部門の鑑定をどのような順序で行うかを決めるのだ。目的は、調査官から次の調査官への証拠の受け渡しを体系的なものにすることと、他部門での鑑定のために潜在証拠を破壊しないようにすることだ。

判断が簡単な場合もある。ものによっては、科学捜査の手順がすでに定められているからだ。たとえばテープがあったとする。証拠品のテープはまず潜在指紋課に渡され、表部分の分析が行われる。その状態で判別できる指紋がないか、レーザー光を用いて確認するのだ。指紋がなければ、次に痕跡証拠課で粘着部分をはがし、貴重な毛髪や繊維がないかを確認する。痕跡証拠課には、テープに残る痕跡に影響を与えずにはがすためのノウハウがあるので、その後、潜在指紋課に戻して、二度目の検査でテープの表と裏をすべて確認できる。最後に化学課がテープを受け取り、分析を行って化学的な側面からの情報を収集する。この情報は、のちの捜索でなんらかのテープが押収された場合に比較を行うのに用いられる。

検査の順序がはっきりと定められていない場合もある。カラーボム事件では、リベットやボルトで固定されていた山形鋼（断面がL字形の鋼材）の破片は、まず潜在指紋課に回された。指紋が検出されないかを確認した時点では、ほかに必要となりそうな検査はなかった。だが、どんな証拠でも、捜査の進展によって関連性が増す可能性がある。この事件の捜査の途中、爆弾に使われていたものと似た金属板や山形鋼が捜索先で出てくるようになった。結果的に、爆発現場から収集された金属部品は再度取り出され、容疑者の関係先の捜索で見つかったものと比較すべく、金属科学者による化学分析が行われた。

一般的な爆弾事件なら、すべての証拠品が袋から出されて写真撮影が行われるのを見ていれば、爆弾がどのようにつくられたものかは比較的速やかに見当がつく。だが今回の事件では、研究所に届くものを見れば見るほどわけがわからなくなった。もちろん、一見してすぐに理解できるものもあった。パイプ爆弾のパイプ、ぜんまい式キッチンタイマー、単三電池が4個、さまざまな長さのワイヤ。だがすぐに、こうしたわかりやすいものを圧倒する勢いで、謎の破片があとからあとから積みあがってきた。

研究所に最初に到着した証拠品は、爆発現場とブライアン・ウェルズの車から収集されたものだった。何時間もかけて証拠品第一陣の登録作業を完了するまでのあいだに、あることに気づいた。首輪がないのだ。もちろん、証拠登録作業の初期の段階では、あまりのあわただしさに小さなものが見落とされてしまうことはある。だが、大きな金属製の首輪を見逃すことはありえない。この爆弾の重要な一部である首輪がどうなっているのか確認すべく、私は現場に電話した。すると、首輪はまだ遺体に装着されていて、どうやって取り外すべきかを話し合っているところだとわかった。私は待つしかなかった。

首輪は翌日に受け取ることができた。運んできたのは、証拠収集に協力するためにエリーに派遣されていたFBIピッツバーグ支局の爆弾技術者だった。その爆弾技術者は、どういう経緯で自分がそれを受け取ったのかを話したくてたまらないようだった。この首輪がそのような驚愕の事態を引き起こしたのは、複数のコードが巻きつけられた奇妙なプラスチックのチューブが全体に絡みついていたからだ。コードとチューブの端は、首輪の付け根部分にある、ロック機構をもつ金属製の容器のなかに入っていた。厚みのある金属だったので、X線で内部の仕組みをはっきりと確認することはできなかった。

要するに、首輪そのものも別の爆弾だという可能性を否定できなかったのだ。では、最も安全に首輪を取り外す方法は何だったのか。首輪が安全かどうかを確認するために遺体安置所にいた爆弾技術者は、取り外しの現場を実際に目撃していた。気持ちが落ち着かないようすの彼は、自分が目にした恐ろしい光景について説明しはじめた。首輪を外すために、監察医が被害者の首を切断することになったらしい。

心理学者であれば、このときの彼の心理について掘り下げようとしたかもしれない。だが、私はただ、内側にべったり血がこびりついたビニール袋のなかの首輪を眺めながら、これは爆弾なのだろうかと考えていた。これまで、この仕事をしてきたなかで、「なぜ自分はこんなところに来てしまったのか?」と思ったことは何度かある。そのうちの1回がこのときだ。私は、大きな手錠のようなかたちをした首輪を眺めた。そして、この血に染まった重い金属製装置をどう扱うべきかに思いをめぐらせながら、爆弾技術者がその日の業務で経験したおぞましい出来事を語るのを聞いていた。

その爆弾技術者が、研究所内で無防備に声をかけてくる次の誰かに話を聞いてもらうべく立ち去ったところで、私は移動して首輪の分析に取りかかった。首輪は、円の半分が固定され、残り半分が動くようになっている構造で、可動部分の端が容器に刺さっている状態だとわかった。金属製のねじがついているために可動部分は自由に動かせず、容器から外すこともできない。また、容器の中は一部しか見えなかった。チューブとコードは容器のなかに入っていたが、なかで固定されているわけではなさそうだ。

首輪の鑑定を行わなければならなかったが、研究所内を移動させる前に安全性を確認する必要があった。ロック機構の一部として使われていたのはふたつの南京錠で、大きさは普通のスーツケースにつけるのと同程度だ。鍵穴はふたつとも容器の外側にあったが、その時点で届けられていた証拠品のなかに鍵はなかった。

ＦＢＩに入る前、私はニューメキシコ州の砂漠で爆発物をつくる若い科学者だった。当時は、ある男性に実験助手として研究を手伝ってもらっていたのだが、鍵いじりが趣味だった彼は、ときどき自分のピッキング道具をもってきて使い方を教えてくれた。ピッキングのおもしろさに夢中になった私は、自分でも道具を購入し、いまだに所持している。

私には、この首輪の南京錠を開ける自信があった。なかに爆弾が隠されていないという確信もあった。だが、自分の考えが絶対に間違っていないとまでは言いきれないので、まわりにいた人たちに、部屋から出て、声の聞こえる範囲にいるようにと言った。理由は言わずともわかってもらえた。私は首輪を目の前のテーブルに置いた。ふたつの南京錠を開けるのに1分もかからなかった。ただ、なかの解除レバーを引くことでこの大きな手錠を外せるという仕組みがわかるまでには、もう少し長くかかった。なかが全部見えたことで、首輪が安全だという確証が得られた。これで現場からの証拠はすべてそろい、鑑定を本格的に始める準備が整ったのだ。

犯罪科学の世界には、「CSI効果」と呼ばれるものがある。簡単に言うと、世間の人々はテレビや映画の観すぎなのだ。これは、(陰謀論者の見方では)うるさい大衆をおとなしくさせていることになるのかもしれないが、たいていのテレビや映画は、何も考えずに楽しめる娯楽としてつくられていながら、少しずつ共通の世界観を形成するようになる。その世界観が、現実からずれたものでなければ何も問題はない。だが、2000年10月に放送が始まったドラマ『CSI』は、科学捜査というものを現実とは違ったかたちで紹介してしまった。

この分野で仕事をしている人以外からすると、単なるテレビ番組と3つの恐ろしいスピンオフ(『CSI:マイアミ』『CSI:ニューヨーク』『CSI:サイバー』)がそこまで大きな影響力をもつなんて信じられないだろう。だが、『CSI』の人気はスピンオフを生み出しただけではない。『NCIS』や『BONES─骨は語る─』といったほかの番組が制作され、このジャンル全体が盛り上がるきっかけをつくったのだ。こうした番組で描かれた科学捜査の仕事は、現実というよりは空想の世界のものだった。

犯罪科学の世界が美化されて多くの人たちが興味をもつようになったことは、大学教育の現場に変化をもたらした。1997年、つまり、『CSI』なるものが得体のしれない闇の世界から姿を現す3年前には、法化学や法科学が学べる学士プログラムは数える程度しかなかった。だが2007年には、法化学で30以上、法科学で50近くまで増えた。2017年に「カレッジボード」のホームページで法科学課程のある高等教育機関を検索したところ、218件もヒットした。

私の場合、CSI効果を最も強く感じる場所は裁判所だ。陪審員を務める一般市民が犯罪科学に触れる機会は、ほとんどがテレビ番組だ。そしてテレビ番組は、科学に関しては控えめに言っても薄っぺらな理解しかもっていない。陪審員は、検察がDNAや指紋、そしてときには事件の内容に関する驚きの展開を裁判所に提出し、自分たちはそれらを検討することになるのだろうと期待している。あいにく、そうした壮大な願望に見合うものが提出されることなどほとんどない。私が調査官としていくつもの爆弾事件の捜査にかかわった10年のあいだ、使いものになる指紋が見つかった事件は思い出せるかぎりで3件しかない。DNAが検出された事件はゼロだ。

犯罪科学は、輝く甲冑《かっちゅう》をまとった騎士のようにさっそうと現れてカラーボム事件の捜査を窮地から救い出す存在にはなれなかった。だが科学の力は、最終的に結果につながる道へとチームを導いてくれた。

カラーボム事件で最初の週末に私たちが受け取った証拠品は、爆弾自体に由来するものと、ブライアン・ウェルズの車や自宅、4枚のメモでウェルズに行くよう指示されていた場所で見つかったものだった。これらの証拠品がまず鑑定の対象となった。

FBIにおいて、現在のデジタル化された証拠管理システムが使われるようになる前は、証拠品は大きくふたつの区分に分けられていた。「証拠品Q（questioned＝不明）」と「証拠品K（known＝既知）」である。QとKとの線引きはよく議論の的になったが、いちばんシンプルな分け方は、「現場から来たものはQ、事件後の捜索で見つかったものはK」というものだ。車、爆発現場、銀行強盗の現場で収集されたものはみなQに振り分けられた。これら3か所からすべてのものが届いた時点で、証拠品Qは214点になった。前述のように、証拠品はねじ1本のときも、数十個の小さな破片が入ったひとつの袋のときもある。捜査の初期段階での私たちの主な目標は、手元にある証拠品Qから科学的に何を割り出せるかを見極めることだ。

カラーボム事件のような大きな事件では、FBI研究所は、証拠品を可能なかぎり早く調べ終えるために24時間態勢で業務にあたる。被害者が殺され、爆弾をつくった人物は逃走中という状況である以上、科学の視点からヒントを提供できれば、捜査チームが効率的に動く助けになる。結果的に、事件の解明にはつながらなかったものの、最初の12時間のうちに、研究所のふたつの部門から捜査チームに情報を渡すことができた。

大きな発見をもたらしてくれたのは、銀行強盗後にウェルズがもっていた4枚のメモの潜在指紋の調査だった。そのメモには、現金を手にしたウェルズが次にどこに向かうべきかが細かく書かれていた。そして、残されていた指紋はほぼすべてウェルズのものだったが、別の人間の指紋もひとつだけ見つかった。この情報はすぐさま研究所から現場の捜査員たちに伝えられた。だが、ペンシルヴェニア州警の警察官に鋭い男がいた。彼はほかの捜査員たちに、喜ぶのはまだ早い、その証拠品を収集したのは自分の相棒だと思う、と言った。そして、あいつは証拠品をいつも指でヤッちまう、だからあいつがうっかりつけた指紋かもしれない、と続けた。指紋照合の結果、やはりその相棒が「お触り」の犯人だったと判明した。研究所、減点1点だ。

被害者がもっていたメモから本人の指紋が検出されたからといって、なんの役にも立たないだろう、と思う人もいるかもしれない。だが、物証によって、誰かが話した内容の信憑性を高めることもある。亡くなる直前のウェルズは、警察官にこう語った。自分はピザの配達に行ったところを捕らえられ、体に爆弾を装着され、銀行強盗を強要された。そして、爆弾を外すために従うべき指示が書かれたメモを渡されたのだ、と。

すべての紙にウェルズの指紋が残っていた以上、彼がそのメモを4枚とも読んだのは間違いない。もしメモが単なる小道具だったなら、最後まで読む必要はないのだから指紋はほとんど残っていなかったかもしれない。その指紋が何を意味するかについてはさまざまな考え方があるだろうし、ウェルズの関与の度合いについては、完全に解明されるには至らなかった。それでも、彼がこの紙を何度も触っていたという事実は、のちに新しい証拠が見つかったときに、事件の全容を解明する作業の一助となった。

研究所が再び喜びに沸いたのは、1日目の夜、メモから筆圧痕が見つかったという報告が文書課から上がってきたときだった。筆圧痕とは、紙に何かが書かれたときにその紙の下にあった別の紙に残るへこみ、つまり筆記具によって押された跡のことだ。今度ホテルに宿泊したときに、部屋の机に置かれたメモ用紙を確認してみるといい。何か筆圧痕が残っていて文字が読み取れるかもしれない。文書課は、ウェルズのもっていたメモから、ひとつならずふたつもの電話番号を見つけるという大快挙（だと当初は思われた）を成し遂げたのだ。捜査の過程で筆圧痕が見つかることはめったにない。電話番号のような、有望なものが筆圧痕として見つかることはさらにまれだ。電話番号がふたつも見つかるなど、聞いたことがない。どちらの番号にも市外局番が含まれていなかったが、それ以外の7桁の数字はしっかりと読み取れた。この収穫によってもたらされた興奮が、最初の長い夜を過ごす力を与えてくれた。

だが、運命というのは皮肉ないたずらが好きなようだ。カラーボム事件におけるほかの多くのことと同様、私たちにとっての希望の光だったふたつの電話番号は、やがて私たちをあざ笑う数字の羅列へと姿を変えた。捜査チームは当初、エリーで使われる市外局番で調べて、ふたつの番号が誰のものなのか、そして爆弾事件とどのようなかかわりが考えられるのかを突き止めようとした。しかし、どこに行っても行き止まりだった。違う市外局番を当てはめていっても、捜査の範囲が広がるばかりで、何か手掛かりを得られるのではないかという希望は薄れていった。

1950年代に行われた、ある残酷な実験で、「希望」がもつ力が証明された。実験では、ネズミが水の入った瓶に入れられた。最初のグループのネズミたちは、水のなかで泳ぎ、力尽きて溺れるまでそのまま放置される。ほとんどのネズミは短時間であきらめて沈んでいった。次のグループのネズミたちは、溺れそうになったところで瓶から助け出された。そしてその後、また水に入れられた。一度助けられたそのネズミたちは、ただ放置されたネズミたちと比べて驚くほど長いあいだ、沈まずに泳ぎつづけたのだ。助けられた経験のないネズミたちはなぜ沈んでしまったのか。原因は体力的なことではなく、希望がなかったからだとされた。ネズミと一緒にするのはおかしいかもしれないが、科学調査官たちは、鑑定結果から捜査に役立つ情報を得ることをけっしてあきらめない。事件捜査の初期段階で電話番号が見つかったという事実は、私たちにとっての「水のなかからひっぱり上げてくれた救いの手」だったのだ。私たちは、それから何年も、あきらめることなく泳ぎつづけた。

ネズミの例はさておき、社会的関心の高い事件において、証拠がその価値を見出されるまでに何年もかかったケースはいくらでもある。そのうちのひとつが、まさにＦＢＩの記録にある。1989年12月、小包で配達されたふたつのパイプ爆弾が、それぞれ連邦裁判所判事と著名な公民権弁護士を殺害した。ほどなく警察が、よく似た別の爆弾ふたつを阻止し、それは爆弾技術者によって安全に処理された。その出来事を機に、のちに「ヴァンパック（VANPAC）」と呼ばれるＦＢＩの重要事件の捜査が始まった。

科学的な分析によって得られた手掛かりはわずかだった。犯人のウォルター・ムーディーは、異様なほどの手間をかけて、科学的に発見されうる痕跡を消していた。爆発を食い止められた爆弾のひとつに添えられていた手紙から、指紋がひとつ検出されたのだが、それと一致する指紋は見つからなかった。しかし、科学捜査で得られる手掛かりは、きらめく閃光であるとは限らない。残り火のようにくすぶりつづけることもある。ムーディーの事件では、ある爆弾技術者が、この事件の爆弾と17年前に見た別の爆弾との類似点に気づいた。それが、捜査チームがムーディーに狙いを定めたきっかけだった。

だが、ムーディーの指紋との照合を行っても、手紙に残されていた指紋との一致はなかった。捜査が進むなかで、ムーディーの元妻が重要な証人として浮上してきた。彼女が捜査チームに説明したところによると、ムーディーは彼女に対して、変装したうえで車を運転して離れた場所まで行き、自分が爆弾をつくるのに必要なものを購入するよう命じたという。彼女はあるとき、車を運転して7時間かけてケンタッキー州フローレンスのコピー店まで行き、ムーディーから中身を見るなと言われていた書類をコピーした。そのコピー店でコピー機が用紙切れになったとき、親切な店員が紙を補充してくれた。

元妻が元夫に対して不利になる証言をする場合、証言の動機と正確さを検証するのが難しいこともある。だがムーディーの事件では、問題の指紋は、元妻がコピー用紙を補充してもらったときに新しい紙についた店員の指紋だったと判明した。苛立ちと失望の数か月を経て指紋の持ち主が判明し、検察側の重要な証人の証言を裏付ける確たる証拠になったのだ。

爆弾分析官である私は、ムーディーの事件のドラマチックな顛末をよく知っており、カラーボム事件のほかの調査官たちにもこの話をした。証拠というのは、その真の価値がわかるまでに時間がかかることもある、と伝えたかったのだ。カラーボム事件では、ヴァンパック事件で指紋の持ち主が判明したときのようなテレビ映えする場面はなかった。だが私たちは、手掛かりがなかなか見つからない日々を、希望をもちつづけることで乗り切った。

社会的関心の高い事件の捜査の初期段階においては、現場の捜査員たちと研究所メンバーとの関係性はさまざまだ。捜査の手掛かりとなる情報が十分にあるときは、早期に容疑者の逮捕にこぎつけることも多い。そのような場合、研究所は基本的に、鑑定証拠が捜査結果の裏付けになるかを確かめようとする。そうした状況のとき、雰囲気はずっと和やかになる。

真逆の場合もある。捜査の糸口がまったく見つからず、どこから手をつければいいかわからないときだ。そういう状況下では、現場の捜査チームは自分たちの望みや不安を研究所チームに託すことになる。カラーボム事件がまさにそうだった。胸部に爆弾を装着された男が銀行強盗に入ったあと、白昼、爆弾で殺された。そして捜査チームの手元には、たどるべき手掛かりがほとんど残されていない。亡くなる直前のブライアン・ウェルズが、自分を襲った者たちについて語った内容はほんのわずかだ。傷口に塩を塗り込むかのように、研究所が発見した電話番号ふたつの筆圧痕は、ありがたい貴重な手掛かりから腹立たしい謎の数字へと変貌しつつあった。

捜査チームが情報を得る方法として残された手段は、ウェルズの知人に話を聞くことと、ウェルズが捕まった場所に行くことだけだった。知人に関しては、ピザ店の同僚だった配達員たちがまず候補に挙がった。ロバート・ピネッティは、ママ・ミーアズ・ピッツェリアでウェルズと一緒に働いていた男だ。捜査チームは事件の直後に、ピザ店のオーナーとピネッティの両方と話をしていた。捜査チームはピネッティから詳しく話を聞く時間がなかったので、その週末にあらためて、彼にいろいろと尋ねる予定だった。だが、結局それはかなわなかった。

すべて終わってから振り返ってみれば、カラーボム事件が、既存のどのようなタイプにも当てはまらない展開となっていく兆しははっきりと現れていた。ウェルズが爆死してから3日後、8月31日の日曜日、ピネッティが自宅で死亡しているのが見つかった。簡易検査で体内から検出された複数のドラッグは、死につながりうる組み合わせだ。ピネッティは、ドラッグ使用者であったことが知られていた。報道では、FBIの担当特別捜査官が「ピネッティの死とウェルズの事件とを結びつける理由は何もない」と述べたと伝えられた。たしかに、その時点では何ひとつ間違っていない。だが、事件の捜査にかかわった人はみな、この流れにすっきりしないものを感じていた。

私は偶然というものが好きではない。この世界が、起こりそうにない出来事が起きる場所なのはわかっている。サルだって、星の巡り合わせが良ければ『ハムレット』を（シェイクスピアの戯曲は無理でもアダム・サンドラーの脚本くらいなら）書けるかもしれない。とはいえ、ウェルズのように普通ではない方法で人が殺され、被害者の親しい知人であり、FBIが話をしようとしていた人物が数日後に亡くなったのだ。「見てないで、立ち止まらずにお進みください」と言われてそのまま通り過ぎるわけにはいかない。この事件がここからどのようにして複雑怪奇さを増していくのか、私にはまったく見えていなかった。

ピネッティは、この事件にかかわる爆弾部門の人間のあいだで、「第二被害者」として知られるようになった。「第三被害者」についてはほとんど語られることがなく、また、私たちのなかでもわずかな人間にしか知られていない。奇妙なことに、その一件はおもちゃがきっかけとなって始まった。

カラーボム事件の証拠品のなかに、おもちゃの携帯電話の残骸があった。それがなんのために使われていたのかは、爆弾の復元が完了していないその時点ではわからなかった。だが、製造元を絞り込むことはできた。古いタイプの携帯電話を模していたので、かなり前のものであることは明らかだった。こうした風変わりなものは、捜査の手掛かりとして役立つことがある。即席爆発装置の一部として変わったものが見つかった場合、捜査チームは、購入した可能性のある人物を探すために販売場所を特定しようとすることが多い。通常、その情報を得るためにいちばんいいのは、製造元か販売元に話を聞くことである。やがて捜査チームは、製造元がカリフォルニア州の玩具メーカーであることを突き止めた。この携帯電話について少しでも多くの情報を聞き出すべく、FBIはロサンゼルスの爆弾技術者を製造元へと向かわせた。

FBIの捜査官が「聞きたいことがある」と言って自宅にやってきたときの反応は、人それぞれだ。すぐに疑心暗鬼になる人もいれば、求められている以上に協力的になる人もいる。おもちゃの携帯電話の一件では、明らかに険悪な対応だった。この爆弾技術者が特定されないように、ここでは単にケヴィンと呼ぶことにする。

ケヴィンは、情報収集のため、玩具メーカーの社長と先方の弁護士に面会した。彼がおもちゃの携帯電話について尋ねようとしたとき、社長は防御態勢に入ったらしい。FBIはなぜその携帯電話がうちのものだとわかるんだ、我が社の製品にケチをつけるとはけしからん、と強いドイツ訛りの英語でまくしたてたという（FBIは製品にケチをつけたわけではない）。ケヴィンが言うには、社長は「血管が切れそうなくらい怒っていた」ということだ。

ケヴィンに向かって怒りをぶちまけたあと、社長は部屋から飛び出した。会社側の弁護士たちはケヴィンに謝罪し、会社としてはFBIにできるかぎり協力すると言った。何もなければこの件はこれで終わりだっただろう。だがこの社長は、非常に興奮していたことに加えて、高齢だった。彼はその夜、帰宅してすぐに心臓発作で亡くなった。こうして、カラーボム事件の犠牲者に「第三被害者」が加わった。

法執行機関で働いていると、ブラックユーモアのセンスが磨かれがちだ。私の場合は、FBIで働きはじめる前からすでにその傾向があった（これは私の母のせいであると、この機会にはっきり言っておきたい）。ケヴィンの話を聞いた私は彼に言った。犯人はうまいこと犠牲者を増やしているみたいだが、FBIが増やしても意味ないよな、と。ケヴィンから返ってきたのは、私自身も職場でのやりとりでよく使っている、上品とは言いがたいお決まりの言葉だった。

証拠が研究所に到着してから2日間のうちに、私は爆弾技術者であるだけでなく有能な機械工でもあるレックス・ストックハムとともに、この首輪爆弾をつくるのに使用された材料すべてのリストを作成した。容疑者の聴取の際にどのような情報を聞き出すべきかを現場の捜査員たちに伝えるうえで、このようなリストは必要不可欠だ。どの販売店からまず訪ねるべきかを決める助けにもなる。リストは膨大なものになった。その複雑さをわかってもらうために、リストの一部をここに挙げておきたい。山形鋼、スチールフラットバー、スケジュール40直径1インチの鋼管、金網、小ねじ、各種ねじ（6番と10番）、リベット、ブレーキライン、燃料ライン、六角ボルト、ワッシャー、全ねじロッド、メゾナイト（硬質繊維板）、繊維強化複合板、電池（単四と単三）、ブレーキラインホルダー、はんだ、配線コード（赤、緑、黄色の3色）、コッターピン、灰色の塗料、ウォルマートのデジタルタイマー、サンビームの機械式タイマー、おもちゃのGSM携帯電話、銀色の粘着テープ、曲げられるプラスチックチューブ、紙製のラベル、小さい真鍮《しんちゅう》の錠前、ダイヤルロック、ワイヤーコネクタ、丸型圧着端子、ばね。加えて、それぞれの寸法も記載された。

事件直後の捜査で地元のFBI支局が得ることができた手掛かりはほんのわずかだった。市民から寄せられた情報やウェルズの知人たちの聴取から、初期段階で疑わしい人物が何人か浮かびあがった。そのうちのひとりが、ドラッグや金銭と引き換えに性的サービスを提供しているとされた若い女の「契約交渉担当者」とかいう男だった。その「代理人」は、オーダーメイドのプラスチック部品をつくる工場に勤務していた。「主要容疑者《プライム・サスペクト》」と呼ぶべきこの男は、ラテン系の発音で「主要容疑者《プリモ・サスペクト》」と呼ばれるようになった。

主要容疑者《プリモ・サスペクト》に関して捜査チームが最も興味をもったポイントは、彼の複数の知人がFBIに対して語った内容だ。彼は以前、もし自分が銀行強盗をするなら誰かの体に爆弾を取りつけて金を奪う、と話したというのだ。私の経験から言えば、単なる暇つぶしで凶悪犯罪の計画を練る人間はそういはいない。仮にいたとしても、計画の中身まで周囲にしゃべらずにいられない者はほとんどいないだろう。どうやら、主要容疑者《プリモ・サスペクト》は、コカイン仲間のごろつき連中を相手にいい格好をしたいがために、そんな愚にもつかない犯罪計画をまくし立てていただけのようだ。だが、このちょっとした大言壮語《たいげんそうご》の結果、彼は欲しくもない注目を集めてしまうことになった。

主要容疑者《プリモ・サスペクト》が公言していた計画の内容とウェルズの事件で起きた出来事との類似性を裁判所に説明し、家宅捜索の令状を得るのは難しくはなかった。ほどなく、私たちは彼の屋根裏アパートと勤務先の工場に捜索に入った。私たちは証拠品に残された工具痕と照合するために彼の道具入れから工具類を押収したのだが、そのときにアパートの外にとどまっていた彼のようすを、私はいまでも憶えている。彼は大声で、ＦＢＩが自分の人生を不当に蹂躙《じゅうりん》していると延々と主張した。アパートの外に集まってきた野次馬に対して、「見てくれよ！　ＦＢＩが来てるんだぜ！　ヴァージニアからはるばるやってきて人生めちゃくちゃにしてやるぜ、ってか！」と叫びつづけるワンマンショーが開催されていた。結局のところ、この男はカラーボム事件とはなんのかかわりもなく、人生の選択を間違えてこうなっただけだとわかった。

私たちが、研究所に届く証拠品のすべての分析をまだ終えていなかったころ、大きな転機が向こうからやってきた。皮肉なことに、その時点ではそれが転機だとはわからなかった。それどころか、カラーボム事件にかかわる全員、捜査員から科学調査官までが、それを事件と切り離して考えようとしたのだ。

銀行強盗の日、ウェルズの勤務先であるピザ店に注文の電話がかかってきた。テレビ電波塔のある遠隔地への配達の注文だった。私たちのチームはその場所を、単に「電波塔」と呼んでいた。

電波塔へとつながる舗装されていない道は、そこで行き止まりになっていた。その道に面して、ビル・ロススタインという男が所有する1軒の家があった。捜査が始まったころ、ウェルズが電波塔で拉致《らち》された日に何か見なかったかと尋ねるために、警察はロススタインとの接触を試みていた。だが、連絡はつかなかったと私は聞いていた。捜査員はみな、ほかの手掛かりを追っていて、ロススタインと接触するほどの時間の余裕はなかったのだ。

ウェルズが爆弾で亡くなってから数週間がたった9月20日、ロススタインは警察に電話をかけ、自宅の冷凍庫に死体が入っていると告げた。その日のことはよく憶えている。そのころ、私たちはまだ、証拠品やそれに関連した捜索からなんとかして科学の力で手掛かりをつかめないかと格闘していたからだ。役に立ちそうな情報は得られず、ふたつの電話番号の正体はいまだつかめないままで、苛立ちがつのっていた。その日の朝8時ごろ、私のところにFBI地元支局の爆弾技術者から電話がかかってきた。首輪を研究所に届けるため、ウェルズの首が切断される場に立ち会わなければならなかったあの男だ。「面倒なことになってね」と、彼は明らかに興奮したようすで言った。続きを早く聞きたいという気持ちにはなれなかった。

話の内容は、電波塔のそばの家の住人が警察に電話してきて、冷凍庫に死体を保管していると話したというものだった。その日に言われたことを、一言一句正確に思い出すことはできない。10年以上も前のことなのだから当然だ。だが、自分がどんな返事をしたかはよく憶えている。「ふざけんなよ、トッド。冗談じゃない」

ふざけてなんかいない、本当のことだ、と彼は何度も言い、詳しい話を聞かせてくれた。警察はその住宅に駆けつけた。そして、通報のとおりロススタインの冷凍庫に死体があるのを発見し、さらには遺書も見つけた。遺書に最初に書かれていたのは、ロススタインは冷凍庫のなかの男の殺害に関与していないということだった。遺書の内容がこれだけだったなら、私たちはこの死体とウェルズの事件を分けて考えただろうし、ふたつの事件を結びつけるまでにはもっと時間がかかっていたことだろう。だが、遺書はこう結ばれていた。「この件は、ウェルズの件とは無関係」冷凍庫のなかの死体はジェームズ・ローデンという男で、それ以降、捜査関係者のあいだでは「第四被害者」と呼ばれることになる。このふたつの事件の関係は、ここから何年ものあいだ考察の対象となった。

この殺人事件の捜査が始まると、ヴィクトリア朝のメロドラマがつくれそうな事実が次々と出てきた。ローデンはいったいどのようないきさつでロススタインの冷凍庫で発見されることになったのか？　捜査によると、ローデンはロススタインの元恋人のマージョリー・ディール＝アームストロングに射殺されたようだ。彼女は、殺人現場を片づけて死体を始末するためにロススタインを呼んだ。公共心をもつひとりの人間として、彼は協力した。そして時間を稼ぐために、冷凍庫を購入し、ふたりが死体の処分方法を考えるまでのあいだ、このなかに隠しておくことにした。ここで重要なのは、いずれもカラーボム事件の前に起きているということだ。この一件は、一連の出来事について私が最初に抱いた見解に強い影響を与えた。

その時点では証明できなかったものの、ロススタインが最終的に怖気づいて警察に通報した理由について、私は個人的にこう考えていた。彼は、ウェルズが拉致された場所のすぐそばに住んでいた。ウェルズの事件のせいで警察官が自宅を訪ねてくるようになり、冷凍庫に死体を隠していたロススタインとしては、警察とのかかわり合いをなんとか避けようとした。殺人事件の被害者の死体を冷凍庫に保管していたロススタインが、ウェルズの事件の手掛かりを探す警察の車両が自宅前を通り過ぎるたびにストレスを感じていたであろうことは容易に想像がつく。エドガー・アラン・ポーの『告げ口心臓』の主人公が窮地に追い込まれたのと同様に、ロススタインは結局、プレッシャーに押しつぶされてしまったのだ。

ロススタインの名誉のために言っておくと（という言い方もおかしいかもしれないが）、ウェルズの事件の捜査が続くなか、彼は何週間ものあいだもちこたえていた。最終的に限界に追いやったのは、アームストロングが死体を処分しようと主張したことだった。アームストロングは、死体を細かく砕いて処理しやすくするために氷砕機《アイスクラッシャー》を入手するようロススタインに迫った。これが、すでに神経をすり減らしていた彼を追い詰める最後の一撃となったのだ。

凍った死体が解けるにはどれくらいの時間がかかるものなのか。あなたはいま、そんなことを考えているかもしれない。おそらく、これまでの人生で考えたことのない疑問だろうが、私はその答えを知っているのでお教えしよう。捜査チームが冷凍庫の死体を解凍し、取り出せる状態にするまでに3日かかった。感謝祭のごちそう用の七面鳥が、冷蔵庫で1日かけて解凍したのにまだ凍っていると妻が文句を言うたびに、私は心のなかで比較せずにはいられない。この仕事の厄介なところだといえるだろう。

ウェルズ事件の捜査チームはすでに、アメリカ史上まれに見る異様な銀行強盗・殺人事件を扱っていた。なんとか前進しようともがいている泥沼のなかに、さらに凍った死体など誰も投げ込まれたくはない。だが犯罪科学とは、無慈悲な女王のようなものだ。

ウェルズ事件の捜査を進展させる有力な糸口は見つからなかったものの、研究所は、ウェルズの体内から見つかった鉛の弾がローデンを撃つのに使用された散弾銃の丸いペレット弾と同種のものだと捜査チームに伝えることができた。ひとつ手掛かりがあったとはいえ、ふたつの事件に関連があるとするにはまだ、あまりにも奇妙だと思われた。ほかには何ひとつ、両事件を結びつける証拠も、関連性を否定する証拠も見つからなかった。膠着《こうちゃく》状態が何か月も続いた。

初期段階で科学的な分析によってもたらされたのは、正体不明のままのふたつの電話番号と、冷凍庫のなかの死体とウェルズ事件とを完全に切り離して考えることはできないという事実だけだ。科学は私たちの味方をする気はなさそうだった。

重要事件に指定されると、FBI内部での注目度が大幅に高まる。私の経験では、組織内の上からの注目であればあるほど、よくも悪くもその影響は大きくなる。突破口が一気に開けて犯人が捕まる、といった局面であれば、FBI長官に気にかけてもらえるのは関係者全員にとって非常にありがたいことだ。しかし、八方塞がりの事件や、予想外のもの（たとえば凍った死体）が次々に出てくるような事件では、「上層部の関心」はまた違った意味合いになる。厳しい目で注視されたところで嬉しいはずもない。

通常の事件では、FBI研究所は標準的な範囲の検査や鑑定を行い、潜在的な手掛かりを得ようとする。そうして調べつくしても何も出てこなければ、誰もが肩をすくめ、証拠品を片づけて、また別の事件の捜査へと移っていく。だがカラーボム事件は、あまりにも普通からかけ離れていたために、そんなふうに優雅に終わらせるのは許されなかった。新たな手掛かりが見つからないなか、研究所に対するプレッシャーはいっそう強まっていった。

科学捜査というのはじつに厄介だ。ニュースを見ればわかるとおり、犯罪科学は批判の的になる。批判のなかにはまっとうなものもあるが、ひどく誇張されたものもある。そもそも、アメリカの司法制度が科学捜査の側に立っていない。裁判の場に科学捜査の結果を持ち込む場合には、厳しい精査に耐えうる強固なものでなければならない。誰だって、司法の場にニセ科学など持ち込まれたくはない。だからこそ、FBI研究所のような場所には、証拠の鑑定を行う際に確実に適用できる、一般に認められた標準的な分析手法がそろっている。調査官たちは、この確固たる枠からはみ出ることには慎重だ。だが、重大事件の捜査となると、科学的な裏付けはあるが裁判には持ち込めないタイプの分析・鑑定も行われる。どこに注力すべきかのヒントを捜査員たちに提供することだけを目的とした分析・鑑定である。

どの手掛かりが、捜査を前に進める「真の手掛かり」になるかは誰にもわからない。定石どおりの分析で結果が出なければ、思い切った手段に出ることもある。爆弾事件の歴史は、そんな極端ともいえるような分析・鑑定のオンパレードだ。

1996年7月、エリック・ルドルフは、アトランタのセンテニアルオリンピック公園にパイプ爆弾を仕掛けた。これは今日に至るまで、アメリカで使われたパイプ爆弾のなかで最大のものと考えられている。この爆弾には、破片を効果的に集中させるように、厚い金属板が使われていた。しかし皮肉なことに、この金属板は結局、爆弾の殺傷能力を高めるのではなく、命を救う方向に働いたのだ。ルドルフは、爆弾をミリタリー仕様のバックパックに入れて公園のベンチの下に置いた。ふたりの若い男性が、放置されたこのバックパックに気づき、土産に持って帰ろうとした。しかしそれを持ち上げようとして、金属板やパイプのせいでやけに重いことに気づいた。結局、ふたりはバックパックをその場に戻して立ち去った。地面に置かれたバックパックは金属板の重みで傾き、爆弾に巻きつけられていた大量のコンクリート釘は、オリンピックのイベントに集まっていた大観衆ではなく上空に向かって飛び散っていった。この仕事にかかわってから、「運命の力」が働いたケースは何度となく見てきた。なかでもこのパイプ爆弾の一件は、ずっと脳裏に刻まれている。

センテニアル公園の爆弾事件は、FBIの重要事件「セントボム（CENTBOM）」になった。これは、アメリカで開催されたオリンピックの会場における爆弾事件であったことから、カラーボム事件よりもはるかに大きな影響を及ぼした。この事件も、通常では行わない科学的手法を活用した事例だ。爆弾に使われていた金属板は、爆発事件後に収集されたもののなかでも際立って異質だった。それが何を意味していたのかがわかるまでに、さらに何か月もの月日を要した。

1997年1月、サンディ・スプリングズ・プロフェッショナル・ビルディング内の中絶クリニックへの攻撃に使用された爆弾に金属板が使われていたことから、捜査チームはすぐに、このふたつの爆弾を関連づけて考えた。中絶クリニックの爆弾については、非常に詳細な金属検査が行われた。裁判の証拠として使うだけなら、これほど細かく調べられることはまずないだろう。センテニアル公園の爆発で収集された金属板にも、同じ検査が行われた。結果、どちらの金属板も特有の物理的性質を備え、同一の化学組成を有しているとわかった。

カラーボム事件でも捜査を支援したFBIの主任金属科学者は、アメリカじゅうの鉄鋼業者の協力を得て、何年ものあいだに製造されたすべての鉄鋼の化学組成のデータを取り寄せた。集まったデータは全部で7万8000件にものぼる。血のにじむような努力の果てに、どちらの金属板も、7万8000件のデータのなかのひとつと化学組成が一致することがわかった。その鋼鉄はある特殊鋼メーカーで生産されたもので、少量がノースカロライナ州の機械工場に販売されていた。のちにわかったことだが、エリック・ルドルフはこの機械工場に知人がいて、工場のまわりをコソコソとうろついていたのも目撃されていた。彼は、金属板をこの工場から盗んでいたのだ。この事実をつかんだことで、ルドルフをセンテニアル公園の爆弾と結びつけることが可能になった。

もちろん、FBIの取り扱うすべての案件で、これほど大がかりな科学分析が行われるわけではない。だが大規模な事件であれば、極端なやり方も容認されやすい。FBIの「重要事件」に指定されるような大事件なら、一《いち》か八《ばち》かのロングパスを投げるしかない局面もありうる。

カラーボム事件では、プレッシャーが弱まる気配がなかった。現場の捜査員たちは必死に手掛かりを求めていた。やがてFBIは、新しい情報を得るために、通常なら考えもしないような手段に出た。マスコミに話を持ちかけ、証拠品の一部を公開したのだ。アメリカ国内でおおぜいの人が見ているテレビ番組『アメリカズ・モスト・ウォンテッド』に対し、事件の詳細な情報と、首輪、散弾銃、首輪に付いていた容器の写真を独占的に提供し、放送させた。視聴者のなかに、この証拠品のいずれかに見覚えのある人がいるのではないかと期待してのことだった。捜査が進められているあいだ、『アメリカズ・モスト・ウォンテッド』ではカラーボム事件に関する放送が5回あった。

注目度の高いテレビ番組で取り上げられたことで、カラーボム事件は一般の人々の記憶と視界にとどまっただけでなく、FBI上層部の関心事の中心にとどまりつづけた。現場チームも研究所チームも、捜査の行き詰まりを打開する手掛かりを見つけろというプレッシャーにつねにさらされていた。

捜査のなかでは、特徴的なものがいくつか見つかり、さらなる捜索へとつながった。たとえば、爆弾を構成する部品には、工具痕が残っていたので、ドライバーやドリルのような一般的な工具が使われたのは明らかだった。それが独特で貴重な痕跡を残していた。そのため、この事件の捜査では、ドライバーやドリルビットといった工具はつねに収集対象になっていた。

捜査がある段階まで来た時点で、爆弾をつくったのはロススタイン(「ウェルズとは無関係」という遺書を書いた男)でほぼ間違いないと考えられるようになった。ロススタインの親しい友人が広大な機械工場を所有していることがわかり、その工場に対する捜索令状も発行された。私も捜査員や証拠収集班とともに捜索に加わった。

世の中には、ものをため込む人間もいれば、盗む人間もいる。そして、このふたつの性質は互いに相容れないものではない。ロススタインの友人は、それまでにいくつもの場所で働いた経験があり、さまざまな工具を手にする機会があった。彼の工場は一生分といえるほどの大量の工具であふれていた。おそらく過去の職場からくすねてきたものなのだろう。この一度の捜索で、私たちはさまざまなサイズの120本のドライバーと640本のドリルビットを収集した。爆弾の入っていた金属製の容器や首輪をつくるのに使われていたものと似た、さまざまな金属板も見つかった。

工具痕担当の調査官は、数百時間（およそ半年）を費やして、この事件の捜査で収集されたすべての工具を丹念に比較したが、爆弾にあった痕跡と一致するものは見つからなかった。この調査官が工具を振りかざして私たちのチームの技術者を刺したりしなかったのが不思議なほどだ。

定番の科学分析でも特徴的な毛と繊維が見つかった。爆弾から収集された粘着テープのなかに、犬の毛と緑色のカーペットの繊維があったのだ。繊維は特色のあるものだったので、その出どころがわかれば、犬の毛とともに容疑者に結びつく有力な証拠になると担当調査官は確信した。この発見を受けたFBIは、直接的であれ間接的であれ、容疑者と接触のあったすべての人間の関係先から犬の毛を収集したが、同じ毛をもつ犬を見つけることはできなかった。緑色のカーペットにお目にかかることは数回だけで、収集した繊維は証拠品と一致しなかった。

定番の分析手法で一通り調べたあと、研究所は一般的ではないやり方にも手を広げた。爆弾の首輪部分には、青色の液体が入ったプラスチックのチューブが絡みついていた。通常、このような液体の分析は、比較すべきものが出てきたときにのみ行われる。たとえば、容疑者の作業場を捜索し、青色の液体が入った小瓶が出てきたとしたら、首輪の液体との関連性を調べるために化学組成を比較する。そこに関連性があれば、容疑者と首輪を結びつける手掛かりになる。だが、捜索のなかで青色の液体が出てきたことはなかった。

手掛かりらしきものが見つかっても、結局は空振りに終わる。そんなことを繰り返したあと、私たちはこの青色の液体の分析も行うことにした。組成から考えると、なんらかの油圧系の液体のようだった。どんなわずかな手掛かりでも必要だった捜査チームは、エリーにある自動車用品店を回り、棚から油圧オイルをかき集めた。ひとつでも一致すれば、手掛かりになるかもしれない。ここでも、はたして「真の手掛かり」が出てくるのか、そしていつ出てくるのかはわからない。手当たり次第に探すしかないこともある。結局、どの油圧オイルも首輪の液体とは一致しなかった。私たちはまたもや行き止まりに阻まれ、肩を落とすことになった。

注目度の高い爆弾事件の捜査に携わることのメリットのひとつは、FBIの最高の頭脳の働きを何度も目にできることだ。現場の捜査では手掛かりを見つけられず、科学捜査でも結果が出せずにいたが、FBIにはまだ切り札があった。行動分析課である。[23]「プロファイラー」たちの

23 テレビや映画のせいで仕事の内容が歪曲して伝えられているのは法科学者だけではない。『クリミナル・マインド FBI行動分析課』の放送開始以来、行動分析課の諸兄も私たちと同じ痛みを味わっている。このドラマの登場人物がFBI所有のガルフストリームで飛び回ってあざやかな大逆転を成し遂げるのは飽きるほど見てきたが、あのジェット機に実際に仕事で乗ったことのある人間として言わせてもらうと、あれは楽しい空の旅をさせてくれるようなものではない。

集団といえばわかりやすいだろうか。

私は科学者であり、爆発物技術者であり、そしてときには（その場に自分より適切な人がいない場合には）解体専門家でもある。どんな立場であっても、行動分析専門家やプロファイラー、心理学者を名乗ることはない。だが、カラーボム事件に取り組む職員たちが何度も苦杯をなめさせられるなか、FBIは行動分析課に頼らざるをえなくなった。そしてその行動分析課のメンバーが、犯人のプロファイリングへの協力を私に求めてきた。

行動分析課について、FBIの捜査官たちがよく口にするジョークがある。行動分析課に犯人のプロファイリングを依頼すると、容疑者は「怒りの感情をうまくコントロールできず、権威のある人間に反感を抱いている、35歳から55歳の白人男性」という回答が返ってくるというものだ。私自身、その人物像に近いことが多いので、鵜呑《うの》みにはしないようにしている。[24]だが、手掛かりが尽きてしまったところに、何か新しい情報が加わって捜査の新しい道筋が開ける可能性があるのなら、プロファイラーに参加してもらう意義はあると思われた。

この事件の犯人の心理を読むうえでは、情報の宝庫ともいえる証拠品があった。犯人は計8枚のメモ（銀行とウェルズへの指示が細かく書かれたもの）を残していた。そこに書かれていたのは、権力を誇示する妄想的な言葉の数々だった。そのうちの何枚かはインターネット上で見ることができる。書かれているのは次のような文章だ。

24　誤解しないでほしい。私は行動分析課の仲間たちの能力には大いに敬意を抱いている。私たちのような怒れる白人男性をあまりいじめないでほしいと願っているだけだ。

「もし、遅れたり、従わなかったり、誰かに知らせたりすれば、おまえは死ぬ！　生きるか死ぬかはおまえ次第だ」

「生き残りたければ落ち着いて指示に従え。おまえが従っていることを確認するため、われわれはおまえの動きを車から監視している。見張り役が車で移動して当局の動きを警戒している。われわれは警察無線の周波数や携帯での通話を傍受している。警察や航空機が来たらおまえは破滅だ」

行動分析課のプロファイラーたちは、犯人の人物像を描くための情報をこのメモからいくつも得ていた。彼らが私に求めたのは、この爆弾をつくるのがどのような人間かを特定することだ。私は長年にわたり、世界中の多くの法執行機関の人々と仕事をする機会に恵まれてきた。そのなかで、さまざまな残虐行為の動機について耳にした。また、多種多様な爆弾を目にしてきた。ほとんどはシンプルで、実用的な形状をしている。言い換えれば、「爆発」という明確な目的に沿ってつくられていて、余計な飾りなどは一切ついていないということだ。しかし、首輪爆弾はそうではなかった。

この爆弾からは、憎しみがにじみ出ていた。裁判の場なら、このような意見を述べるわけにはいかない。爆弾をつくった人物の意図や動機を私が推定することはできないからだ。コードやスイッチやパイプを分析したところで、爆弾をつくった人間の心が明らかになったりはしない。だからカラーボム事件は、私が爆弾製作者の内面までのぞき込めたように感じた唯一のケースである。私はプロファイラーたちに協力して、この爆弾をつくったのがどういう人物かという自身の見解を話した。

この爆弾は、悪意や憎しみをもってつくられていた。8枚のメモにあふれていたのと同じような感情だ。どのパーツも必要以上に手が込んでいて、ある目的にもとづいて綿密に設計されていた。これを身に着けた人間を殺害することを目的としている、と私は思った。最もわかりやすい譬《たと》えを出すなら、映画『ソウ』シリーズだ。映画のなかで殺人犯「ジグソウ」がつくる装置は、もちろんハリウッドの特殊効果アーティストが製作したものであり、恐ろしく、迫力があって邪悪に見えるように念入りに設計されている。もしジグソウが爆弾をつくったなら、この首輪爆弾のようなものになっただろう。

いろいろな意味で、この爆弾は職人の作品だった。キッチンタイマーなどの市販品は別として、部品の多くが、それぞれの目的に応じてひとつひとつ手づくりされていた。何週間も費やしてこのような爆弾を設計した人物が、ものづくりの経験がないはずがなかった。さらに、この人物は、爆弾に使われているのと同じ材料をいくつも使って手づくりの散弾銃を組み立てていた。おそらく、長年ものづくりに携わってきた人間だろう。必要以上に手の込んだもの。武器。人に見せびらかしたくなるようながらくた。他人が見れば、「こんなものをつくるなんて、いったいどういう人物なのか?」と思ってしまうような代物を。

そうして、犯人のプロファイリングが完成した。描写されていた人物像は、多くの点で、7年にわたる捜査で最終的に検挙された悪人たちと一致していた。だが、科学捜査の結果と同様、行動分析課のプロファイラーたちのすばらしい仕事も、捜査を前に進める突破口にはならなかった。

爆発した爆弾の復元が簡単なことはめったにない。想像してみてほしい。まず、1000ピースのジグソーパズルを購入する。次に、ピースの半分を捨て、残り半分にガソリンをかけて火をつける。最後に、タイヤ交換用工具を使って、燃えさかる炎をたたき消す。私の仕事は、そのパズルのピースを集めて、完成したときの絵柄を解明することだ。

この事件で使われた爆弾は、山形鋼でつくられた箱状の容器に収められていたことがわかっている。容器の写真はインターネット上にたくさんある。『アメリカズ・モスト・ウォンテッド』で取り上げられたときの1回目の放送で、首輪の写真とともに公表されたからだ。容器の前面にはガラスと金網で覆われた開口部があり、外側には警告のラベルがいくつも貼られていた。犯人は、ウェルズにもたせたメモに爆弾に関する警告をさんざん記したのみならず、爆弾そのものにも脅し文句を書いていたのだ。爆弾に隠された「罠」のことから「○○したら爆発する」という言葉まで、警告は爆弾のあちこちにしつこく記されていた。

この容器に入っていたのは、爆弾本体と起爆装置だ。爆弾本体は、無煙火薬の入った2本のスチールパイプでできていた。火薬は、散弾銃の弾から見つかったのと同じものだ。アメリカで爆弾に最も一般的に使われるのは、黒色火薬と無煙火薬である。このふたつは手に入れやすく、爆弾をつくる人間は手間のかからないやり方を好むことが多いからだ。パイプの端をふさぐのには金属板が使われていた。密閉された空間で無煙火薬が燃焼すると、非常に高温の気体が発生して圧力を上昇させ、パイプを破壊する。パイプのなかの火薬に点火した方法は、いまだにわからない。たいていの爆弾では、電球に入っているような細いフィラメントが火薬に差し込まれ、点火に必要な熱を発する。こういったフィラメントは非常に小さくてもろい場合もあり、爆発後に発見するのはかなり難しい。

爆弾の起爆装置には、キッチンタイマーと単三電池がふたつずつ、そして複数のスイッチが使われていた。この爆弾には3つのスイッチがあったのだろう、と私は考えた。ひとつは爆弾の容器の後ろ側にあり、そのスイッチがオンになることで爆弾が作動状態になった。ほかのふたつは、改造された2個のキッチンタイマーだ。タイマーにはそれぞれ金属棒が取りつけられており、文字盤が回ってゼロに戻ると、金属棒同士が接触する仕組みだった。

明らかな起爆装置の部品以外にも、ふたつのものが回収された。前述した、おもちゃの携帯電話とデジタルカウントダウンタイマーだ。最初の1か月で、この携帯電話は爆発にはなんの役割も果たしていなかったことが確認できた。外から見える位置に携帯電話を入れておくことで、遠隔操作で起爆させられるかのように見せかけていたのだ。デジタルタイマーも、改造は施されていなかった。このタイマーの役割として最も可能性が高そうなのは、爆発までの残り時間が外からわかるようにすることだった。犯人は、ウェルズの首に爆弾を装着し、起爆装置のタイマーとこのタイマーとを作動させて、爆発までのカウントダウンが始まるようにした。ウェルズは、犯人（たち）に金を届けることになっていた。犯人としては、ウェルズに近づかないほうがいい状況になるまで、あとどれくらいの時間が残っているのかをなんらかのかたちで知りたかったのではないか。もちろん、残り時間を測るために自分用のタイマーを別途セットすることもできたわけだが、犯人は爆弾自体にわざわざこの仕組みを加えておきたかったのだ。さらに、私の頭にもうひとつの考えが浮かんだ。もし単独犯ではなく共犯者がいた場合、このタイマーによって、犯行グループの誰もが爆発までの残り時間を知ることができた、と。現場にいた人々が、爆発の直前にタイマーの警告音を耳にしたことを憶えているだろうか。さすがタイマー、ウェルズの人生の残り時間を正確に把握していたのだ。

ここまで説明したことはすべて、爆弾の復元作業を開始してから数週間のうちにほぼ判明していたことだ。残骸のなかには、ぱっと見ただけでは何かわからない各種材質の破片もあった。シャワールームの壁に使われるようなメゾナイトやＦＲＰ（繊維強化プラスチック）が、小さなかけらになって証拠品のなかに散らばっていたのだ。金属棒やボルト、ばね、金網、小さな錠前もあった。それぞれになんらかの役割があったのかもしれないが、もちろん、それが何なのかはまったくわからなかった。

私よりも調査官としての経験が豊富で機械にも強いレックスと一緒に、私は爆弾の復元に取りかかった。これは、文字どおりジグソーパズルを組み立てる作業になった。しかも、このパズルは三次元だ。復元作業のパズル的要素は、楽しくもあるが苛立ちもつのる。なにしろ、散らばったゴミの詰め合わせが１２０袋もあったのだ。メゾナイトとＦＲＰだけでも、何十個ものかけらをつなぎ合わせなければならなかったし、それぞれのかけらがどの袋から来たのかがわかるようにしておく必要もあった。かけらにはできるだけ番号を振ったが、小さすぎて書けないものも多かった。

小さなかけらについては、証拠品のどの袋に入っていたのかがたどれるよう、詳細な写真を撮り、メモを残した。

レックスと私が、ストレスの多いパズルに取り組んで2か月が経ったころ、ようやく爆弾がほぼ元通りの姿になった。私たちは、殴り合い寸前になることもあった。レックスの説を採用するくらいならウィジャボード（交霊術に使われる文字盤）に聞いてみたほうがよっぽどましだ、と本人に向かって言ったのを憶えている。私の生まれを侮辱する言葉が反撃として返ってきたのち、私たちは頭を冷やすために1時間の休憩をとった。かなりの時間をかけて作業してきたにもかかわらず、爆弾の仕組みでわからない部分がまだあった。長時間話し合ったのち、レックスと私は、自分たちとは別の視点が必要だという結論に達した。そこで、最初からこの事件の捜査にかかわっていた現場の爆弾技術者に、「プロとしての成長の機会」を提供することにした。遺体の首の切断を目撃することを余儀なくされた、あの彼だ。だから、彼がこの申し出に応じたのにはいまでも驚いている。

レックスと私は組み立てた爆弾をばらばらにし、この爆弾技術者を1か月の予定で研究所に呼んだ。そして、今度はきみがパズルを解く番だと告げた。自分たちが解明した内容については何も言わず、収集された残骸が置かれた部屋に彼を案内し、爆弾を復元するようにと言った。2週間後、彼は爆弾をほぼ復元した。私たちがしたのと同じように組み立てていたが、ひとつだけ、私とレックスがわからずにいた部品（スーツケース用の小さな錠前）の位置を特定していた。

この首輪爆弾のきわめて特殊な点は、内部構造の多くがひとつひとつ手づくりされていたことだ。メゾナイトとFRPについては、ふたつのキッチンタイマーの格納場所をつくるのに使われていたとわかった。その格納場所の下には溝が彫られていて、2本のボルトにつながるコードがちょうどそこに収まった。タイマーの上の、メゾナイトに彫られたくぼみには、両端に金属片がついた細い金属棒があった。ほかの部品は、金属のボルトと固定用の金具で、それぞれの場所に配置されていた。爆弾のかけらのどれがどこにあったのかはだいたいわかった。だがある意味、ここまではパズルのなかでも簡単な工程だったといえる。

こうして、爆弾の復元がようやく終わった。次は、苦心してもとの位置に戻した各部品の役割を解明しなければならない。タイマーのように役割が明らかなものもあれば、見当もつかないものもあった。もし、もとの状態の爆弾が目の前にあったなら、あちこち動かしてみて、それぞれのパーツがどのように作用し合っているのかを直に見ることができただろう。だが、目の前にあったのは、大量の破片を寄せ集めた代物で、破片全部と同じ重さになるほどの大量のセロハンテープを使ってつなぎ合わされていた。

これほど複雑な爆弾の場合には、爆発物課の全員で取り組み、各自がアイデアを出す。ゆっくりと、少しずつではあるが、爆弾の全体像として矛盾のないかたちのものが浮かび上がってきた。現場の爆弾技術者がひとつの部品の位置を特定してくれたおかげで、謎の金属棒の役割を解明するヒントになった。レックスの車関連の知識も、また新たな驚きの発見につながった。家を塗って売却を済ませたマークも、貴重な戦力となった。分析を開始してから5か月で、爆弾をもとのかたちに戻し、その仕組みについての概要を把握するところまでたどり着いた。

爆弾の作り方のレッスンにはならないようにしながら、この爆弾がどういう仕組みだったのかを説明しよう。ウェルズの首に爆弾が装着されたあと、犯人のうちの誰かが、爆弾の裏側にあるコッターピンについた金属の輪を引いた。手榴弾の安全ピンを抜く手順を想像してほしい。それによく似た仕組みだ。ただ、この首輪爆弾では、そのピンがばねの張力がかかったスチールのボルトを固定していた。ピンが抜かれた瞬間に、ボルトが勢いよく爆弾の内部に入り、金属板に接触した。これによって、爆発の準備が完了した。理論上は、誰かがボルトをもとに戻せば爆弾を解除できたことになるが、ボルトは容器の裏側にぴったりとはまっていた。

慎重に調べた結果、ボルトの軸にはドリルで穴があけられ、ねじ山がつけられていたことがわかった。小さなボルトをこの穴にねじ込めば、ボルトを引っ張り出せたということだ。もちろん、サイズとねじ山の形状がぴったり合うボルトを用意しなければならないが。この時点で、爆弾は起動し、いつでも作動できる状態となっていた。

爆弾の前面には、金属の輪のついたコッターピンが複数、刺してあった。爆弾のカウントダウンをスタートさせるために、犯人はこのピンの1本を引き抜いた。これによって、キッチンタイマーのうちのひとつが時を刻みはじめた。理論上は、コッターピンが抜けたあとの穴に誰かが別のピンを刺してカウントダウンを止めることもできる。犯人もその可能性を考えていた。前面パネルの内側には、ばねで押された状態の小さな金属板が入っていた。ピンが抜かれてタイマーが作動した瞬間に、ばねの力が解放されて金属板が動き、内側から穴をふさいで、外からのアクセスは完全に遮断された。これで爆弾は作動状態となり、カウントダウンが始まった。爆発まで、ウェルズに残された時間はおよそ50分だった。

犯人は、計画全体の進展次第で、爆発を取りやめるか遅らせる必要が生じる可能性を考えていた。この両方の選択肢のための仕組みが、爆弾には備わっていた。爆発を止めるための秘密は、現場の爆弾技術者が位置を特定した、あの小さい錠前にあった。この錠前の鍵をもっている人物は、その鍵を爆弾の側面から入れて錠前を外すことができた。錠前を外せば、謎の金属棒の固定が外れる。金属棒の端には、エポキシ樹脂で覆われた金属片が付いていた。金属棒は固定されていたくぼみからすべり出て、樹脂で覆われた金属片を、タイマーの文字盤と、そこと接触するように設置されていたねじとのあいだに押し込む。こうすれば、爆発を止めることができたわけだ。

爆弾の容器の前面には、「57／50」という数字が赤いペンで書かれていた。この数字が何を意味するのか、ずっとわからないままだった。だが、爆弾が復元できたときにようやくわかった。ひとつ目のタイマーは50分に設定されていた。１本目のコッターピンが前面のパネルから抜かれたときに、50分のカウントダウンが開始した。憶えているだろうか、この爆弾にはキッチンタイマーがふたつ使われていたことを。爆弾の前面には、２本目のコッターピンがまだ刺さったままだった。爆弾全体が復元されたとき、この2本目のコッターピンがふたつ目のタイマーを制御していたことが明らかになった。ブライアン・ウェルズが駐車場の地面に座って爆発物処理班の到着を待っていたあいだ、最期のときを遅らせる手段は、文字どおり彼のすぐ前にあったのだ。この爆弾は、2本目のコッタピンを抜けばふたつ目のタイマーが作動するようにつくられていた。そうすればさらに57分、爆発を遅らせることができたのだ。ウェルズが仮にそのことを知っていたにしても、彼は自分を逮捕した警察官たちにその情報を伝えていない。とはいえ、延命の手段がすぐそこにあったことにウェルズが気づいていたとは思えない。

この爆弾には、爆発を遠ざけるふたつの仕掛けだけではなく、ある恐ろしい仕掛けも隠されていた。その仕掛けが実際に機能するものだったかはいまもわからないが、あらゆる物証が、隠されたブービートラップの存在を示していた。前述のように、容器の前面には窓があり、警察官はそこから内部の仕組みを部分的に見ることができた。窓にはガラスがはまり、その内側に金網をめぐらせた二重構造になっていた。赤いコードが1本、この金網につながっていた。このコードの役割を見極めるには、ほかのコードがすべてもとの状態のまま残っている必要がある。だが、爆弾が爆発したあと、中身が「もとの状態のまま」であるはずがない。私はコードの切れ端をかき集め、金網が爆弾の電源とつながっていたことをなんとか突き止めた。もし、誰かがガラスを割ってなかに手を入れようとしたら、金網が容器のどこかに触れた瞬間に爆発するようになっていたのだろう、というのが私の考えだ。こんなブービートラップがある爆弾はめったにない。これもまた、爆弾をつくった犯人のものづくりの才を示すものといえるだろう。

この爆弾には、ほかの何よりも犯人の意図を雄弁に語る、ある特徴があった。爆弾が入っていた容器の内側に使われていた、固い金属の裏板である。ブライアン・ウェルズの胸部に最も近い位置にあった金属板だ。

私は科学調査官として、爆弾事件の犯人の意図について100パーセント確信をもって語ることはできない。鉄やコードや爆薬は、爆弾をつくった人間の頭のなかの仕組みまでは語ってくれないからだ。だが、爆弾の構造そのものが、犯人の意図を推測するのに使える場合がある。たとえば、もし誰かが爆弾に金属の玉を大量に加えたとしたら、それはさらなる破壊を生み出すためだと推測できる。私は科学者として、破片が爆弾の殺傷能力を高めると知っている。この犯人が殺傷能力を高めるために金属の玉を加えたとは明言できないが、それを加えることがどのような効果をもたらすかを述べることはできる。犯人の行動について最終的に判断を下すのは、陪審員の仕事だ。

ウェルズの胸の前にあったこの金属板には、格子状の切り込みが入れられていた。金属の板をわざわざこんなかたちに加工する目的として、考えられることはひとつしかない。犯人は、爆発でこの金属板がいくつもの破片に砕けて散乱するようにしたかったのだ。初期の手榴弾は均一の破片を生み出すために内部に同じような切り込みがつけられていた。首輪爆弾では、この板は外側ではなく内側、つまりブライアン・ウェルズの心臓と肺のすぐそばに位置していた。この板がウェルズの胸部を直撃し、それが致命傷となった。証人席で述べることはできないが、私の見解はこうだ。犯人は、装着した人間が死ぬ確率を最大にすることを考えて、この爆弾をつくったのだ。

カラーボム事件はいろいろな意味で、私たちの勝利ではなかった。事件の捜査について興味のある人は、私の友人であるジェリー・クラークの著書を一読するといい。ジェリーは、すばらしい捜査と長年の忍耐によって、この複雑な銀行強盗計画の背後にいた犯人たちを突き止めた。ジェリーが立件にたどりつくまでのあいだに、この犯罪に加わった者たちはひとり、またひとりと、亡くなったり、ほかの容疑を認めたりしていった。私にとって最も苛立たしいのは、ロスタインが癌《がん》で亡くなったことだ。爆弾をつくった可能性が最も高いと考えられているのは彼だが、本人はこれを死ぬ間際になっても認めなかった。私が分析したなかで最も複雑なこの爆弾をつくったのが誰なのかを、この先、私が知ることはないのだ。

最終的に裁判にかけるべき容疑者として残ったのは、マージョリー・ディール＝アームストロングただひとりだった。彼女は、控えめに言っても、卑劣で邪悪な人間だった。そして彼女は最終的に、武装銀行強盗致死の共謀及び破壊装置の使用による暴力犯罪幇助《ほうじょ》の罪で有罪となった。ひとつの区切りとして、私は彼女の裁判で証言することができた。ただしそれは、この首輪爆弾の構造と仕組みについてだけの、きわめて限定された内容だった。

この事件は、別の意味でも普通とは異なっていた。私は結局、裁判所で自分の仕事を100パーセント遂行することさえできなかった。ほとんどの事件において、私の役割は、事件で使用された爆弾がどれほどの被害をもたらしうるかを陪審員に説明することだ。爆弾を再現し、破壊能力を映像に収めるために実験場で爆発させなければならないことも多い。だがカラーボム事件では、実際の爆発のようすが映像として残っていた。

手錠を掛けられたブライアン・ウェルズが警察官に囲まれて駐車場のアスファルトに座っていたとき、地元のマスコミがやってきた。警察はマスコミをウェルズから遠ざけたが、それでも彼らの位置からウェルズのようすをとらえることはできた。事件が進行するなか、カメラは回りつづけた。ある映像では記者が、少し離れたところにいるウェルズが肩越しにはっきりと映った状態で、カメラマンに向かって話している。警察から離れているようにと指示があったことを説明していた。そして彼が「ここなら安全でしょう」と言ったその瞬間、カメラが回っているまさにその前で、ウェルズの首に装着された爆弾が爆発した。

悲劇の瞬間を現場で目撃した報道関係者が、目の前の出来事に影響を受けた例は歴史上いくつかある。飛行船「ヒンデンブルク号」の墜落を目の当たりにした記者の「ああ、なんてこと」という叫び声は、私たちの胸を打つ。ブライアン・ウェルズの事件の場合、爆発後に振り返った記者が、固い地面を背にして仰向けに倒れているウェルズを目にしたとき、彼の口から出てきた唯一の言葉は、「撮れたか？」だった。

人間は善なるものだと私は信じている。だが、その気持ちが揺らぐこともある。ウェルズが爆弾で殺害される映像があったため、私が陪審員たちに話すべきことはほんのわずかだった。陪審員たちは、事件の映像と、例の金属板で穴のあいたウェルズの胸の写真を見せられた。私のしたことは、この爆弾は装着した人間を殺害する力が最大になるようにつくられていると伝えたことと、爆弾の仕組みが銀行強盗の計画全体のなかでどのような役割を果たしたのかをわかってもらったことくらいだ。

カラーボム事件に取り組んでいた年月は、私が科学調査官として働いていた期間のかなりの部分を占める。この事件の捜査では、研究所には全部で46回にわたって証拠が届けられた。登録された証拠品のうち、214点が事件現場からのもので、1289点が捜索現場からのものだった。FBI研究所内のすべての科学調査部門がこの事件の捜査にかかわった。7年のあいだに、8つの調査部門から58点の分析報告書が提出された。非常に有能で、なおかつ非常に多忙な科学調査官たちが、莫大な時間をこの事件の捜査に費やした。

私のカラーボム事件に対する気持ちは複雑だ。私の仕事の中心となっているのは、テロリストによる爆弾事件を防ぐことだ。爆弾で他人に危害を加えようとする人間に対して私が称賛の気持ちをもっているなどとは、けっして思ってほしくない。だが、テロリストのような敵と戦うのに時間を使うほうが、目的意識はもちやすい。「善」と「悪」とのより大きな、永遠の戦いのなかで、自分が何かの役に立つことができているように感じられる。

カラーボム事件の犯人たちは、卑劣で自己中心的なくだらない連中だった。彼らがやったことには、なんの崇高な目的も見出せず、議論する余地すらない。こんなくだらない動機で起きた事件の捜査に何年もの時間を取られ、おかしなかたちで何重にもひどい目に遭った。世の中には、自由で善良な人々の生活を暴力を用いて破壊する計画に全身全霊で取り組んでいる者たちがいるのだ。強欲なくだらない連中の犯罪を解明することにエネルギーを取られると、全力で取り組まなければならない、より大きな悪への対応がおろそかになってしまう。そしてそういうことがあれば、捜査の結果がどうあれ、私の心には、達成感ではなく、苛立ちと葛藤《かっとう》が残ることになる。

第10章　ひとつの国ではない、ひとつの国

爆弾の分析の仕事を始めた当初、私はまだ、爆弾による攻撃を引き起こすある要因について表面的にしか理解していなかった。その要因とは、政情不安のことである。だが長年かけて、混乱と政治不信が渦巻く国を訪問するうちに、政情不安がどういったものなのか、そして、なぜ世代を超えて継続してしまうのかが少しずつわかりはじめた。

１９９０年代、ニューメキシコ工科大学にいた私は、イギリスから来た科学者や爆弾分析官とともに「アイルランド共和軍（ＩＲＡ）暫定派」がイギリス本土（主にロンドン）への攻撃に使用していた巨大な自動車爆弾への対応にかかわっていた。試験用の爆薬を大量につくる作業は退屈だったが、その間、ＩＲＡ暫定派が爆弾を使って起こした残虐な事件の話を次から次へと聞かせてもらうのが楽しみだった。ほんの少し前まで、若手研究者としてアメリカ東海岸で過ごしていた私には、人をそのような恐ろしい攻撃に駆り立てるものが何なのか想像もつかなかった。だが10年後、たまたまその地へ行く機会があったことで、私は大きな気づきを得ることになる。

2009年、私は「ボム・データ・センターズ」（自国の情報機関・法執行機関のために爆弾に関する統計を取っているグループの連合体）の国際会議に出席した。開催地は北アイルランドのベルファスト。滞在中のある日の午後、私とほかの参加者たちは、ベルファストという街をしっかりと見てみようと思い立った。

悲劇とともに生きる道を見出し、ときにはそれを生活の糧とする人たちがいるという事実は、人間の強さを教えてくれる。ベルファストでは、「爆弾＆銃弾ツアー」というものに参加できる。私たちはツアーガイドに、この街の有名な「壁画」と、紛争についてよくわかる場所を見せてほしいと頼んだ。このとき目にしたものに対する思いは、今日になってもうまく言葉にできない。

紛争による双方の「犠牲者」と「英雄《ヒーロー》」に捧げられた壁画が建物全体を覆っていた。誰かを想う感動的な壁画もあれば、復讐を誓う恐ろしい壁画もあった。どの壁画も、いまだに紛争にとらわれている両側の人々の希望と願望を表していた。ベルファストには、高さ約3・7メートルのコンクリート壁でぐるりと取り囲まれている地域があった。上部に有刺鉄線が張られたその壁は、敵から地域を守る、あるいは敵をなかに閉じ込めて押さえつける障壁であり、深い憎しみの象徴だった。

紛争が続くなかで、ＩＲＡ暫定派は警察を迫撃砲で攻撃するようになった。警察当局は、警察署を守るために、低層階の周囲に金網フェンスを張り巡らせた。ＩＲＡ暫定派はひるむことなく、フェンスを越えられるような威力の強い迫撃砲を用意した。ツアーの途中で、私たちは4階建ての警察署の横を通った。金網のフェンスが警察署を取り囲み、屋根まですっぽりと覆っていた。建物全体が、フェンスの内側に入っていたのだ。

ニューメキシコにいたころの私は、この分野の新参者であり、この「悲劇」について何もわかっていなかった。しかし、北アイルランドに来たことで、ようやく理解できるようになった。私は暴力を理解したわけではないし、いかなるかたちでも許容するつもりはない。だが、ベルファストでさまざまな場所を訪れて、このような状況から抜け出せなくなった人たちが憎しみに行きつく理由がわかった。現実を突きつけられた瞬間だった。

ツアーで訪れた場所のひとつに、IRA暫定派のメンバーが眠る墓地があった。この場所の重みは、言葉では表せない。高さ約1・8メートルの台座の上に大きな天使像や十字架が据えられた墓標が、なだらかな丘に、見渡すかぎり立ち並んでいた。タクシーの運転手は一行を、1981年からのハンガーストライキで亡くなった人々の墓がある中心部まで連れていった。そのうちのひとり、27歳の若きリーダー、ボビー・サンズは、66日間の絶食ののちに死亡した。私たちは彼の墓の前に立ち、黙禱《もくとう》を捧げた。そのとき運転手が、葬列が近くまで来ていることに気づき、すぐにここを離れたほうがいいと言った。ベルファストでのツアーは、私にとっての転機になった。北アイルランド問題について、それまで数十年かけて見聞きしてきたことを、より広い視野で見られるようになったのだ。

爆弾分析官にとって、訪れるべき場所がふたつある。ひとつは北アイルランドで、もうひとつがイスラエルだ。ベルファスト訪問の数年前、私は有名な事件の捜査でイスラエルを訪れたことがあった。ベルファストに行ってから振り返ると、イスラエルは確かに訪れるべき場所だった。

２００３年10月15日、午前10時15分ごろ、ガザのベイト・ハヌーン検問所の近くで、アメリカ大使館の車列が通るなか、巨大な爆弾が爆発した。パレスチナの警察に先導された装甲仕様のＳＵＶ３台は、イスラエルからガザに入り、メインストリートを南下しはじめたところだった。最初の２台が通過し、３台目が近づいたところで爆発は起きた。爆発現場で電気配線が見つかり、それは近くの建物までつながっていた。つまり爆弾は、この車列を狙ったタイミングで手動で爆発させたものと思われた。

大使館が使用する車両は、小火器での攻撃に耐えられる程度の装備となっている。鋼鉄の装備は、秒速３７０メートルで飛んでくる小さな弾丸を止めることはできても、18キロの爆薬による衝撃となれば話は別である。アメリカ大使館の車列のすぐそばで爆発した爆弾は、「戦車キラー」と呼ばれるタイプのものだった。戦車よりも小さいＳＵＶ「サバーバン」では耐えられるはずもない。現場の惨状は、本当にひどいものだった。近くの商店のオーナー、ムティア・アブドゥルワハド氏は、通訳を介してこう言った。「最初に着いたのが私だった。半分になった人の体がうつぶせに倒れていて、もう半分が、爆発した場所から30メートルくらいのところにあった」

爆発によって、未舗装の道路に１メートルほどの深さの穴ができた。爆発時に通過した車は、衝撃でひっくり返り、ふたつに割れた。乗っていたうちのふたりは即死、３人目は病院に搬送される途中で亡くなった。４人目は命を取り留めた。この日、爆発現場に駆けつけようとしたアメリカ人、外国人ジャーナリスト、パレスチナ人警備スタッフは、パレスチナの若者たちから石を投げつけられた。アメリカ人たちはやむなく車に戻り、急いでその場を離れた。

爆発で死傷した4人は全員、アメリカ人外交官たちの安全のために雇われていた警備担当者だった。業務遂行中に命を落とした3人は、ジョン・ブランチジオ（37歳）、マーク・T・パーソンズ（31歳）、そして、ジョン・マーティン・リンデ・ジュニア（30歳）。[25] この爆弾を仕掛けた犯人に法の裁きを受けさせるために、私にもっとできることがあればよかったと思う。本書のこの章は、亡くなった3人に捧げたい。

このアメリカ大使館の車列への攻撃が起きたのは、第二次インティファーダ（パレスチナ人の蜂起）が始まって3年あまりが経ったころだった。イスラエル、ヨルダン川西岸、ガザにおけるアメリカ人職員を直接狙った攻撃のなかで、これが最大の被害となった。パレスチナ人は歴史的に、イスラエルの側につくアメリカを非難してきたとはいえ、アメリカやアメリカの代表として活動する人々に暴力を行使することには消極的だった。パレスチナ解放機構（ＰＬＯ）のヤーセル・アラファト議長とパレスチナ自治政府のアフマド・クレイ首相は、この爆弾による攻撃をただちに非難した。それまでに爆弾でおおぜいのイスラエル人を殺害していたパレスチナのテロ組織（ハマス、イスラム聖戦、アル・アクサ殉教者旅団）も、公式に関与を否定した。

悲しいことに、この攻撃によって、車に乗っていた外交官たちは本来の友好的な目的を果たせ

25　命が助かった4人目については、アメリカ国務省は名前を公表しなかった。この日の恐ろしい攻撃で心に傷を負ったであろう彼が、立ち直っていることを祈る。

なくなってしまった。彼らは、アメリカのフルブライト奨学金に応募していたパレスチナの研究者たちの面接を行うためにガザに向かっていた。奨学生に選ばれれば、研究者たちは、アメリカで学んだり教鞭《きょうべん》を執ったりする機会が得られたはずだったのだ。

3人のアメリカ人が亡くなったことから、アメリカ政府がこのガザの爆弾事件の捜査の指揮を執りたいと考えるのは間違いなかった。だが国外での事件の場合、これは厄介な話になる。自国の領土外で起こった事件に対し、アメリカは管轄権を持たない。唯一の例外は、アメリカの大使館に対する攻撃、厳密にいうならば大使館の敷地内への攻撃である。

これが違う国だったら、FBIが証拠を収集しに行けるよう外交交渉をすることもできただろう。だが、この爆弾事件が起きたのは、単なる「ほかの国」ではなかった。世界で最も激しい紛争が起きている国のひとつ、イスラエルなのだ。さらにややこしいことに、爆発はイスラエル国内のパレスチナの領域で起きた。これからどう動けばいいのか、前例になりそうなケースは存在しなかった。

最初に爆発現場の調査に駆けつけたアメリカ人たちは、怒れる群衆から石を投げつけられた。その結果、FBIが必要とする証拠のほとんどはパレスチナ自治政府が収集していた。つまり、それらを回収するために、またガザに向かわなければならない。

爆発物課の爆弾調査官は、かつてはFBIの特別捜査官から選ばれていた。彼らはFBIの爆弾技術者でもあることが多く、選ばれたのちにFBI研究所に戻り、科学捜査における調査と証明の厳密さについて学ぶ。だが、1990年代後半にはシステムが変わり、ニューメキシコ工科大学の同僚（マイケル・レオーネ）と私が、科学者としてFBIに入局した最初の人間となった。私はのちに、捜査官でない人間として初めて、FBIの正規の爆発物・危険装置調査官となった。

科学調査においては、捜査官である者と、私のように捜査官ではない者[26]の任務の内容はほとんど変わらない。違いが表れるのは、本当に特殊な状況下のみである。ガザへの1回目の出張が、まさにそのようなケースだった。FBIは、証拠回収のために爆発物課に同行する者は全員、護身のために武器を携行しなければならないと決定した。私は銃を支給されたことはなかったし、私が銃をもつことは公共の安全にとっていいことではない。そのため、ガザへの1回目の出張に私は参加できなかった。一方、私の親しい同僚であり、バングラデシュの恐怖の部屋で一緒だったリッチ・ストライカーは参加した。彼は、爆弾事件を受けて報復の空爆を行うイスラエルの戦闘機が頭上を飛んでいくのを目撃したという。

そのとき私は、会議のために南アフリカに出張中だった。帰国したところで、ガザの事件の科学調査の担当が私になったと知らされた。カラーボム事件の捜査にまだ手を取られていた私が、なぜガザの事件を担当できることになったのか、いまでもよくわからない。いうまでもなく、こ

26　私がレオーネにほんの数か月ほど先んじたのは、ニューメキシコで研究者として勤務していたときにFBIに協力して行った実験について「ミレニアムボマー」ことアーメド・レッサムの裁判に証人として参加できるよう、研修を急いで進めなければならなかったからだ。いいことをすればひどい目に遭うということだ。

こからの1年、私は非常に忙しくなった。

ガザの事件の証拠品を開封してすぐにわかったのは、調査対象が非常に少ないということだ。爆弾が爆発したときには、一般に思われているよりもはるかに多くのものが残る。カラーボム事件では、何百個もの小さな破片を組み合わせてもとのかたちを復元しなければならなかったが、復元自体は不可能ではなかった。しかし、ガザの事件では、爆弾は地面に埋められていて、18キロ以上の高性能爆薬が使われていた。この大きさの爆弾となると、それなりの大きさの容器が必要になる。理論上は、ばらばらになった破片がいくつもあり、それを復元しなければならないはずだった。だが、調査対象の破片が大量にあるのは、現場にいた誰かが集めていた場合だけなのだ。

爆発の直後、被害にあった大使館職員たちにとって重要だったのは、パレスチナを出て被害者に治療を受けさせることだけだった。爆弾の破片を拾い集めることは優先事項ではない。現場に戻ろうとした人たちは、石を投げつけられ、証拠を収集するどころではなかった。そのため、証拠の収集は基本的にパレスチナ当局の手にゆだねられた。彼らはおそらく、爆弾の破片すべてを慎重に拾い上げ、丁寧にリスト化している。だとすれば、すべての証拠品とそのリストがこちらに引き渡されたわけではないということになる。

手元にある分だけの部品からでも、この爆弾が遠隔操作で起爆されたことはわかった。バッテリーコネクタから伸びた非常に長いコードが、爆弾に配線がつながっていたことを示していた。

地面に埋められていたこのコードは、攻撃対象の車列が見える位置にあった近くの建物まで続いていた。爆弾の電源となっていたのであろう、ひとまとめにされた9ボルト電池の入っていた場所が残っていた。最後に、犯人が爆弾を爆発させるときに操作したと思われるスイッチが回路につながっていた。

爆弾を分析する際には、起爆装置の仕組みが判明すれば、それまでわかっていなかったことが次々と明らかになる。今回、少なくとも起爆装置の仕組みはわかっていた。また、私たちの手元にある証拠品は、犯人がアメリカ大使館の車列を意図的に狙ったことを示していた。まわりの車よりも大きなSUVは、子ども用のビニールプールに入った象と同じくらいわかりやすい。

とはいえ、手元にある証拠品だけでは、爆弾がなんらかの金属製の容器に入っていたという以上のことは何もわからなかった。幸運が舞い込んできたのは、11月初旬、爆弾事件から数週間が経ったころだ。パレスチナ当局が、容疑者ではないかと思われる人物の自宅を捜索し、完全なかたちの爆弾1点を押収したのだ。捜査の結果、彼らはその爆弾と私の手元にある破片に関連性があるのではないかと考え、比較をしてほしいと伝えてきた。

比較を行うためには、その爆弾をアメリカのFBI研究所に持ってくる必要があった。だが、民間の航空会社は、即席爆発装置を持ち込もうとする乗客を受け入れてはくれないだろう。たとえ、爆薬がもう入っていないことはほぼ間違いないと伝えたとしても、だ。つまり私たちは、FBIの航空機を利用する必要があった。幸運なことに、FBIの航空機の予定は空いていた。私は、最初の証拠回収に参加したリッチとともに必要な道具を用意し、何でできているのかまだわからない爆弾を受け取るために出発した。

こういったタイプの任務は、政治的に扱いが難しい。国によっては、入国許可を得るのが困難になる。公用ビザがいくつも載っているパスポートでは、面倒なことになりかねない。さらに、ビザ申請の際の渡航目的の選択肢に「爆弾の受け取り」が入っていることは、まずない。そのため私たちは、公用パスポートではなく一般パスポートでイスラエルとガザに渡航した。どこに行くのか、何をしに行くのかは誰にも言わないようにと指示された。この旅の全容は誰も把握していなかった。私たちの状況について日々報告を受けているアメリカ大統領でさえ、例外ではなかった。

爆弾事件が起きたころ、パレスチナ自治政府のトップにいたのはヤーセル・アラファトだ。彼の立場は微妙だった。アメリカ人３人が亡くなったのだから、アメリカが黙っているはずがない。科学調査のすべてをＦＢＩが手がけるなか、アラファトとしては、ガザでの犯罪捜査を行うための努力がしっかりなされていると示す必要があった。その取り組みの先頭に立つべく、アラファトはパレスチナの高官で構成される委員会を発足させ、パレスチナ警察の幹部やパレスチナ国家治安部隊の大佐などのメンバーを任命した。私たちは、この委員会のメンバーに会うことになっていた。彼らが爆弾を保管しているのだ。

私たちはイスラエルのテルアビブに到着し、ホテルにチェックインした。多くの国で、ホテルは外国の情報機関の人間に日常的に監視されていて、部屋が荒らされることもめずらしくない。チェックインした私たち３人は、自分たちの部屋がぴったり並んでいることに気づいた。３１４

号室、414号室、514号室だったのだ。最初は奇妙な偶然かと思ったが、あとになってそうではないと思った。ホテルのこの位置が、映像用と音声用の回線を引くのに便利な場所で、「特別なお客様」を監視するのに向いていたのだろう。

翌日、私たちはアメリカ大使館に集まり、爆弾受領計画を策定した。アメリカとパレスチナの緊張が高まっていたため、大使館側としては、私たちにガザの奥のほうまでは行かせたくないという考えだった。幸運なことに、パレスチナの大佐が、イスラエルとガザの境界線を越えてすぐのところに「ゲストハウス」を所有していた。まわりを壁に囲まれていて、状況がまずくなった場合は急いで脱出できそうだった。こうして、パレスチナ側の委員会との面会はこの「ゲストハウス」で設定された。次は、ドレスコードの確認である。

このとき、私たちがパレスチナ領域に入ろうとしていることが、パレスチナでアメリカと思想を異にする人々に知られていたようだ。アメリカ政府はその情報をすでに入手していた。実際、私たちを狙撃しようと目論《もくろ》んでいる者がいるという噂もあった。私たちは、あらぬところから飛んでくる弾へのささやかな対策として、防弾ベストを身に着けるべきか話し合った。だが、パレスチナで私たちの安全を約束して迎え入れてくれる人たちに対して失礼ではないかということで、この案は却下された。代わりに、面会する部屋に入らない警護隊が防弾ベストを着用し、外交官チームは着用しないことになった。薄手のポロシャツという軽装で怯えながら、武装した警護隊に取り囲まれるという状況を、私はこのときだけでなくその後も経験することになる。

ドレスコードが決定したところで、私たちは装甲仕様のSUV2台に分乗し、出発した。この2台が、爆弾の攻撃にあったSUVと同じ車種だということが私の頭から離れなかった。雷が同じ場所に二度と落ちないといわれているのと同様に、爆弾も、その都度ターゲットを変えてくれることを祈るしかなかった。

ガザの北端に位置するエレズ検問所、またの名をベイト・ハヌーン検問所は、イスラエルとガザとの間で唯一、人の出入りができる場所で、交通の要衝である。第二次インティファーダのあいだ、ここを通る人の流れは厳しく監視された。私たちの外交官の車列でさえ、越境の許可が出るまで1時間近く待たされた。退屈して過ごす1時間は、永遠にも感じられる。正体不明の爆弾を受け取るべく、狙撃されるかもしれない場所に向かうために待つ1時間も、やはり永遠のように感じられるが、「退屈」というのとは違う気もする。

境界線を越えて「ゲストハウス」に到着し、私はほっとした。車列は塀で囲まれた庭に入っていった。武装した緊急対応要員たちは車から飛び降り、一帯の確認を行った。周囲を素早く調べ、素早く建物に入ってなかを調べ、そして同じくらい素早く戻ってきて、急いでなかに入るよう伝えてくる。緊張を緩めている暇はないのだ。

階段を上がり、2階へと案内され、広い会議室に通された。どうやら私たちは、無粋にも早く到着して受け入れ側を困惑させてしまったようすだった。アメリカ側の警護隊は、私たちを会議室まで送り届けると、建物の周囲や敷地内でそれぞれの位置に着いた。事件によっては、初めのうちは現実味が感じられないこともある。何かが現れて、その存在がしっかりと感じられて初めて、「この事件は現実なのだ」と思えるのだ。その「何か」はにおいのこともある。たとえば、腐敗した肉とディーゼルエンジンの排出ガスのにおい。ガザの事件の場合、それは会議室のなかで存在感を放つ長さ6メートルの重厚な木製のテーブルであり、テーブルの端の向こう側の壁に掛けられた高さ2メートルほどのヤーセル・アラファトの顔写真だった。永遠とも思える待ち時間のあいだ、私たちはアラファトの写真を見つめ、それから静かに互いの顔を見やった。誰もが、「ちくしょう、さあ行くぞ」という表情をしていた。

私は同席者の顔から視線を外し、周囲に目をやった。窓のブラインドは下ろされている。よかった、と思った。外から狙撃しようとしても、どこに人がいるのかはわからないだろう。だが、そのブラインド（建物前方の庭に面した窓に掛かっていた）は、かなり傷んでいた。誰かが突いて穴を開けたり、プラスチックの羽根を引っ張って窓に対して垂直の向きに曲げたりしたのだろうか。窓の反対側の壁は、漆喰《しっくい》にくぼみがいくつもできて、でこぼこになっていた。私が最初に思いついたのは、壁の向こうに隠された金品を探し出して略奪しようとした誰かがハンマーで何度も叩いたのだろうか、ということだった。いったい何があったら壁がこんなふうにでこぼこになるのか、さっぱりわからなかった。

会議室の内装について私が考えをめぐらせていたところで、パレスチナ側の人たちが到着した。パレスチナのふたりの大佐と部下たちが挨拶の言葉を述べた。双方ともに外交的にふるまい、大きなテーブルの一方にパレスチナ側、向かい側にアメリカ側が並んだ。二次元のアラファトが、目の前の光景に満足そうに微笑んでいた。じつのところ、このときの会話の内容についてはあまり憶えていない。形式的な外交辞令としかいいようのないやりとりばかりだった（私は長年の経験から、外交辞令を聞き流すことを覚えた）。警護の連中がドアをノックして爆弾が到着したと伝えてきたときにはほっとした。リッチと私は礼儀正しく会議室から退出し、外交上のやりとりはほかの人たちに任せることにした。

屋外に出れば狙撃される恐れがあるとはいえ、会議室から出られたことに安心した。あの会話に私の居場所はなかった。これから爆弾を受け取りに行くのだ。変な話ではあるが、こちら側が私の「安全地帯」だった。

建物前方の庭は、車2台がすれ違える大きな門を入ったところにあり、かなり広かった。庭の前には10台ほどは停められそうな駐車場があり、その向こう側には、バラなどの鑑賞用の植物がまばらに植えられていた。

爆弾の引き渡しのためにやってきたパレスチナの爆弾技術者たちが、私たちを迎えてくれた。国籍は違っても同じ分野で働く者同士、口には出さずとも仲間意識が感じられた。握手をして挨拶を交わしたら、アメリカ側の通訳を通じて、パレスチナ側で回収したものや、この地域で使用される爆弾に関する彼らのさまざまな経験について話をした。私の側で試験をするにあたって何を調べればいいのかについて、必要な情報を得ることができた。

ようやく、彼らのリーダーが、爆弾をもってくるために建物の向こう側に歩いていった。爆弾はSUVか何かで運ぶのだろうと私は思っていた。もしかしたら、爆弾運搬用のトレーラーかもしれない。ところが、予想外にも、彼はフォードの「ピント」らしき小型車を運転して角を曲がってきた。

　フォードがアメリカでピントの販売を始めたのは1970年のことだ。国内のドライバーに好評で、1980年まで販売は続いた。ピントは魅力的な車だった。燃費のよい小型車で、手ごろな価格で買うことができた。だが残念なことに、設計に欠陥があった。フォードはガソリンタンクを車の後方、後部車軸とバンパーのあいだに配置した。おそらくコスト削減のためなのだろうが、ガソリンタンクは非常に薄い素材でできていた。タンクを固定する4本のボルトの位置も、適切ではなかった。後面衝突試験によって、時速40キロを超えるスピードでの衝突で、ボルトがガソリンタンクの薄い壁に穴を開け、多くの場合、炎上につながることがわかった。

　後方からの衝撃に関連したガソリンタンクの炎上で死亡した人数は、27人から180人のあいだだと報告された。消費者団体は最終的に、ピントは「どんな速度でも安全ではない」と宣言した。今日に至るまで、ピントは史上最も危険な車の座を維持している。そしていま、この庭で、私が受け取る予定の爆弾をピントが運んでいた。トランクに、つまり、ガソリンタンクの真上に載せて。

　車は駐車場内の向こうのほうで停まり、運転していた技術者が、トランクをぽんと開けた。彼は、素手のまま、爆弾の入った巨大な金属製の容器に手を伸ばして、取り出した。「つまり爆弾に付着している指紋のうち少なくともひとり分はこの男のものだということか」と私は考えた。そして、こうも思った。「これはまた、どでかい爆弾だ」

　爆弾は、レトロな金属製のミルク缶ほどの大きさだった。直径も高さも50センチほどで、スチール製の円筒形をしていて、底はワインの瓶のように中心が盛り上がっていた。上の部分は、出口の狭い漏斗のように先が細くなっていて、「オズの魔法使い」のブリキの木こりがかぶってい る帽子に似ていたが、あんなふうに親しみがあって魅力的なわけではない。円錐形の成形炸薬弾がもっと大きい成形炸薬弾を飲み込んだようなかたちに見えた。金属製の円盤に直径2〜3センチで長さ15センチほどの金属製パイプがついたものが、横から突き出ていた。パイプの上からは2本のコードが出ていた。この円盤は明らかに、容器上部の狭い口に取りつけて密閉するためのものだった。

パレスチナの技術者たちが爆弾を地面に置き、リッチと私は近づいた。ふたりで爆弾のなかをのぞき込み、信じられない思いで顔を見合わせた。なかにはまだ、4分の1ほどの深さまで爆薬が残っていた。なんの爆薬なのかはわからなかったが、あの「悪魔の母《マザー・オブ・サタン》」ことTATP（過酸化アセトン）の可能性もあると思った。

何キロものTATPかもしれないものを、自分たちと同じ車に載せて帰ることなどできるはずがなかった。この爆薬のなかに起爆装置が埋もれている可能性もある。私は振り返り、駐車場の向こう側の植木に目をやった。ああいった植木には、少し手をかけてやる必要がある。パレスチナ側のひとりに声をかけ、爆弾のなかの「残留物」を洗い流したいので、もし、水まき用ホースがあったら貸してもらえないだろうかと尋ねた。

快く承諾してもらえた。リッチと私は、研究所で分析するために少量を採取してから、残った数キロほどの爆薬をバラが植えられているところに洗い流した。爆薬には、肥料を原料とするものが数多くある。この爆薬もそのひとつかもしれないので、花壇に注げば、私たちが立ち去ってずっとあとになってからバラが枯れるか、ガザ屈指の美しいバラが咲くかのどちらかになるだろう。爆薬と一緒に車に乗らずにすむのであれば、どちらでもよかった。

爆弾は、中身を洗い流したあとでも、スチールの重さだけで十数キロはありそうだった。私たちはそれを、自分たちが乗ってきたSUV「サバーバン」の荷室に担ぎ込んだ。パイプのついた円盤も一緒に載せた。パレスチナの爆弾技術者たちは、この爆弾が安全だと確認したと言った。もちろんそうなのだろう、爆薬がしっかり残っている爆弾を渡してきたくらいなのだから。パイプからコードが出ているのも、気に入らなかった。このパイプの部分を調べられる道具は手元になかったし、それに、リッチと私にとって、無防備に屋外に身をさらす時間としてはもう許容範囲を超えているように思えた。私たちふたりは、このパイプのついた円盤を私が持参していた防爆ブランケットでくるむことにして、SUVのいちばん後ろ側に載せた。もしこれが爆発したとしても、理論上は、防爆ブランケットが破片を食い止めてくれるはずだった。

先方の爆弾技術者たちに、お土産として持ってきた手袋やX線フィルムなどの道具を渡して別れを告げた。爆弾の積み込みを完了した私たちふたりは、外交辞令のやりとりはどうなっているだろうかと、ゲストハウスのなかに戻った。私たちが席に着くと、全員の視線がこちらに向いた。おそらく、私たちがバラに水やりをしている間に、会議室では会話のネタが尽きてしまっていたのだろう。爆弾は確かに受け取りました、と私たちは言った。パレスチナ側の協力に対して私は謝意を述べた。先方の委員会の責任者である大佐は、締めくくりの挨拶を始め、パレスチナ人がどれほど平和を愛する人々かということ、一般のパレスチナ人はアメリカ人に対して憎しみは感じていないということを語った。

私たちがパレスチナを訪れた日は、「ラマダン」の終盤の時期だった。ラマダンのあいだは、日中は飲食を断ち、日没後には断食明けの食事会を楽しむ。アメリカ側の一行のなかでは、見るからに私が爆弾の受け取りの責任者だったからだと思うが、大佐は私を見てこう言った。個人的に、あなたを私の車でガザ市にお連れしましょう。今晩の食事に大切な客人としてお招きしたい。あなたに石が投げられるようなことにはけっしてならないとお約束します、と。

墓地と壁画を見学したベルファストでのツアーは、リスクレベルでいうなら「低」になる。ただ食事のためにパレスチナ中心部まで車で移動することに同意するというのは、まったく違う話だ。さいわいにも、大使館の職員が割り込んで、私の代わりに丁寧に断ってくれた。いま思うと、あのとき行ってみたかったという気持ちがないわけでもない。

帰路、イスラエルとの境界線を越える道中、同行した大使館職員にあの会議室の内装について尋ねてみた。彼らの話によると、あのゲストハウスは、境界線とオリーブ畑のあいだに位置しているのだという。パレスチナ側はときおり、そのオリーブ畑からイスラエル側に向かってロケット弾を発射していた。境界線のイスラエル側には機関銃座があった。パレスチナ側の空からの贈り物に対する返礼として、イスラエル側はときおり、オリーブ畑に向かって機関銃を掃射していた。あのゲストハウスは単に、流れ弾の犠牲になっていたのだ。リッチが身を乗り出し、次に行くときは仲直りのプレゼントとして壁補修用のパテでももっていくか、と言った。私は緊張を解き、境界線のこちら側の空気を満喫した。

爆弾受け取りの旅でその日の午後は過ぎた。大使館に戻るころには、あたりは暗くなりはじめていた。しかし、急を要する問題がひとつ残っていた。リッチも私も、あのパイプとコードがついた金属の円盤に嫌な予感を覚えていた。イスラエルの爆弾技術者に装備持参で来てもらえるよう、大使館職員に依頼した。とりわけ、このパイプと円盤をX線でしっかりと確認するまでは、何も進めるわけにはいかないと思った。

X線は、私たちの分野では日常的に使われている。多くの場合、X線装置で不審な小包を撮影して、何か気をつけるべきものが潜んでいないかを調べるためだ。手元にあるものを調べるのにぴったりな道具なのである。イスラエルの爆弾技術者たちが到着するまでに1時間ほどかかった。ガザで受け取ってきたものを見せたところ、悪い予感は的中し、これが起爆装置の部品であることがわかった。爆弾技術者は通常、自分の車のトランクに入れる前に、起爆装置の部品をすべて分解しておく。パレスチナの爆弾技術者たちにも同じように自分たちを守る気持ちがあり、この部品が無力化されていることを私は願った。

最初のX線検査で、私の願いはかなわなそうだとわかった。パイプの上から内部につながるコードは、黒く映る部分のとなりにある電球に接続していた。これは雷管の特徴だ。コードから電流が流れて電球が点灯するのだ。黒い塊として映っている部分が、大量の、高密度で感度の非常に高い爆薬だろうと思った。電球は、この爆薬を加熱する役割を果たす。パイプのほかの部分は空のようだった。

　大使館の室内で、私たちはイスラエルの技術者と協力して作業にあたった。彼らが持参した防護装備を用いて、内側の小さい筒をゆっくり取り出していく。パイプのなかのコードは、この小さい筒に入っていた。さいわい、接着されてはいないようだ。取り出すと、パイプに差し込まれていた端が、厚いエポキシ樹脂で覆われているのがわかった。密閉された小さい筒。私がそれまでに見たなかで最大級の雷管だった。

　X線検査で、それが爆薬の詰まった起爆装置であることがわかった。なかの爆薬は非常に鋭敏なもので、ひとつ間違えれば私の手が吹き飛んでいたかもしれない。市販されている雷管は、注意して扱えばそれなりに安全だが、テロリストの雷管は安全性を考慮してつくられてはいない。私たちはこの雷管を、防爆ブランケットで慎重に包んだ。

　私は、雷管がねじ込まれていたパイプを見下ろした。湿った小麦粉を固めたような、何か白っぽいものが詰め込まれていた。爆発前のブースター装置のように見えた。この爆弾に使われているのは、簡単には爆発しない鈍感な爆薬だったので、爆発させるためにブースターが必要だったのだ。この爆弾は、まず少量の起爆薬が入った小さい雷管があり、それに接する位置に、パイプに詰まった爆薬（伝爆薬）がある。この白い爆薬、すなわちブースターが、最終的に最も量の多い爆薬（炸薬）を爆発させる、という仕組みだった。

　つまり私たちは、しっかりと爆薬の入ったパイプ爆弾を、防爆ブランケットに包んだ状態で、ガザとの境界線を越えてイスラエル側に運んできていたのだ。爆薬が残ったこの部品が爆発していたら、防爆ブランケットをずたずたにして、ＳＵＶの窓を全部吹き飛ばしていたことだろう。私たちは、運がよければ軽い火傷と聴力低下ですんだかもしれないが、運が悪ければ、パイプの破片で重傷を負っていたかもしれない。

ここから得られる教訓は何か？　爆弾を運ぶパレスチナ人には要注意、ということだろう。西洋諸国の爆弾技術者であれば、爆弾の部品をこんな状態で保管したりはしない。起爆装置の部品は、ひとつひとつ別々にしておかなければならないし、部品のなかの爆薬が入っている部分はすべて、爆風に耐えられる容器に入れておかねばならない。これが、即席爆発装置を扱う際の標準的な手順である。だが今回の経験で、この手順がどこでも守られているわけではないとわかった。

起爆装置と伝爆薬を別々にできて、ようやく安堵の気持ちが押し寄せてきた。そして突然、自分がこの爆弾を、ＦＢＩが保有する高級ジェット機「ガルフストリーム」で持って帰らなければならないのを思い出した。防爆ブランケットが複数あり、最も危険な雷管は安全な状態にしてあるので、何も起きるはずがない。しかし、頭ではわかっていても、雷管が大西洋の真ん中で爆発してガルフストリームの乗務員を恐怖に陥れることを想像せずにはいられなかった。爆発したとしてもせいぜい塗装に傷をつける程度だろうが、もしそうなれば、私の仕事上の評価が急降下することは避けられない。いうまでもなく、このときのフライトは、私の人生で最も長く感じられる11時間になった。ありがたいことに、事故なく帰国することができた。

10月のアメリカ大使館の車列への攻撃のあとに届けられた最初の証拠品からは、得られるものがあまりなかった。届いたものは、コードが何本かと電池、テープ、そして起爆装置のスイッチ。爆弾本体については、10点ほどの金属の破片だけだった。起爆装置からは指紋や毛が見つかる可能性があるので、検査のため、証拠品はそれぞれ関連する部門に届けられた。破片については、爆弾本体に使われていた爆薬の痕跡が残っていて検出できるかもしれないという望みのもと、化学分析が行われた。これは、証拠品を拾い上げた人たちが収集の過程で余計な痕跡を残していないことが前提になっていた。アメリカでは、私たちは証拠の汚染を防止するために細心の注意を払っているが、先進国以外については、同じだけの厳密さを期待することはできない。

起爆装置は、きわめて簡単なものだった。電池、スイッチ、そして30メートルほどの長さのコードと、どれも遠隔操作で起爆するためのものだ。爆弾が何からできていたのかは、また別の問題だった。破片の量が十分ではなかったため、爆弾がどのように組み立てられていたかを推測するのは困難だった。だが、ガザで受け取った爆弾のおかげで状況は変わった。

こうした場合、私の仕事は主に、爆弾が何でできているのかと部品がどのように組み合わさっているのかを調べることだ。そのあと、その爆弾と犯人（あるいは犯行グループ）をつなぐものが何か見つからないかを調べる。ときには、ふたつ以上の爆弾を比較して共通する特徴がないかを調べることもある。爆薬が入っていたあの爆弾を受け取ったことで、このうちのふたつが可能になった。

最初に受け取った爆弾の破片のなかに、非常に特徴のある金属部分の破片があった。ひとつは、私が「つば」と呼んでいた、金属の輪である。爆発していないほうの爆弾にも、同様のつばがあった。同じ大きさとかたちをしており、固定用のボルトを通す穴の数も同じで、このふたつの爆弾になんらかの関係があることを示していた。爆発していないほうの爆弾を調べてわかったのは、このつばは基本的に、爆弾のふたを密閉するための部品で、雷管とブースターを格納するのに使われていたということだ。

曲線の模様が刻印されているように見える、薄い金属片もいくつかあった。爆発していないほうの爆弾は、底に金属でできた円錐形の部分があった。この底の部分の外側には、木の年輪のように、いくつもの同心円の模様があった。この謎の刻印付き金属片が爆弾のなかでどこの役割を果たしていたのかについて、ようやく、筋の通った推測をすることができた。

爆薬の入った金属製の容器が爆発すると、手榴弾のように破片となって砕け散ることもあれば、破片よりは大きく、その容器の壁と同じ長さの細長い金属片になることもある。私の手元にあったいくつかの細長い金属片の長さは、未使用のミルク缶形の爆弾の高さと同じだった。つば、円錐形の部分にあった同心円の模様、そして、爆弾の高さと一致する長さの金属片。これらの情報から、爆発した爆弾は、未使用の爆弾と同種のものだろうと私は確信した。この未使用の爆弾を入手できていなければ、攻撃に使われた爆弾がどのような構造だったのか、いまだに考えつづけていたことだろう。

分析する破片が非常に少なかったことから、爆弾の分析のため、ひとつひとつがとても貴重だった。それに加えて、爆弾の破片の出どころについては、確証がないままただ信じるしかないという状況だった。私たちは、爆発のあとに残ったかけらを、現場に行くことができたパレスチナの人たちから受け取っていた。手元にあるのが確かに爆弾の破片であることはわかっていたが、大使館車列への攻撃に使われた、その爆弾の破片かどうかを確認するすべはなかった。なぜそれをわざわざ疑うのかと思われるかもしれないが、この事件が裁判になれば、破片が攻撃に使われた爆弾のものなのは間違いないという確証が不可欠なのだ。これに関しても、私は運がよかった。

爆発で破壊されたSUVの残骸は収集され、分析のためにドイツに運ばれた。なぜドイツなのかというと、ドイツにはアメリカ軍の基地がたくさんあり、行き来がしやすいからだ。ドイツのチームによる分析中、ねじ曲がった車内に引っかかっていた爆弾の破片がひとつ出てきた。

通常の場合であれば、私はその破片をほかの破片と一緒にして、それ以上何も考えはしなかっただろう。だが私は、手元にある証拠品のすべてが攻撃に使用された爆弾由来のものであると、100パーセントの確信を得たかった。車で見つかった破片は間違いなくその爆弾のものなのだから、疑う余地はない。その破片を取り出すために車の残骸を破壊する必要があったのだから、誰かが爆発のあとにこっそり置いた、ということはありえないのだ。ドイツで見つかったこの破片を、パレスチナ側から渡された破片と結びつけることができれば、変なことは何も行われていなかったと確信できる。金属科学者の出番である。

鋼をつくるときには、鉄と炭素をほかの数種類の金属と混ぜ、それから最終製品を成型する。鉄以外の金属は、製造過程でわずかに加えられる。それぞれ異なる分量で、全部で数十種類になることもある。こういった鉄以外の金属の含有割合が何パーセントなのかは、小数点以下を含む詳細な数字で表すことができる。重要なのは、この割合がつねに特有のものであり、各種金属の含有割合がまったく同じ鋼をもう一度つくるのは（不可能ではないかもしれないが）難しい、ということだ。ＦＢＩの金属科学者は、ドイツで回収された金属の破片とパレスチナ側から私たちに引き渡された破片を分析した。この2種類の破片の材料組成が一致することがわかり、私は安堵した。捜査チームから疑いの気持ちが出てきてもおかしくないところを、この分析結果のおかげで食い止めることができた。

もし、ガザの爆発現場から来た金属と、あとから受け取った未使用の爆弾の金属の材料組成が一致すれば言うことはなかったのだが、運命はそこまで優しくはなかった。少なくとも、未使用の爆弾があったことで、重要な情報を得ることができた。3人の同胞の命を奪った爆弾がどのようにつくられたのかを理解するのに不可欠な情報だ。

贈り物のなかには、受け取ったときの喜びがいつまでも続くようなものもある。ガザから戻って1か月ほど経ったとき、受け取ってきた雷管に関して、専門的な検査を行うことになった。パイプからはすでに伝爆薬を取り出しており、この爆薬がかなり安定性と安全性の高いものなのはわかっていた。ガザから少量だけ持ち帰ってきた爆弾本体の爆薬についても、分析は完了していた。だが、雷管の調査はまだだった。その仕組み上、雷管には爆弾全体のなかで最も危険な爆薬が使われている。量こそ多くはないものの、ここに入っている爆薬は、外部からの振動に脆弱《ぜいじゃく》だった。しかし、雷管を分解して中身を取り出さなければならない。この作業を行うに当たっては、爆薬との関係がわずかに険悪になることは避けられない。

さいわいにも、FBI研究所は、爆発物処理場をアメリカ海兵隊と共同利用していた。海兵隊の基地には、万全の装備の爆発物処理班がいた。私たちは、海兵隊とは長らく緊密な協力関係にあり、彼らには本当に助けられている。海兵隊は、米軍のなかで唯一、爆弾の部品を分解・分析することを許されているという意味で特殊な存在である。共同利用している処理場には、海兵隊の軍需品を遠隔操作で分解するための専用の建物があった。私が分解しようとしていた雷管の中身は数グラムだった。海兵隊の建物は、この100倍の量の爆薬に対応可能だった。

この建物では、分解したいものを部屋のなかに置き、場所を選んでその上にドリルを配置する。それがすんだら、作業する者は制御ルームに入り、遠隔操作で、穴開け、切断、分解などの各種破壊作業を開始する。目的は、素早く分解を終わらせることだ。作業はすべて、厚い防爆シールドの後ろで行われる。何かまずいことが起きても、作業者は防爆シールドで守られる。下着がどうにかなることはあるかもしれないが、命が危なくなることはない。

私は、雷管をこの処理場に持参して海兵隊の建物で海兵隊員と落ち合うべく、手はずを整えた。この作業は、理論上は非常に簡単である。私の手元にあるのは、端がエポキシ樹脂でふさがれている小さな筒だった。その筒を万力で固定して、エポキシ樹脂に穴を開けられる位置にドリルビットを配置し、それからなかの爆薬を取り出さねばならない。私はこの作業を、数十本の市販の雷管で行ったことがあった。今回の雷管は、それまで私が扱ったなかで最大のものだったが、海兵隊の設備をよくわかっているのは海兵隊員なので、誰かに立ち会ってもらいたかった。

爆発物処理場は混み合っている。多くのグループが、作業や試験、研究のために処理場を使用する時間枠を求めている。私たちが雷管の分解を予定していた日は、別のグループが、自動車爆弾によくあるような、爆弾の入った容量55ガロンの大きなドラム缶を分解する新しい器具の試験を行っていた。大がかりなこの試験は、私が作業する場所から離れたところで行われることになっており、使われていた爆薬はわずか4・5キロほどだった。そう、爆薬が4・5キロあれば車を木っ端みじんにすることができる。だが、屋外のはるか彼方の場所では、ただ、「パン」という音が響くだけだ。

実際のところ、それは新しい器具を使ってすでに何度も行われていた試験の続きだった。試験を行う研究者たちは、ANFOの入った55ガロンドラム缶を撃つという手順になっていた。それまでに行われた試験すべてで、この器具はドラム缶を破壊し、ANFOを飛び散らせていた。今回の最終試験では、より現実に近い爆薬にするため、ドラム缶にダイナマイトも加えていた。時間を節約するために、この試験のスタッフはANFOの入ったドラム缶3つを処理場に配置していた。そうすることで、器具を3台セットして、3回連続で撃つことができる。

ここで、処理場の「上限」について説明しておきたい。どの処理場でも、爆発させられる爆薬の量には上限が定められている。上限は通常、近隣施設との距離で決まる。ニューメキシコでは、街に近い方の処理場では4・5キロが上限だった。一方、山の向こう側の処理場なら2300キロ使うこともできた。そして今回の処理場では、上限は23キロだった。この新しい器具の試験で使われるのは4・5キロなので、もちろん許容範囲内だった。

理想的な世界なら、こうなっていただろう。まず、器具が作動する。4・5キロの爆薬が55ガロンドラム缶を破壊し、ANFOとダイナマイトを地面に飛び散らせる。飛び散ったものはあとで回収して処理する。それほど理想的でもない世界では、器具から発射された4・5キロの爆薬がドラム缶のなかにあったダイナマイト（ANFOよりはずっと爆発しやすい）の一部を爆発させ、理想の場合よりも大きな爆発が起きていただろう。「こんなことがあってはならない」という結果がもたらされる世界では、ドラム缶のなかのANFOの一部も爆発し、この処理場の上限である23キロをわずかに超える爆薬が炸裂していただろう。その日、私がいたのは「危うく破滅させられそうになる」世界だった。

器具から発射された4・5キロの爆薬がダイナマイトに叩きつけたエネルギーは、その全量を爆発させるのに十分な量だった。この爆発による刺激は、その55ガロンドラム缶に入っていた180キロのANFOをすべて爆発させた。ドラム缶から高速で飛散した破片は、あとのふたつのANFO入り55ガロンドラム缶に当たり、さらなる爆発を引き起こした。つまり、さらに360キロのANFOが加わったのだ。ちょうどこのとき、私はパレスチナからもち帰った雷管に穴を開けようとして、ドリルビットの制御装置の上に身を乗り出していた。この処理場の上限の25倍の量の爆薬による衝撃波が掩蔽壕《バンカー》を直撃し、私たちは2枚のシンバルにはさまれて音を鳴らされたハエのようになった。

あのときは本当に、心臓が一瞬止まったのではないかと思う。私はそれまでの10年間でさまざまな爆弾を爆発させてきていたが、あれほど大量の爆薬の爆発をあれほど近い距離で経験したことはなかった。私と一緒にバンカーにいた、つわものの海兵隊員は、後ずさりして壁に当たり、そのままズルズルと落ちるようにして木箱の上に座り込んだ。ショックを受けたようすで、「ちくしょう！」と叫びつづけていた。心臓発作を起こすのではないかと心配になるほどだった。耳鳴りがおさまると、私は外に走り出た。

「何なんだ、これは？」私は、安全管理者に向かって叫んだ。私は激怒していた。だが、安全管理者のほうがずっと激怒していた。彼が新しい器具の試験をしていた人たちを怒鳴りつけに行けるよう、私は引き下がり、自分の仕事を終わらせるべくバンカーに戻った。手の震えがおさまると、私は楽々と雷管に穴を開け、化学分析に回すべく爆薬を取り出した。


現実の世界の科学捜査は、捜査の開始から終結まで1時間もかからないテレビドラマとは違う。突破口が開けることも、法の裁きが下されることもなく、15年が経過することさえあるのだ。私はこれまで、何度も取材を受けたので、定番の質問には慣れている。これまでで最も興味深かった事件は何ですか？　最も記憶に残っている事件は？　誇りに思っているのはどの事件の捜査ですか？

最も残念に思っているのはどの事件かと聞かれた記憶はない。だから、ここでその質問を自分に投げかけ、答えてみようと思う。私が最も残念に思っているのは、ガザの事件だ。3人のアメリカ人が、公益のための任務の途中だったほかのアメリカ人たちを警護して、命を落とした。「犯行グループは捕まり、法の裁きを受けました。私もこの事件の捜査に加わっていました」と言いたかった。だが悲しいことに、そうはならなかった。

爆弾を受け取って分析を行ってから少しあとに、私たちはパレスチナ側と再度面会した。2004年2月5日、私はイスラエルを再訪し、前回ガザで会ったのと同じ委員会の人々と顔を合わせた。このときは、アメリカ政府の誠意のしるしとして、FBIがまとめた分析報告書を持参した。それと引き換えに私たちは、ガザでの捜査は継続しているという確約を得たが、有力な容疑者は上がっていないとのことだった。

事件から数か月が経過し、爆弾の構造についてかなりのことがわかるようになっていた。私は通訳を介して、パレスチナ側の技術者たちにこう問いかけた。攻撃で使われた爆弾について、これまでに私が解明した構造上の特徴を踏まえたら、どこか特定のテロ組織とのかかわりを推測できるだろうか、と。爆弾の構造がわかれば、少なくとも犯人をひとつの組織に絞れるかもしれない。

この爆弾には、きわめて特徴的な形状、すなわち「つば」があったので、どこかの工場で特別につくられたものではないかと思えた。わざわざこんなつばをつくる者たちであれば、間違いなく同じものを何個も製造し、多くの爆弾に使うだろう。パレスチナ側の技術者なら、こういうかたちの部品を使うガザの組織を知っているかもしれない。アラビア語には「つば」を表す言葉が存在しないようだったので、私は絵を描いて、どういう目的のものなのかを説明しようとした。返事はこうだった。ガザには主にふたつのタイプの爆弾がある、ティーカップ形とソーサー形だ、と。なんのことだかわからなかった。わかりやすくするために、パレスチナ側はティーカップとソーサーの絵を描いてくれた。この爆弾は、食器にはまったく似ていない。つばの話を終わらせたくなかったので、私はさらに、ティーカップ形かソーサー形のどちらかにつばがついているのかと尋ねた。質問を重ねたが、役に立ちそうな回答は得られなかった。15分ほどやりとりを続けたが、私たちは結局あきらめることになった。

ヤーセル・アラファトは、あの残虐な爆弾事件から1年あまりが経った２００４年11月11日に死去した。２００５年1月9日、１９９６年以来のパレスチナ大統領選挙がヨルダン川西岸とガザとで行われた。ＰＬＯのマフムード・アッバース議長が、自治政府の大統領に選ばれて4年の任期をスタートさせた。奇妙なことに、アラファトが私たちの調査に協力させるために任命した委員会は消滅した。代わりとして、アッバースは私たちに協力するために別の人たちを任命した。私は一度だけ彼らに会ったことがある。２００５年7月7日、私は、ヨルダン川西岸へと境界線を越えて長い距離を移動し、ラマッラ郊外の警察署を訪ねた。なくなった委員会に伝えた内容について再度話し、何か新しい情報がないかを確認するためだ。新しく任命された人たちが言うには、彼らの持っている情報から、爆弾事件の背後にはある有名なパレスチナのテロ組織がいたのではないかということだ。私たちにとっては、とくに驚くような内容ではなかった。彼らは、この事件についてはそれ以上話す気がないようだった。

２００６年1月25日、パレスチナ自治政府の自治評議会の選挙が行われた。定数１３２のうち74議席を獲得したハマスが勝利した。ハマスが評議会の多数派となり、パレスチナ側から捜査の協力を得る最後の望みは絶たれ、この案件は終了となった。

すべての物語がハッピーエンドを迎えるわけではない。よい物語に必要なのは、緊張感を高めるような出来事が起きて、登場人物たちの働きによって解決へと向かうというストーリーだという。英雄《ヒーロー》の勝利で解決することもあれば、悲劇で終わる物語もある。しかし現実の世界では、「解決」が出番さえ与えられずに舞台の袖で待機したままになることもあるのだ。

第11章 困難に向き合う

爆弾犯の動機や手法は、ずっと昔から変わらない。私たちが犯人を見つけ出す能力は、いうまでもなく高度になった。だが、悪しき目的のために爆弾を用いる者たちが互いを「見つけ出す」手段も、同じように高度化しているのだ。

過去に起きた事件を見ればわかるように、自分に直接影響するような、地元の政治がらみの出来事に対する怒りは、爆弾を使った攻撃へと人を駆り立てる。その典型的な例が、アメリカにおける労働者と経営者との対立であり、これは1910年のロサンゼルス・タイムズ爆破事件にまでさかのぼる。[27]

ぜんまい式の時計を取りつけた16本のダイナマイトによってロサンゼルス・タイムズ紙の本社が爆破され、21人が死亡した。この建物を所有していた裕福な実業家、ハリソン・グレイ・オーティスは、労働組合の結成阻止を目的としたロサンゼルスの経営者団体の設立に関与した人物で

27 労働組合関連の爆弾事件で全国的な影響のあったものとしては、これよりさらに前の1886年にシカゴで起きた事件も忘れてはならない。

もあった。彼はアメリカにおける反組合運動の象徴的存在となり、彼の会社が発行するロサンゼルス・タイムズは、労働者の組織化に対する批判を紙面上で繰り広げた。

この戦いから生まれたのが、オーティ・マクマニガルという、史上最も多くの爆弾を仕掛けた人物である。国際橋梁・構造用鉄材労働組合の幹部から金を受け取っていたマクマニガルがその手で仕掛けた爆弾は、およそ100個にもなる。

ニュースなどの情報が、テレビや新聞を通して多くの人に伝わりやすくなったことは、大きな変化をもたらした。爆弾を手に立ち上がるのは、もはや自分に直接影響する何かに憤る人だけではなくなったのだ。ニュースを見て義憤にかられた遠方の人々も、同じ行動を取るようになったということだ。

現在、怒りに飢えた人々は、好みのSNSアプリを立ち上げるだけで戦う理由を手に入れられる。投稿内容に影響され、いとも簡単に、自分とはたいしてかかわりもない目的のために他者を攻撃できてしまうのだ。そう考えると、「インターネットが革命を起こした」などと言うのは、「海には湿気がある」と言うようなものである。2010年代初頭に、ツイッター（現X）やフェイスブックを通して広がった「アラブの春」と呼ばれる一連の民主化運動が示すように、いまやほんの数人がSNSを使うだけで、何百人、何千人、さらには何百万人もの相手に情報を伝えることができる。これによって、驚くほどの速さで変化を起こすことが可能になった。これはテロ組織にとっても同じだったということが、ボストンマラソン爆弾事件に関する全国ニュースの見出しを見ればよくわかる――「ボストンマラソン爆破実行犯、ジョハル・ツァルナエフのネット上での知られざる動き」
これは、2015年3月10日のABCニュースの見出しである。「暴れまわるジハーディスト（イスラム聖戦主義者）がいるのはずっと遠くの国だけだ」という考えが間違いだと、西側世界の人々はようやく気づいたのだ。ジハーディストは、私たちのすぐそばにいる。

2013年4月15日、午後2時49分、ボストンマラソンのゴール地点付近で爆発が起きた。12秒の間隔を開けて爆発したふたつの爆弾は、タメルラン・ツァルナエフとジョハル・ツァルナエフの兄弟がつくったもので、200メートルほど離れた場所に置かれていた。この爆発で3人が死亡し、数百人が怪我をした。これは、弟のジョハルがツイッターの匿名アカウントでつぶやいた言葉を借りれば、「唯一の神アッラーを信じない者どもに対する勝利」を成し遂げるために行われた攻撃だった。

私も、世界中のほとんどの人と同じように、少しずつ届く報道を通して爆弾事件が起きたことを知る場合が多い。ボストンマラソンの事件が起きたとき、FBI研究所の爆発物課のメンバーたちはテレビのまわりに集まり、爆発の瞬間をとらえた映像が延々と繰り返して流されるのを見ていた。テレビの画面からでも、使われた火薬が軍事用のものでないことは明らかだった。化学の知識があれば、爆発後に見えたものから多くのことが判断できる。黒い煙が出ていれば、まわりを取り囲む原子の雲に存在する炭素をすべて燃焼できるだけの酸素がなく、不完全燃焼になったのだとわかる。軍事用の火薬は、酸素に比べて燃料の比率が大きく、黒い煙が出ることが多い。

白い煙が上がっていれば、燃料と酸素のバランスがはるかによいタイプの火薬だということになる。その映像には、白い煙がはっきりと映っていた。

爆発の瞬間に広がった火の玉の大きさや白い閃光、煙の密度からも、さまざまなことがわかった。すぐに、いくつかのタイプの火薬は候補から消えた。だが、カメラを通して見ただけでは断定はできないし、一般の人が撮影した映像では色調も不安定だ。そのため私たちは、最初の段階で推測した内容については課のメンバー以外には伝えないよう注意した。

その次に来る疑問は、当然「爆弾の大きさは?」である。テレビドラマ『CSI』の爆風の話が出ていた回で、「科学捜査の専門家」のひとりが、まさにこの質問に対してすばらしい答えを返している。「問題は爆弾の大きさではないの。まわりの空間の圧力の上昇よ」

この答えを最初に聞いたとき、私は聞き間違いではなかったことを確認するために、ビデオをいったん止めて前に戻った。本当にそう言っていたと確認したあと、私はテレビを消し、テキーラの瓶から一本選び、グラスに注いで味わった。

「問題は爆弾の大きさではないの。まわりの空間の圧力の上昇よ」と言うのは、「問題は嵐の大きさではないの。自分の上にどれだけ雨が降ってくるかよ」と言うようなものだ。ちょっとした荒天なら、大量の雨が降ることはない。大きな嵐なら小雨ではすまない。実際、爆弾が大きければ大きいほど、火薬の量は多くなり、圧力上昇も急激になる。圧力上昇は爆弾によって引き起こされる。爆弾がそこにあればいつでも空中に出現する、というものではないのだ。

では、ボストンマラソン事件の爆弾は、どれほどの大きさだったのだろうか?

テレビで見た内容だけで判断するのは難しかった。火薬の量を推定するのに使える情報は何種類かある。煙の色だけでなく量も役に立つ。火薬が多いほど煙の量も多くなる。爆発して煙が広がるようすを非常にわかりやすくとらえた映像がいくつかあった。そういった映像だけで判断すれば、この爆弾は、０・５キロから10キロ程度までだと考えられる。これは最少と最大、両極端の数字である。だが、火薬量をきっちりと推定するには爆発現場の詳細な分析が必要であり、それができたとしても、火薬量の推定は一筋縄ではいかない。のちに、科学捜査で得られた手掛かりをもとに、ツァルナエフ兄弟がつくったふたつの即席爆発装置の火薬量について、より正確な推定値を出すことができた。

爆弾事件が起きた月曜日からの4日間は、警察が犯人を一心不乱に追う、緊張と恐怖に満ちた日々となった。ここで、つねに覚えておくべきことがひとつある。爆弾事件が起きたとき、それを単独の事件だと決めつける者はいない。ボストンマラソンでふたつの爆弾が爆発したとき、最初に想定されたのは、今後また爆発が起きるかもしれないということだった。負傷者の救助や現場の捜査のために駆けつけた警察・消防を狙った第二の攻撃というかたちになったかもしれないし、また別の予期せぬ誰かを狙った爆弾が爆発していたかもしれない。ゴール付近で爆発したふたつで終わりなのか、それとも、これは連続爆破事件の序章にすぎないのか、誰にもわからなかった。こうして、24時間態勢の危機管理と犯罪捜査が始まった。確実なことがわからない3日間の苦しい日々ののち、ＦＢＩは容疑者の名前と写真を公表することができた。

ツァルナエフ兄弟の写真が公表されると、怒濤《どとう》の大混乱が生じた。ボストンとその周辺に住む人々は一致団結して犯人を探し出そうとし、それを知ったふたりは、爆弾をつくる材料で残っていたものをかき集め、3発目も成功させようと念じ、逃走を図った。こうして、27時間にわたる大騒乱が始まった。

拳銃を一丁もっていたふたりは、もう一丁を奪うべく、マサチューセッツ工科大学（ＭＩＴ）の警備に就いていた26歳の警官の車を襲い、頭部を撃った。だが、拳銃が収納されていたホルスターには複雑なロック機構があったため、奪うことはできなかった。その後、兄弟はＳＵＶを乗っ取り車の持ち主を人質に取ったが、およそ30分後に人質はガソリンスタンドで脱出した。ふたりは自分たちが指名手配中の爆弾犯だと明かしていたため、逃げ出した人質はすぐに警察に通報した。そのあとに待っていたのは、両者捨て身の怒濤の展開だった。

警察はそのＳＵＶを捜索し、ボストン郊外のウォータータウンで発見した。それから犯人たちとの銃撃戦が始まった。報道によれば、銃撃戦のなかで、兄弟は追ってくる警官に「手榴弾」を投げつけたのだという。兄のタメルランはＳＵＶから降り、撃ち合いながら警察に向かっていき、そして撃たれた。兄と撃ち合う警官に向かってＳＵＶで突進した弟のジョハルは兄をひいてしまい、結果として、タメルランの逃走を止めるという警察の目的は果たされた。だが、ジョハルは逃走を続けた。

ウォータータウンの住民に対し、家にとどまるようにという呼びかけが行われた。この外出禁止令は、金曜日（爆弾事件から4日後）のおよそ12時間にわたって続き、結局、ジョハルが見つからないまま解除された。ウォータータウンのひとりの住人が、外出禁止令が解除されたことを喜び、家の外に出てタバコを吸おうとしたところ、自分のボートにかけていたカバーがずれていることに気づいた。彼は、なかに誰かが隠れていると考え、すぐに警察に通報した。

このとき、地元の警察関係者たちは、緊張状態が続いたせいで感情が高ぶっていた。ふたつの爆弾で大惨事が起きたのは4日前だ。それ以降、犯人たちは警官ひとりを無残に撃ち殺し、警察と銃撃戦を繰り広げ、爆弾まで投げつけてきた。そこに、犯人のうちの生き残ったひとりが一軒の住宅のボートのなかにいるという情報が入ってきた。いうまでもなく、ものすごい人数の警官が現場に駆けつけた。血を流して息絶えた牛にたかるピラニアのように、警官の群れがその住宅へと入っていった。

警察のなかには、発砲を最小限に抑えるようなやり方で犯人をボートから出すための計画を立てようとした人もいたはずだ。一発目を撃ったのが誰だったのか、わかる人はいるのだろうか。そこから矢継ぎ早に弾丸が撃ち込まれた。

私が好きなクリント・イーストウッドの映画『ガントレット』にこんなシーンがある。警察から追われる女性と彼女を守るイーストウッドが追い詰められて隠れている（と警察が信じている）家を警察が銃撃する。銃撃が終わるころには、家は銃弾で穴だらけになり、崩れ落ちてしまう。ジョハルが隠れていたボートの写真を見ると、私はいつもこのシーンを思い出す。ボートを貫通するほどの大量の銃弾を浴びせられながら、なぜ彼が死なずにすんだのかは謎である。近隣の住民たちがひとりとして流れ弾で怪我をしなかったのも、同じくらい不思議だ。そんななか、ジョハルは、命を落とすことなく、警察に拘束された。

では、私たちはどのようにして、爆弾を仕掛けたのが誰で、その爆弾がどのようにつくられていたのかを解明したのだろうか？「ひとりの子どもを育てるにはひとつの村が必要だ」といわれるように、この事件の解明も、村全体の協力が必要なところだ。

ひとつめの爆弾は、午後2時49分にゴール地点の近くで爆発した。13秒もしないうちに、ふたつ目の爆弾が1ブロック手前で爆発した。この2回の爆発で、8歳の少年を含む3人が死亡、約264人が負傷した。爆発による衝撃波がふくらはぎの高さで広がるように、爆弾は地面の上という低い位置に置かれていた。命をとりとめた負傷者のうち、15人は手足など1か所の切断が必要となり、ふたりは両脚を失った。現場の写真は、歩道が血で真っ赤になっているようすを伝えている。

爆発現場での仕事は、どんな場合であれ手間がかかる。別々の目的のための複雑な作業をいくつも同時に始めなければならない。一般の人たちをその場から避難させなければならないし、負傷者の対応も必要だ。そして証拠については、救助活動が行われるあいだは保全し、最終的には収集しなければならない。ボストンマラソン爆弾事件では、普段とは違う難しい点がいくつかあった。

爆発のとき、周囲にあまりにも多くの人が集まっていたことが、避難や救助活動を非常に困難にした。多くの人がバックパックやハンドバッグをもっていたことに加えて、ゴール地点付近にいた人たちは、ランナーのために着替えの入ったスポーツバッグをもってきていた。爆発の瞬間、本能的な「闘争・逃走反応」で、誰もが散り散りに逃げ出した。バックパックやハンドバッグ、スポーツバッグなどを放り出して逃げた人も少なくなかった。

爆弾事件では、つねに第二の攻撃の可能性がある。アトランタのセンテニアルオリンピック公園に爆弾を仕掛けたエリック・ルドルフが、翌年、1997年の1月に中絶クリニックが入っていたオフィスビルを爆破した事件は、この「第二の攻撃」の恐ろしさをよく教えてくれる。ルドルフは、時限爆弾をビルの裏手で爆発するように設置した。被害はないに等しいほど小さく、警察と消防はすぐに現場に到着した。警察が気づいていなかったのは、この1回目の爆発が単なるおとりだったということだ。ルドルフはふたつ目の時限爆弾を、30メートルほど離れた駐車場の別の一角の、大きなゴミ箱の近くに秘かに設置していた。警察が1回目の爆発を調査するための指揮所を設置するならここだろうという場所である。ふたつ目の爆弾にはダイナマイトと数百本の釘が充填されていて、ひとつ目の1時間後に爆発するよう設定されていた。予定外の展開にならなければ、ルドルフのふたつ目の爆弾は、金属片をまき散らして駆けつけた警察・消防関係者に大きな被害を出していたはずだった。

このビルで働いていたある男性は、BMWのオープンカーを新車で購入したばかりだった。その車は、1回目の爆発で破片が飛び散った範囲からは、ぎりぎりはずれたところにあった。警察が事件現場にテープを張り、作業の準備が整ったとき、その男性が自分の車をビルの表側に移動させてもいいかと尋ねてきた。男性は許可を得て、新車を守るためにメインの駐車場から離れ、警察や消防の車両がとめてあるところとは反対側の場所に駐車した。ゴミ箱の前にちょうどいい場所が見つかった。2回目の爆発が起きたとき、彼の真新しいBMWは、対応中の警察官や消防士を襲うはずだった爆風と無数の釘の破片を受け止める完璧な障壁となった。彼の車は破壊されてしまったが、この英雄となったBMWは多くの命を救った。2回目の爆発は、撮影準備をしていたレポーターの映像に映っている。カメラは爆発の瞬間をとらえており、衝撃波がレポーターの髪を吹き上げているが、危害を加えることなく吹き抜けていった。

ボストンに話を戻そう。警察と消防が駆けつけたものの、2か所の爆発現場にも、懸命の救助活動が行われていた周辺にも、第二の爆弾が入っているかもしれないかばんやバックパックが無数に散らばっていた。安全を確認し、証拠の収集を始めても大丈夫だとわかるまでに数時間かかった。おおぜいの勇敢な爆弾技術者がかばんやバックパックの中身をひとつひとつ確かめ、この大惨事の現場にさらなる爆弾が潜んでいないことが確認された。

この大混乱だけでは足りないとでも思ったのか、ここぞとばかりにマーフィーの法則が発動し、事態はさらに悪化した。マラソンコースでの爆発から5分もしないうちに、約5・6キロ離れたジョン・F・ケネディ図書館で爆発が起きたという知らせが入ってきた。パニックが起きると、情報が混乱する。その後、爆発だと考えられていたものは、マラソンコースでの爆発とは関係ない、機械が出火元の火災だったことがわかった。だが、2時間半近くのあいだ憶測が飛び交ったことで、本当に危機的状況だったマラソンのゴール地点付近とは違うところに関心が向き、労力が割かれることになってしまった。

アメリカで起きた爆弾事件で、距離的にも時間的にもこれほど近くでふたつの爆弾が爆発した事例をほかに思い出すことはできない。そのため、別の爆発現場がふたつあるという状況になってしまった。距離の近さのため、ふたつの爆発から生じた証拠が存在する位置は重複していた。ふたつの爆弾が仕掛けられた位置はわずか1ブロックしか離れておらず、どちらの爆発も、もう一方の位置まで破片をまき散らすだけの威力があった。この現場での作業には、十分な調整と専門家による分析が必要だった。

いつでもいいので、「FBIで働くことについてどう思っているか」と私に尋ねてみるといい。お役所仕事にありがちな茶番にうんざりしているときであれば、聞こえのいい返事はできないかもしれない。しかし、私は長年ここで勤務し、FBIが幾多の危機に対処するようすを目の当りにしてきた。そういうときには、この組織のもつ途方もない力に対して畏敬の念を抱く。天井の高い広間にいる力強いリーダーが、新しい攻撃の報告を受けて赤い緊急電話に手を伸ばし、映画さながらに「クラーケンを解き放て！」と告げるようすが思い浮かぶほどだ。

FBIには、証拠の収集、書類作成、保全を専門とするチームがある。先に紹介したとおり、証拠収集班（ERT）と呼ばれるチームで、専任の8人のメンバーで構成されている。ボストンマラソンの事件では、それぞれの爆発地点に複数の証拠収集班が派遣された。FBIからはさらに、おおぜいの爆弾技術者に加えて爆弾・化学調査官たちが、完全装備のトラックで派遣された。現場の警察・消防が死者や負傷者に対応するなか、FBIの有能な人材がボストンに集結した。

証拠収集班には、専門的な助言をするために爆弾技術者が配属されている。証拠収集班のメンバーは、2か所の爆発現場で作業を行った。爆発事件は非常に特殊な分野である。このような現場では、何を収集して何を収集しないかについて爆弾技術者の助言が必要だということを、私たちは早くから学んでいた。この事件からさかのぼること数年、ある爆発事件の現場で、証拠収集班のリーダーが、大使館の窓から落ちたエアコンの部品を証拠品として研究所に届けようとしたことがあった。この部品には爆風による損傷がよく表れていると思ったから、という理由だった。自動車爆弾の威力で甚大な被害を被った大使館の正面の壁全体にも、爆風による損傷がよく表れていたのだから、梱包して届けてくれれば同じくらい価値があっただろうに、彼はなぜかそのことには気づかなかったらしい。

では、このとき私は何をしていたのか？　ボストンマラソンの事件が起きたのは、私がＦＢＩの主任爆発物科学者になって数年が経過したころだ。科学捜査は、もはや私の日々の中心業務ではなくなっていた。ＦＢＩには非常に優秀な爆弾調査官たちがいて、今回のような複雑ではない事件では、私の力は必要とされていなかった。私の仕事はふたつあった。ひとつは、実際の作業を行う人たちが使える時間を増やすために、私にできることをなんでも引き受ける、ということ。たとえば、証拠収集班が収集して私の自宅近くの施設に届けた証拠があれば、私は自発的に受け取りに行き、毎晩深夜1時ごろに車で研究所まで届けた。研究所では、チームのメンバーたちが昼夜休みなく働き、収集された調査対象を分析したり、検査を行ったりしていた。私が証拠を運ぶドライバー役になることで、全力で働いている彼らからその分の負担を減らすことができたのだ。

証拠を届けたあとは、分析から新たにわかったことや、どのような検査が行われているのかについてチームの話を聞く。それから、ふたつ目の仕事として、爆弾に関する科学捜査の結果を上層部に逐次伝えていた。私がこの役割を担いはじめたことで、この事件を担当する科学調査官――口数の少ない元海軍特殊部隊隊員――は、上層部からの質問攻めに邪魔されることなく、爆弾を復元するという重要な任務に専念できるようになった。私たちはこの種の仕事を「獣に餌をやる」と呼んでいる。獣には、底なしの食欲と、作業が最も大変なときに情報を求めて口出ししてくる並外れた才能が備わっているのだ。

「なぜ分析にそんなに時間がかかるんだ？」という質問に、「遅れているのは、あなたがひっきりなしに電話やメールをよこしたり、ふらりとやって来たりするからです」と言い返せたらすっきりするだろうが、それほど正直では出世に差し障りがある。私の仕事は、実際の作業を行っている仲間のそんな負担を取りのぞくことだった。

爆弾のかけらの収集と分析が進み、ボストンマラソン爆弾事件で使われた爆弾の詳細が早いうちから明らかになってきた。最初に発見されたもののなかに、6リットルの圧力鍋の破片があった。爆弾によっては、圧力鍋等の容器が爆風で砕けて10セント硬貨より小さい破片になる場合もある。幸運なことに、ツァルナエフ兄弟が使った火薬はそこまで強力なものではなかった。圧力鍋の底の部分は、ふたつとも完全なかたちで残っていた。これがきわめて重要なのは、どちらの圧力鍋も、そこにメーカーと型番が刻印されていたからだ。

証拠に関する情報は、それがどのようなものであれ、捜査チームに手掛かりをもたらしうる。

今回の場合、見つかった圧力鍋は、高級品を扱う店でしか販売されていない、非常に評価の高いブランドのものだった。これは幸運だった。全国どこのウォルマートでも売られているような圧力鍋だったら、情報が多すぎて探しているものにたどり着くのが大変だっただろう。

メーカーと型が判明したところで、FBIはこの圧力鍋を売っている近隣の店舗をすべて洗い出した。圧力鍋はふたつだったので、FBIは、この商品を誰かがふたつ購入した記録があることを期待した。注意深い店員であれば、普通は一度にひとつだってなかなか売れない商品をふたつも買った客のことを憶えているかもしれない。職場で起こるいつもと違う出来事を気に留める人たちに、FBIは何度も助けられてきた。手掛かりになりうる情報はけっして見逃せない。犯人がまだわかっていなかったこのとき、ほかの証拠の分析が行われているなか、この種の手掛かりをおおぜいの捜査官が追っていた。

捜査官たちがボストンとその周辺のあちこちで圧力鍋に関する情報を追うかたわら、次に特定しなくてはならないのが「隠蔽用容器」と呼ばれるものだった。爆弾には、機能上、不可欠なものがある(火薬など)。機能的に不可欠ではないが、用途を広げるために必要なものもある。そのひとつが、爆弾の存在を隠すためのものだ。この事件の場合、爆弾はバックパックに隠されていた。バックパックは当然、火薬の至近距離に置いて耐えられるようにはつくられていない。発見されたものの多くは、布、ファスナーやそれ以外の開閉用部品の小さな破片だった。だが、しぶとく残った部品が、科学捜査の次なる手掛かりを残してくれた。

両方のバックパックのファスナーの引手が現場で見つかった。引手は、かなり頑丈にプレス加工されている金属製品なので、爆風に耐えて残っていることが多い。また、メーカーは往々にして引手の表面にロゴを刻印する。収集したファスナーの引手といくつかのラベルタグの破片から、調査官はバックパックのメーカーと型番を割り出した。この情報もまた現場の捜査官に伝えられ、ふたつのバックパックの流通経路が調査された。捜査の結果、一方のバックパックは数年前に生産終了しており、もう一方はさまざまな大型店で販売されていることがわかった。どの証拠品からも、それがどこで誰に購入されたかという手掛かりは得られなかった。

爆弾が残した化学残留物の分析が、最初の数日間で行われた。爆弾の設計がまずかったために、幸運にも燃焼し切らなかった材料が残っている場合がある。だが、この事件の爆弾はふたつともしっかりと中身を燃焼させており、まとまった量の火薬が残っていたりはしなかった。この場合、使われた火薬の種類を特定するためには、残された痕跡に望みを託すしかない。

化学者たちは、大きなエネルギーを含有する物質の示すさまざまな化学的な痕跡を確認した。爆弾が爆発したことは確かなので、火薬が見つかったからといって驚くようなことではない。しかし、火薬をつくるために使われた可能性のある化学物質の組み合わせは、きわめて限定される。さまざまな火薬で似たような化学物質が使われているのもこのためだ。

この事件で使われた爆弾の威力についてわかってもらうために、火薬類の種類について少し説明する必要がある。火薬類は、「爆薬」と「火薬」の2種類に分けられる。爆薬も火薬も、急速な燃焼反応を受けて高圧下で大量の高温の気体を発生させる。このふたつの違いは、単に燃焼反応が進む速度にある。

最も遅く燃焼する火薬類が「火薬」と呼ばれている。この「遅い」燃焼でも、人間の目ではわからないほど速いものもある。たいていの人はどこかで火薬に触れている。多くの人が日常生活で関わる2種類の火薬は、花火と推進薬（黒色火薬など）である。「爆薬」は、すべての火薬類のなかでいちばん速く反応する。最も強力で破壊的、そして致命的なものだ。ハリウッド映画のおかげで、トリニトロトルエン（TNT）、ダイナマイト、ANFOといった爆薬の名前は誰もが知るところとなった。爆弾犯は爆薬を手に入れようとするが、火薬しか入手できない場合はそれで妥協する。

爆発後に残された残留物やかなり大きな破片は、火薬が使われたときの特徴と一致していた。しかし、どの種類の火薬が使われていたのかはわからなかった。最もありうるのは、パイロデックスのような黒色火薬代替品か花火の中身だろう。捜査チームは、犯人を見つけるため、このふたつの線で捜査を進めることになる。

爆弾の破片には、価値が非常に低いものもあった。分析の初期段階で、この爆弾に加えられていた大量の小片が分析された。この爆弾は、死傷者数を最大化するようにつくられ、さらに何キロもの小片（金属の玉）を付着させた厚紙のシートが圧力鍋の内側に沿って詰められていた。何百個もの金属球が収集されたが、全国のウォルマートやターゲットのどこの店舗でも売っていそうなものだった。それでも捜査官たちは、金属球の購入の手掛かりを求め、ボストンとその周辺でできるかぎりの調査にあたった。

電池の破片も研究所に届けられた。電池のなかには、とりわけ情報量の多いタイプのものがある。普通の一般的な単三電池では、わかることも限られる。だが、現場で見つかった電池は特殊なもので、専門メーカーの製品だった。おもちゃの車にのみ使われる電池だ。このことから、研究所は爆弾のうちのひとつに使われていたおもちゃの車の型番を割り出すことができた。もう一方の爆弾については、電子機器を調べる担当者たちが、電源ユニットの破片と回路基板のかけらから使われていたおもちゃの車を特定した。2種類のおもちゃの車が特定できたことで、手掛かりになりうる情報が増えた。この情報にもとづく捜査も行われた。

捜査官たちが爆弾を構成していた部品の販売経路を調べているなか、研究所に届けられた証拠品すべてについて、生体資料の鑑定が行われた。ひとつひとつについて、指紋、DNA、毛髪、繊維など、手掛かりになるものが出てこないかが徹底的に調べられた。犯人が何人いるのかもわからず、まだ捕まっていなかったため、身元の特定につながりうる手掛かりは、どんなものであれ非常に有益だった。たとえば、ふたつの異なるDNAが見つかれば、犯人は少なくともふたりいると推定できる。結局、複数の指紋が採取されたが、犯人の身元の特定には役に立たなかった。ところが、膨大な数の映像をしらみつぶしに分析した結果、思いがけない幸運が転がり込んできた。

爆弾はとても厄介なものではあるが、足はついていない。つまり、ふたつの爆弾は、マラソンのゴール地点まで勝手に歩いて行ったわけではない。誰かが何かを目撃していて、犯人に関するなんらかの手掛かりを捜査チームに提供してくれる可能性は当然あるわけだ。爆発が起きた場所も、捜査チームにとって都合がよかった。ゴール地点に至る通りに沿って、多くのレストランや店舗が並んでいた。どこかの防犯カメラに何かが映っている可能性があった。また、何百人もの人たちが、家族や友人がゴールラインを誇らしげにまたぐ瞬間を待って、そこに集まっていた。しかも、多くは携帯電話を持って録画していた。

ＦＢＩには、映像分析を専門とするチームと、巨大データベース作成を専門とするチームがある。爆発からほどなくして、ＦＢＩは、このマラソン大会で撮影した写真や映像を一般の人がアップロードできるサーバーを設定した。ＦＢＩがこのサーバーについて公表してから10分も経たないうちに、関心をもつ市民がアップロードしたデータが殺到し、サーバーがクラッシュしそうになった。これがテレビの犯罪ドラマだったら、膨大な数の画像や映像が入っているテラバイトのデータをコンピューターのアルゴリズムが分析し、何か変わったものが映っていないかを探すところだろう。だが現実の世界では、人海戦術で探すのである。

分析は、2か所の爆発地点の近くを映した映像に絞って行われた。やがて、バックパックのうちのひとつが爆発直前に地面に置かれているようすが写っている写真が見つかった。次は、誰がそこに置いたのかを探し当てなければならない。

ひとつの動画が状況を一変させた。アップロードされたひとつの動画に、ゴールラインを通過していくランナーたちのほうに体を向けて、じっと見つめる群衆が映っていた。突然、映像に映っていないところで爆発が起こり、群衆は全員その方向を振り向いた——正確に言えば、別の方向に踵《きびす》を返してゆっくり立ち去ったひとりを除いては。こうして、1回目の爆発の犯人が特定された。

この映像に映っていたのは、ジョハル・ツァルナエフだった。白い野球帽をかぶっていたため、捜査チームは最初、彼のことを「白帽」と呼んでいた。ひとたび疑わしい人物が見つかると、その人物が写っている映像を探すために、その場所が映っているすべての映像が分析される。彼はふたり目の人物、のちに兄のタメルランだと特定される黒い野球帽の男（「黒帽」と呼ばれることになる）と一緒に来ていたことがすぐに確認された。

ふたりの容疑者が特定されると、彼らの身元を公表せざるをえなくなることが立て続けに起きた。私は長年にわたり、世間を騒がせる事件に多く携わってきた。どの事件でも、メディアへの情報のリークはつねにあった。思い出すのは、爆発物課の調査に必要だった起爆装置の写真がイギリスから送られてくるのを待っていたときのことだ。なんとか迅速に進めてもらえないものかと、FBIのロンドン支局と電話で話していた。待っている最中に見上げたテレビではCNNのニュースが小さい音量で流れており、私は電話の相手に、必要な写真がたったいまニュースに出たので、もう急ぐ必要はないと言ったのだった。

アメリカ国民が注意深く安全に暮らすために知っておくべきことなら、私は喜んで伝えたいと思っている。しかし経験からいえば、メディアは視聴率を稼ぐためにセクシーなことに関する情報や画像を入手することには熱心だが、一般市民の安全にはそこまで関心を払っていない。ボストンマラソン爆弾事件で、メディアはどういうわけか兄弟の写真を入手し、FBIの意向など関係なく公表しようとした。そのような状況だったので、法執行機関は最善の捜査戦略を立てる暇もなく「白帽」と「黒帽」の写真を公表せざるをえなかった。結果、焦って動き出した兄弟が、先に述べたようにMITの警官を殺害したり、ウォータータウンで警察との銃撃戦に及んだりするという状況を招いてしまった。事態がこのように展開したことについて、メディアを正面から非難するつもりはない。だが、私が爆弾事件の捜査に携わっていたあいだ、メディアに好感を抱いたことは一度もない。多くの場合、メディアは私たちではなく犯人に協力的だった。

この事件で使われたふたつの爆弾の仕組みについて詳しく知りたいなら、例の元海軍特殊部隊隊員の科学調査官がまとめた裁判の供述書と、それに関する報道を見るといい。メディアはふたつの爆弾を「比較的高度」とするか「高度ではない」とするかで迷っていた。実際のところ、ふたつの爆弾は両方の面を少しずつ持ち合わせていた。使われた火薬は花火から取り出されたものだった。犯人たちは、花火からさまざまな種類の火薬を収集していた。打ち上げ花火では黒色火薬が推進薬として使われ、花火を空中へ押し出す。ほとんどの打ち上げ花火は、黒色火薬を最も多く使っている。犯人たちは、黒色火薬を手に入れるためにたくさんの打ち上げ花火を分解していた。打ち上げられる花火本体にも、さまざまな種類の火薬が含まれている。たとえば、響きわたる爆発音（あるいはドカンと轟く音）をつくる閃光粉や、放出されてアーチ型のカラフルな光跡をつくる無数の小丸薬などだ。これらもすべて花火から取り出された。ふたつの爆弾には、こうした物質がそれぞれ約6キロずつ入っていた。

高度かどうかに関して言えば、花火を分解するのに創造力はさほど必要ない。何十年も前から子どもたちがやってきたことだ。今回の犯人たちの火薬の選択は、けっして幸運だったとはいえない。しかし、私たちもよく知っているような、爆弾でよく使われる別の火薬と爆薬を彼らが使っていたとしたら、事態はもっと悲惨なことになっていただろう。そういった火薬や爆薬のなかには、はるかに大きな被害とより多数の死傷者を生むものもある。楽観的に見れば、使われていた火薬が高度なものでなかったおかげで、被害はだいぶ抑えられたというわけだ。

軍事用途に使えるほどの威力はないとしても、花火から恐ろしい爆弾をつくれるのは確かだ。マラソン事件の爆弾で使われた火薬の種類が明らかになるにつれ、ＦＢＩの内部では、このような物質による攻撃を将来どうやって防げばいいかについて、さまざまな疑問が浮かび上がった。ＦＢＩの大量破壊兵器理事会には、爆弾や毒物の製造に使われうる化学物質を保有している業界や企業に対して積極的に働きかけるという仕事がある。私は、爆発物の材料になる化学物質について彼らと何年も緊密に連携してきた。理事会は花火販売店に対し、花火が悪用される可能性に気づいてもらうために、疑わしい購入に関する通知を出したいと考えていた。この通知の一環として、販売店の従業員たちには、不審な動きに注意するよう警告が出された。通知の最初の草稿では、この注意喚起にともない、店でいちばん大きな花火が欲しいと言った客に警戒するよう呼びかけられていた。

ある分析官が書いたこの呼びかけは、当然、よかれと思って書いたものだったのだろう。だが結果的に、花火業界に働きかける際の課題が浮き彫りになってしまった。花火販売店を訪れる客は誰でも、自分の出せる金額の範囲内で、サイズや音が最大で最も威力のある花火を欲しがる。いちばん大きな花火を欲しがる客を不審な人物として扱うのは、もともと高カロリーで心臓に悪いセットメニューを特大サイズにしようとする客にいちいち注目するようなものだ。「欲しい」と「必要」はまた別の話なのだ。一方の販売側は、このうえなく豪華で派手な、それこそランボーが使いそうな花火をいちばん目立つ場所に置くことが多い。目を引く商品に注目を集め、できるだけたくさんのお金を使わせようとしているのだ。「特大サイズの花火を大量に買おうとする客に警戒しろ」と花火販売店に注意を促すことは、毎日顧客リストを提出しろと言うのと大差ない。この弱点を克服するのは簡単ではなかった。

花火は、点火するのにあまりエネルギーを必要とせず、そのため安価な燃焼用導火線でも爆発物を打ち上げるのに必要な熱量を供給できる。事件の犯人たちが使った点火装置は、花火の中身の火薬のなかにクリスマスツリー用の電球が埋められていた。エネルギーが与えられたフィラメントは十分な熱を供給し、火薬に点火した。これもまったく難しい理屈ではない。このような仕組みは、爆弾でよく見る最も一般的な起爆装置のひとつだ。圧力鍋を入れ物として使ったことも、新しい試みではなかった。圧力鍋は、黒色火薬のような種類の火薬にとっては理にかなった容器であり、爆弾をつくる人間たちは何年も前から目をつけていた。金属製で、大きく、ある程度の圧力を保持できるため、爆弾製造初級編のすべての基準を満たしている。唯一、高度な技術が見られたのは、この爆弾の起爆装置だった。

どちらの爆弾も、おもちゃの車の機械構造からつくられた起爆装置で点火するようになっていた。ここで思い出してほしい。爆弾に必要なものはふたつある。火薬とそれに点火する手段だ。この事件の爆弾の場合、火薬に点火したのは、改造されたおもちゃの車によって点灯されたクリスマスツリーの電球だった。ふたつの車の送信機のあいだで交信が起きてしまうことがないように、それぞれの爆弾に、それぞれ違う種類のおもちゃの車が使われていた。

ふたつの爆弾はどちらも、コントローラーの電源スイッチを押すと起動するようになっていた。これもまた高度ではない。ＦＢＩ本部でモラー長官を含む上層部にブリーフィングを行う定例の訪問の前の晩、長官がおもちゃの車の送信機についての詳細と、爆弾におけるその用途を知りたがっていると研究所の所長から聞かされた。当時はこの手段がどれほど高度なものなのか、議論が交わされているところだった。このような起爆装置がつくれるのは、兄弟が高度な爆弾製造トレーニングを受けていた証拠だという者もいた。

私はその晩ずっとＹｏｕＴｕｂｅの動画を見て、何が一般的な知識なのかを探った。

おもちゃの車の送信機と受信機を花火に火をつけるのに使う方法について説明する動画が、嫌というほど大量に見つかった。そうした説明動画は、おもちゃの車を改造して、離れたところにある花火に点火する簡単な方法を視聴者に教えていた。さらに、ほとんどの動画では、しゃべっていたのは思春期前の少年だった。翌日私は、おもちゃの車を使う起爆装置が外国政府による工作活動と関係しているのではないかという考えから、高官たちを解放した。この起爆装置は、せいぜい「インターネット版ユース・オブ・アメリカ」によって広められたおびただしい量の知識のうちの重要な一部といったところだった。モラー長官は、私の言い回しににこりともしなかったが、軽口をおもしろがってくれた高官もなかにはいたはずだ。

ウォータータウンでの銃撃戦のあと、押収された車の中からおもちゃの車の送信機のひとつが発見された。普通、このような送信機には、スタンガンを大きくしたような見た目の「ピストルグリップ」と呼ばれるものが備わっている。送信機を「買ったときのまま」のかたちで使おうとすれば、近くの人に気づかれないようにするのは難しいだろう。なにしろ大きいし、ピストルのかたちをしているからだ。だから犯人たちは、制御盤と電池パックだけが残るようにコントローラーを分解した。テープで貼り合わせれば、簡単にポケットに収まる。この改造はそれなりに創造性に富んでいる。

ウォータータウンでの攻撃で使われた爆弾は、マラソンの日のものより簡単なものだった。ツァルナエフ兄弟は、自分たちの写真がニュースで世界中に流されるのを見て、残された時間があまりないことを悟ったのだ。

ふたりはまだ手元に残っていた爆弾の材料をかき集め、急いで逃げようとした。当初はニューヨーク市へ材料をもっていき、そこで爆弾を爆発させようと考えていた形跡がある。しかし、その計画をまとめる時間はなかった。

ウォータータウンで使用された爆弾のひとつは、マラソンの日に使われた爆弾の小型版だった。警察との言い争いの最中に、兄弟はこの小さい圧力鍋爆弾を車から投げつけた。燃焼用導火線を備えた4リットルの圧力鍋を使った爆弾だ。さらに、警察に対して使用されたのは、報道陣が「手榴弾」と呼んだ小さな爆弾だった。実際のところ、これは小さなパイプ爆弾にすぎない。この爆弾は、大きいほうの爆弾と同じく、花火の火薬が入った小さな鋼鉄製の配管エルボと継手からできており、なかに通じる導火線が取りつけられていた。変わった点としては、マラソンの日の爆弾にもあった金属球が、追加の小片としてパイプの内部に貼りつけられていた。爆発したものもあったが、爆発しないまま収集されたものもあった。見た目がどんなものか気になる人のために、インターネットには多数の写真が上げられている。

科学捜査が裁判で果たす最大の役割は、容疑者と犯罪を深く結びつける科学的な証拠、あるいは容疑を晴らす科学的な証拠を法廷に提出することだ。ボストンマラソン爆弾事件のように最高刑が死刑となる場合、科学は一点の疑いも残してはならない。

国防長官だったドナルド・ラムズフェルドは、かつてこう語った。「戦争にはいま所有する軍隊を連れていく。所有したい軍隊や、いつか所有できればいいと思う軍隊は連れていけない」裁判でも同じことが言える。いま自分が所有する証拠をもっていく。捜査で得た事実や科学的証拠を自分たちの主張の裏付けとして語るのは、裁判の両当事者たちの仕事だ。爆発物課は爆発に関する証拠に集中していたが、ほかの法科学分野も明らかに重要な役割を担っていた。

科学者が「バイオメトリクス」と呼ぶものは、個人と犯罪の関連を最も強力に示す。バイオメトリクスとは、被験者のことを最も強く指し示す生物学的な特徴である。マラソン爆弾事件の裁判の供述書には、タメルランの指紋が証拠品の複数箇所から検出されたとある。1回目の爆弾の残骸、ウォータータウンの銃撃戦で投げつけられた圧力鍋のふた、押収された爆弾製造のための道具（テープ、コーキングガン、はんだごて）、起爆装置を組み立てるのに使われたおもちゃの車のレシート。さらには、ウォータータウン銃撃戦のあと収集された送信機にもタメルランの指紋はついていた。

指紋は、検察側と弁護側の両方に証拠として使われた。タメルランが爆発と関連があるのは明らかだった。古風な言い回しをすれば、彼の指紋はありとあらゆるものから検出された。しかしタメルランは死んでいる。裁判にかけられているのはジョハルのほうだ。ところが彼の指紋は、ふたつの爆弾のみに関わるものには一切ついていなかった。だが弁護側は、ジョハルが爆破に無関係であると主張することはできなかった。前にも書いたように、彼が爆弾を現場に運んでいる映像が残っていたのだから。

捜査による証拠は、ジョハルと事件との関連を示していた。法科学的証拠では、彼と爆弾製造との関連を見出すことはできなかった。弁護側は、この法科学的証拠の欠如を利用し、弟は兄の支配下で誘導されていたのであり、爆弾の製造と陰謀の計画の責任は100パーセント兄にあるという筋書きをつくった。世間一般の人は、ジョハルが爆弾を運んで現場に置いたのは事実なのだから、これにたいした違いはないと思うかもしれない。だが、最高刑が死刑となる事件では、このような違いによって、コンクリートの壁を眺めて暮らす人生になるのか、致死薬注射で打ち切られる人生になるのかが変わってくるのだ。

火薬に関する証拠も、犯人たちとこの残虐な犯罪との関連を示すために使われた。爆弾に残された爆発後残留物についてはすでに述べた。化学者は、これがいずれかの火薬と一致すると確信していた。兄弟が拘束され、住居、車両や関連のある場所が捜査されると、さらに多くの証拠が集まった。そのような場所を捜査する証拠収集班は、専用の道具をもっていく。ひとつは科学捜査用掃除機である。家庭用の掃除機と同じ原理で動作するが、吸い上げた微量の物質を無菌の紙フィルター上に収集する。この掃除機によって、使われなかった火薬の小さな粒子を拾い集められるのだ。花火を引き裂けば火薬が散らばる。若い男性の大半がきれい好きでないのは、息子のアパートを訪ねたことのある親ならわかるだろう。この事件でも、掃除機が貴重な証拠をもたらしてくれた。

爆発物化学者は、全部で約300点の証拠品を分析した。ケンブリッジにあるツァルナエフ家のアパートで掃除機に集められたものには、黒色火薬の粒子が含まれていた。事件で使用された火薬と一致する残留物は、タメルランが運転していたホンダのCRVからも収集された。車のなかにあったゴム手袋の指先部分からも残留物が検出された。再び法科学的証拠について書かねばならない。花火には合法的な用途がある。ただし、花火を購入するだけなら、車や家を黒色火薬で汚すことはない。なかの火薬を取り出すために花火を分解すると、このように汚してしまう確率が大幅に上がる。とはいえ、指紋の場合と同様、火薬の痕跡を見ても兄のほうが爆弾との関連は強かった。しかし、失われかけていたひとつの証拠が生き残った弟とつながった。それは、ジョハルがもっていた（マラソン事件の爆弾を運ぶためには使われなかった）バックパックから収集されたものだ。

友人の顔が爆弾事件の容疑者として全国ニュースで大きく報じられているのを見たジョハルの仲間たち3人は、すぐに寮の彼の部屋に行き、花火が詰め込まれたバックパックを持ち去った。そのなかには、火薬が抜かれたように見える花火も混じっていた。パニック状態であったこと、間違った仲間意識がしみついていたこと、そして若気の至りにより、3人はバックパックを中身もろともゴミ袋に入れ、寮の裏にあったゴミ収集箱へ投げ入れた。だが、捜査チームがそのことに気づき、ニューベッドフォード・ゴミ処理場では2日間の捜索が行われた。そしてついに、廃棄された証拠の品が奇跡的に見つかったのだ。

この3人には、証拠隠滅における役割に応じ、それぞれ禁錮3年、3年半、6年の刑が言い渡された。

爆弾そのものについては、おもちゃの車の送信機がひとつ収集されるにとどまった。その送信機は、兄弟が逃走に使用した車で発見され、爆弾の起爆装置にも同じモデルのおもちゃの車が改造して使われていた。そのことを考えると、これは兄弟が爆弾と関係あることを示す十分に強い証拠だと思える。しかし、科学捜査の最終目的は、科学によってできるかぎりの強固な関係性を見出すことだ。デジタル製品の奥深くに埋め込まれた暗号を解読するのは、電子工学の専門家たちの得意とすることだ。彼らは、収集された送信機が、爆弾の電気回路のなかにある受信機と対であったことを突き止めた。改造した送信機が、誰かのせいでたまたま車のなかに転がっていただけかもしれないじゃないか、と思う人もいるかもしれない。だが、それはきわめて説得力のない意見だ。あなたの車のなかで見つかった改造送信機が、爆発した爆弾の電気回路と通信できるように偶然つながっていたというのは考えにくい。

ほかの証拠品によって、ツァルナエフ兄弟が爆弾と関係があることが確実になった。ケンブリッジにあるツァルナエフ家のアパートで発見されたのは、釘、金属球、そして圧力鍋の部品だ。圧力鍋を爆弾にするためには、手を加えて改造する必要があった。改造すれば余分な部品が残る。圧力鍋のガスケットとふたの上の部分が見つかったのに、ほかの部分がなかったことは、裁判であらためて陪審員を説得する材料となった。また、電球がいくつか切り取られたクリスマスツリーのライトのひもも同じ場所から収集された。爆弾製造との関連が認められる証拠には圧倒的な力があった。

ツァルナエフ兄弟の爆弾と、AQAP（アラビア半島のアルカイダ）のオンラインマガジンである『インスパイア』には――とくに冒頭の爆弾製造に関する特集記事とのあいだには――興味深いつながりがあった。「アルカイダのシェフ」による「ママのキッチンでの爆弾のつくりかた」という記事に書かれている爆弾の製造手順は、独創的でも高度でも創造的でもないが、効果的だった。その手順は、爆弾の製造方法は可能なかぎり普遍的であるべきで、材料は世界中のどこにいても手に入るものでなければならないという前提にもとづき、単純なパイプ爆弾の製造方法を概説するものだ。ツァルナエフ兄弟が即席爆発装置をつくろうと考えるようになったすべての原点はこの記事にあった。

この記事は、マッチの先端部分と配管エルボを材料とし、シンプルな花火用の導火線を使ってつくるパイプ爆弾を取り上げていた。並べてみると、ウォータータウンの銃撃戦で使用された配管エルボ爆弾と、この記事に描かれているパイプ爆弾の絵は酷似している。奇妙な運命の巡り合わせだが、兄弟が爆弾をつくる際に手本としたガイドを提示していたのは『インスパイア』の記事のサイドバーだった。メイン記事の横にあるサイドバーには、それより大きい爆弾をつくりたい人向けのアドバイスがある。そこには、パイプの代わりに圧力鍋を使うことと、マッチの先端部分を基本とする爆発物の詰め物が必要だと書かれている。ただし大きい爆弾をつくる場合、何千本ものマッチから火薬を採取するのは（私もやったことがあるが）できれば避けたいところだろう。意欲のある人は黒色火薬か花火の火薬を爆弾に詰めるのがいいと『インスパイア』は勧めている。加える小片についても論じられているが、それはボストンマラソン爆弾事件の爆弾でも見られたものだった。兄弟の捜索中に収集されたすべてのコンピューターで、ダウンロードされた『インスパイア』の記事が見つかっている。この記事が彼らの計画に有益な役割を果たしたのは明らかだった。

ボストンマラソン爆弾事件のようなケースでは、答えが見つからない疑問が残ることはままある。ふたつ大きな疑問をあげるとすれば、どこで爆弾を製造したのかと、犯人は事前になんらかのテストを行ったのかという点だ。爆弾工場があった可能性もなくはないが、そのような場所は発見されていない。

おびただしい数の花火を分解し、火薬を混ぜ合わせた場所はいったいどこだったのか。答えはいまでも謎だ。爆弾を実際に仕掛ける前に、犯人たちが実験をしたのかもはっきりしていない。起爆装置を試してみるのは簡単だ。ボタンを押して電球が灯るのを確かめればいいだけなのだから。火薬が設計どおりに機能するかを確かめることは、また別の問題だ。だが、爆発は2回とも標準以下の出来栄えだったので、兄弟がそれなりの量の火薬を試してみたとは思えない。自分たちで試すのではなく、アルカイダのシェフのアドバイスに頼ったのだろう。今回に限って言えば、キッチンで料理する人が足りなかったのはさいわいだった。

前にも書いたが、この事件の爆弾の破片をつなぎ合わせて復元しようと休みなく働く科学調査官の負担を取りのぞくために、私はできるかぎりのことをした。スペシャリストたちが爆弾の破片を顕微鏡で観察し、分析用の残留物を抽出しているあいだ、私は爆発物課長となっていたマーク・ウィットウォースとともに、ＦＢＩ幹部との秘密テレビ会議を日に2回行っていた。ときにはモラー長官自らが質問するために参加することもあった。獣はいつも腹を空かしているが、今回はまさに底なしだった。

爆発の直後の3日間は、情報が彼らの食欲に追いつかなかった。犯人が逮捕されるとプレッシャーはわずかに軽減したが、未知の共犯者が存在する可能性があり、依然対処が必要だった。さいわいなことに、共犯者はいなかった。

大きな爆弾事件が起きたあと、爆発物課は分析にもとづいて爆弾の複製品をつくる。これは、その爆弾の威力を明らかにするための場合もある。マラソン事件の爆弾に実演は必要なかった。多くの映像や写真、悲劇的な数の死傷者が、その点について十分すぎるほど物語っていたからだ。それでも模造爆弾は、爆発の専門家ではない人たちに即席爆発装置がどう機能するのか教えるときにいつも役立っている。

科学調査官たちが苦労しつつ証拠品の分析に追われているあいだに、数人の同僚と私は、爆弾の実物大模型をふたつ製作した。

刻印された型番から圧力鍋が特定されたあとの早い段階で、私たちは参考のため、同じ型の圧力鍋をそれぞれ10個ほどずつ購入していた。だから改造用の予備の圧力鍋はたくさんあったのだ。おもちゃの車も同じものを10個ほど購入した。破壊してもいい車や圧力鍋をいくつも自由に使えるため、(ドカンといってしまった物を差し引いても) 幹部に見せるための実用モデルをつくるのは簡単だった。

この爆弾は軽くなかった。爆弾の一部には、のちに破片カバーと呼ばれるものがあった。先にも述べたが、犯人たちは、銅でコーティングされた金属球を貼りつけた厚紙を爆弾に仕込んでいた。実物大模型に入れるこの部分をつくるのは私の仕事だ。それより前に、夜遅くまで働くチームの仲間のために、大きな箱入りのドーナッツを買ってきていた (私がした大きな貢献のひとつだ)。厚紙を探しているときに、箱のふたを再利用してそこから長方形を切り取ることにした。長方形の厚紙は破片カバーとして機能させるため、圧力鍋の内側のカーブに沿ってぴったりとはまるようにした。次に厚紙に接着剤を薄く塗り、一面に金属球を貼りつけた。これは『インスパイア』で推奨されていたとおりの方法だ。時間はかかるし、汚れる作業だが、シートが乾くと金属球は厚紙にしっかり接着しており、シートは圧力鍋に収められた。

金属球は、それほど重さがあるようには見えない。ひとつひとつの球は、ほとんど重さがないくらいだ。ところが何千個もまとめれば、話は違ってくる。私は、実験が終了するまでに約6・8キロの金属球を貼りつけた。これと圧力鍋を合わせると、非常に重い装置ができあがる。送信機のスイッチが入ると圧力鍋のなかでブザーの大きな音が鳴るように、おもちゃの車を改造したものも取り付けた。これは、実際の爆弾の起爆装置を模したものだった。

ついでに私は、犯人たちが使用した配管エルボと継手のパイプ爆弾も再現した。どちらの鋼鉄パイプも内側の表面に金属球がびっしりついていた。できあがったものはどちらも1キロほどの重さがあった。あまりに重いので、もしこれが本物だったら、飛び散った破片が自分に返ってこない場所まで投げるのは、私には不可能だ。ふたつのパイプ爆弾および金属球を搭載した圧力鍋は、送信機とともに大きなバックパックにすべて入っていた。合計すると、バックパックは約11キロにもなる計算だ。私はこれを2セットつくった。思いがけないことに、翌月このセットは、ともに巡回公演を行う相棒となった。

私がこの模造爆弾を初めて披露した相手はFBIの上層部だった。モラー長官室がこの装置のことを知り、長官たちにブリーフィングをするために来てほしいと私に依頼してきたのだ。結局、私はこれだけのために、小さな会議室で2時間座りつづけることになった。

私は知らなかったのだが、私がいつもの会議（と思っていた）を待っているあいだにウォータータウンで銃撃戦が起き、モラー長官は部下たちと一緒にFBIの危機管理センターで缶詰になっていた。そのあと私は彼に5分もらい、爆弾について話してその仕組みを説明した。表情が読み取りにくい長官は、何度もうなずき、技術的なことに関する鋭い質問をいくつかして、ドアから出て行った。わたしは安堵のため息をもらした。失敗も失言もなく終わったし、今後このような仕事はもうないだろうと思ったからだ。どうやら私は、自分で思ったよりも好印象を与えていたようだ。

爆弾事件から1か月も経たないころ、当時イギリスの首相だったデーヴィッド・キャメロンがFBI本部を訪れることになった。イギリスの首相がFBIを訪ねて来るのは初めてのことだ。ボストンマラソン爆弾事件に関するアメリカの対応について学ぶことが、訪問の明確な目的のひとつだという。モラー長官のチームは、長官がキャメロン首相に模擬爆弾を見せる前に再度私から長官にブリーフィングをしてほしいので、模擬爆弾をもって早めに来てほしいと私に言った。私の名刺には、「爆弾をもっています。どこにでも行きます」と刷ってある。私は了承した。

危機管理センターで、私はモラー長官の首席補佐官に出迎えられた。彼は私に駆け寄ると、時間は5分だと言った。長官への説明はそれで十分です、と私は答えた。彼は、二次方程式を理解しようとしている犬のような顔をして私を見た。なんの話をしているのかと尋ねてきたので、私がここへ来た唯一の目的は、爆弾をもってくることと、長官がキャメロン首相へそのまま説明できるように、この爆弾の仕組みについておさらいすることだと聞いていますと答えた。しかし、彼はすぐに、それはきみの思い違いだと告げた。

モラー長官がマラソン爆弾事件について説明をすることになっていたのは間違いではない。だが彼は、私を出席させて、キャメロン首相一行に爆弾の説明をさせたいということだった。

考えをまとめる機会もないまま、私はせき立てられるように会議室に入った。長官は顔を上げ、「ああ、先生どうも。おかけください。すぐ始めましょう」というような意味のことを言った。尋常ではないレベルのアドレナリンが出たので、その日のミーティングのことはあまり憶えていないが、爆弾について説明を求められたときは、その機能について詳しく話した。このようなブリーフィングは、小道具があればやりやすくなるものだ。導火線が突き出た花火入りパイプやピカピカの圧力鍋を取り出せば、彼らの目は私から離れ、かっこいいおもちゃに釘付けになるからだ。

会見室を出ようとすると、首席補佐官が寄って来て、長官は間違いなく私のことをとても気に入っていると言った。どうやら彼は、ブリーフィングをともにする相手について好みがうるさいようだ。それがよいことなのか悪いことなのか私にはわからなかったが、その後すぐに、このようなことがこれから何度もあると知ることになる。

私のブリーフィングのときに同席していた副長官は、連邦議会の議員とのミーティングに私を連れていくことを思いついた。当時ＦＢＩは、なぜツァルナエフ兄弟が爆弾事件を企てる前に彼らに気づかなかったのかと厳しく追及されているところだった。彼らが外国を渡航していたことについての指摘もあったし、その旅の最中にテロリストの訓練を受けていたか否かについての質問もあった。事件が起きたあとならなんとでもいえる。誰もが政治上の得点を稼ぐことばかり気にしていた。副長官は職員でいっぱいの委員会に呼ばれ、政治的な非難を浴びていた。そういった場では、私のような人間は出席者の気をそらすのにうってつけだったようだ。

旅する爆弾ワンマンショーのおかげで、政治的な点数稼ぎを目論む議会職員と副長官との熱い戦いを目にする機会に何度も恵まれた。ここぞというときは、爆弾の実物大の模型が入ったバックパックを持ち出して、政治的な話題から全員の気をそらせたものだ。私はときにレクチャーの講師であり、ときに観客を魅了するマジシャンであり、そして一貫して、とまどう傍観者だった。

おもしろかったのは、上院の建物に爆弾を持ち込んだことだ。その爆弾を片づけるためには、FBIの議会関係局と協力しなければならなかった。モラー長官は爆弾が気に入り、自分の手元に置くことにした。ふたつあったので、ひとつを渡しても問題はなかった。その爆弾を披露する昼公演の最終回は、長官を観客として行われた。

さまざまな上下両院の小委員会やその職員を驚かせてきたので、モラー長官は、今度は上院予算委員会に直接行こうと考えた。つまり、今回の事件でのFBIの働きを誇示し、財布のひもを握っている上院議員にブリーフィングをするときが来たのだ。長官が爆弾を持っていくので、彼のブリーフィングのあと、私にワンマンショーをやってほしいとのことだった。私は言われたとおり、上院の部屋の外にある待合室で待機した。

やがてブリーフィングが終了し、モラー長官の使いが呼びに来た。出席していたのは、上院議員のリチャード・シェルビーとバーバラ・ミクルスキだった。ふたりは、私が爆弾を置いていた机のところまでやって来た。爆弾はどのようにつくられるのか、どのように使おうとされるのか、どのように機能するのかについて、私は仰々しく話をした。このショーは、私が送信機のボタンを押し、圧力鍋のなかのブザーを鳴らして締めくくるのがお決まりだった。

ミクルスキ議員は小柄な女性で、私が説明をしているあいだ、熱心に爆弾のまわりを行ったり来たりしていた。シェルビー議員は彼女よりも大柄で、少し離れたところにいた。私はそれまでにこのショーを何度もやっていたので、ちょっとした一節をうっかり飛ばしてしまった。送信機のボタンを押す前に、押せば模擬起爆装置（圧力鍋に入っている騒々しいブザーとも言う）が動作するということを観客に伝え忘れたのだ。ブザーが突然鳴り出したとき、ミクルスキ議員は驚いて、身長が10センチ高くなったかと思うほど飛び上がり、大声をあげた。

私は急いで不手際をわびた。シェルビー議員はおもしろそうに笑みを浮かべていた。私は、モラー長官の石像のような無表情な顔をそっと見て、「長官に気に入られていて本当によかった」と思った。そうでなければ、私のキャリアはあのときに終わっていたかもしれない。

第12章　村全体で協力しよう

爆弾犯の成功を望む人はいない。私はＦＢＩで10年間、爆弾がどのようにつくられているか、そしてそれぞれの部品が一体となってどのような仕組みになっているかを解明する仕事をしてきた。時が経つにつれ、より重要な仕事の割合が増えてきた。それは、けっして爆弾をつくらせない、そして仕掛けさせないということだ。誰でも、このためにできることがある。爆弾による攻撃がいかに発展してきたか、また、攻撃を阻止して安全を守るために、知識を得た人々が私たちのような組織と協力して何ができるのか。その展望をいくつか示すことは、本書の締めくくりにふさわしいように思う。

犯人が爆弾事件を起こす動機は、いつの時代も変わらない。日常的な暴力事件と同様に単純なものもある。「強欲」も「嫉妬」も「色欲」も、「七つの大罪」のほとんどすべてが（「暴食」はともかく）、犯人をその気にさせるのに一役買っている。テロリストが爆弾を使う場合は、動機はそれほど単純ではないかもしれない。彼らの攻撃は、自分たちよりずっと強い勢力からの抑圧（とも彼らがみなしているもの）が原因となっていることが多い。過去には、自分が大切にしている何かに脅威を与える（となんらかの理由で彼らがみなす）政治的あるいは経済的に力をもつ（とされている）者に対する怒りから、多くの人々が爆弾を使った攻撃を行ってきたことがわかっている。脅威（と考えられるもの）にさらされているのは、彼らの未来の場合もあれば、子どもたちの未来、文化、あるいは宗教のこともある。

1800年代終わりから1900年代初めにかけて、アメリカで労使対立が激化したのは、自分たちを貧しい生活に追いやった富裕層を労働者が厳しく非難した結果だった。その対立のなか、爆弾犯たちの怒りの矛先は、裕福な悪徳資本家から、その資本家に力を与えた政府の役人へと移っていく。

アメリカにおける連続爆破犯は、前章で登場したオーティ・マクマニガルだけにとどまらず、その後も次から次へと現れては消えていった。マクマニガルの次に現れたのが、「ニューヨークのマッド・ボマー」ことジョージ・メテスキーだ。メテスキーも歴史のなかに埋もれ、その次に世間の記憶に刻まれた連続爆破犯が「ユナボマー」ことテッド・カジンスキーだった。本書を執筆中の現在、「連続爆破犯」と聞いて多くの人が思い起こすのは、シーザー・セイアクと彼が送りつけた爆弾かもしれない。これから先も、さらに多くの名前が浮かんでは消えていくにちがいない。

この連続爆破犯たちには共通の特徴がある。まず怒りがあって、そして攻撃に及んでいる点だ。激しい怒りの感情の行き着く先が、爆弾を使った攻撃になってしまうのは不思議ではない。多くの場合、心のなかに渦巻いた怒りが固まって手榴弾のかたちをなすようすを、身近な誰かが目にしている。これは何かが起きるかもしれない兆候なので、つねに気をつけておくべきだ。通常、4月に内国歳入庁についてわめき散らしている隣人に疑いの目を向ける必要はなく、税金のことで何か不満があるのだろうと思っていればいいだけだが、日常的に罵詈雑言をまき散らしている人が、薬品や電子装置を買ってガレージにため込み始めたら、気にかけておいたほうがいいかもしれない。

誰かが爆弾を使った攻撃の計画を立てはじめたとき、最初にそれに気づくのがＦＢＩであることはありえない。おそらく地元の警察にもわからない。やはり家族や知人、店に来た客の行動が何かおかしいと直感で気づく人たちに、私たちは期待するしかない。

私が最近、多くの時間を割いて取り組んでいるのは、「どんなことが爆発物がらみの危険の前兆になりうるのか」に関する研修だ。研修の対象となるのは、小売店で働く人たち、宿泊、飲食等の接客業界で働く警備関係者、企業内の化学専門職、学者・研究者、そしてほかにも数えきれないほど多くの分野の人たちである。次の爆弾がどこに現れるのかは誰にも予測できない。みなさんに理解してもらいたい注意点はたくさんある。「怒りを抑えられずにいる人」というのはそのなかのほんのひとつだ。

爆弾犯が選ぶ「場所」は、昔から基本的に変わらない。歴史的に見ると、代表的な爆弾犯たちは、自分たちの怒りをおおぜいの人たちが集まる場所にぶつけてきた。彼らは、恐ろしいほどの多くの命を奪おうとする気持ちで動いている。この邪悪な爆弾犯たちは、攻撃の矛先を罪のない一般市民に向ける。

　大規模な集まりを狙った爆弾事件が最初に起きたのは、100年以上前の1916年である。アメリカにおいて、それまでで最も多くの死者を出したテロ攻撃となった。ヨーロッパで第一次世界大戦が激しさを増しており、アメリカでは、孤立主義を捨てこの戦争への参加を呼びかける世論が全土に広がっていた。サンフランシスコでは「愛国心をかき立て、ワシントンDCにいる指導者たちに防衛費を増額させる」ためのデモ行進が計画されていた。沿道に集まった人々はおよそ10万人にのぼり、サンフランシスコにおけるデモ行進で最大規模のものとなった。

　デモ行進の途中、ルート沿いの歩道で、酒場の壁に立てかけるようにスーツケースを置いた人物を目撃した人たちがいた。そばにいたひとりの親切な人は、スーツケースが盗まれないよう気をつけなさいとその男に注意したりしていた。男は群衆のなかに消え、午後2時6分、スーツケースに潜ませていた強力な爆薬が爆発した。10人が死亡、44人が入院したこの事件は、プリペアドネス・デイ爆弾事件として知られている。

　6歳の少年はこの攻撃で両脚にひどい火傷を負った。この少年は、アメリカで爆弾テロの犠牲者として記録に残る最初の子どもとなった。オクラホマシティ連邦政府ビル爆破事件もそうだが、残念なことに、子どもがこのようなテロ攻撃の標的となる傾向はこのあとも続いていく。

　プリペアドネス・デイ爆弾事件の80年後、エリック・ルドルフが、あのセンテニアルオリンピック公園爆弾事件（彼の起こした数件の爆弾事件のうち最大のもの）の現場として選んだのも、おおぜいの人たちが集まっていた場所だった。1996年、ジョージア州アトランタでの夏季オリンピックが始まって二度目の週末（1週間を通してオリンピック期間中だった最初の週の土曜日）、ルドルフはセンテニアル公園へ入っていった。彼が携帯していたＡＬＩＣＥ（多目的軽量個人携行装備、軍人に好まれる）のバックパックには、無煙火薬を詰めてコンクリート釘を巻きつけた巨大なパイプ爆弾が3つ入っていた。ほかの爆弾事件の犯人たちと同様にいかにしてひとりでも多くの命を奪うかを考えていたルドルフは、爆風を効果的な方角に向けるべく、パイプ爆弾を厚い金属板の上に置いていた。

ルドルフは55分後にタイマーを設定し、爆弾を公園のベンチの下に置いてその場を離れた。爆弾から離れたあと、警告のため警察に通報しようとした。最初に電話を受けた係員には電話を切られ、2回目の通報は話し終わらないうちに妨害された。通報の電話を受けた係員からセンテニアル公園の警備員に連絡されることはなかった。だが、警備員（リチャード・ジュエル）が置き去りのバックパックに気づき、警察がそのエリアから人々を避難させ始めた。午前1時20分に爆弾が爆発した。この爆発でふたりが死亡した。

これに先立つ多くの事件の犯人たちと同様、ルドルフは政府に対して、とくに中絶法に対して怒りを感じていたが、ＦＢＩの記録によれば、彼はほかにもたくさんのことに反対していた。彼の目的はオリンピックを中断させることで、もしそうなっていれば、オリンピック開催中だったアメリカの顔に泥を塗ることができただろう。センテニアル公園は、オリンピック期間中にアトランタを訪れた人たちや観客が集まることのできる場所として市が整備した公園だった。スポンサー企業による展示があり、イベントやメダル授与式の会場にもなっていたため、この公園は注目度が高い攻撃対象だった。ルドルフは、夜に爆弾を爆発させる連続攻撃を計画しており、この夜の爆発はその1回目だった。完成して使える状態の爆弾はあと4つあった。1回目の爆発が思い通りにいかなかったことに落胆したルドルフは計画をあきらめ、残りの4つを爆破して破棄した。

80年の時を隔てて起きたこのふたつの攻撃に共通するのは、置き去りにされていた荷物だ。バックパック、ブリーフケース、かばん、箱など、屋外の混雑した場所に置かれているものは、怪しいと考えて扱わなければならない。爆弾を仕掛ける犯人は、ダイナマイト2本とコードと時計をそのまま置いていったりはしない。おおぜいの人を標的にするときは、爆弾は目立たず、怪しくなさそうなものに隠される。人が集まる公共の場所では、そのような異変に目を光らせなければならない。

どんな爆弾事件でも、かならず第二の攻撃の可能性がある。先に書いたように、エリック・ルドルフによる中絶クリニックの爆破は、第二の攻撃の恐ろしさを私たちに思い知らせた。誰だって、爆弾の被害者になどなるべきではない。こんなとき法執行機関は、一度起きたところではまたかならず起きると考える。誰もがそう考えるべきだ。爆発が起きた場所、爆破予告があった場所、不審な荷物や爆発物かもしれないものがある場所からは、十分離れたところに移動すること。爆弾や爆発物に関する限り、好奇心は命取りだ。

爆破予告が何度もあった場合も要注意だ。アイルランド共和軍（ＩＲＡ）暫定派は、いくつもの場所に対し、わざと何度も爆破予告の電話をして、警察がどのように規制線を張ったり指揮所を設置したりするかを確認した。こうして、次にどこに本物の爆弾を仕掛けるかを決めるための情報を得ていたのだ。

爆発物と思しき物に出くわしたときは、それがどんなものでもけっして触ってはならない。素人が試行錯誤してつくった爆弾の多くは、ほとんど、あるいはまったく前兆なしに爆発することがある。

2018年に、ある男性が大量の自作のTATPを自分のSUVに積み込んだ。家に戻ろうとしたとき、そのTATPは自然に爆発し、SUVの残骸が90メートル先の場所や、近所の家々の屋根の上にまで飛び散った。これに対応した爆弾技術者は、TATP（いうまでもなく、不安定な物質である）をさらに10キロほど発見した。死者が出なかったのがせめてものさいわいだった。

素人の爆弾づくりで恐ろしい間違いが起きたあと、爆弾技術者と一緒に片づけたことは数知れない。多くの場合、爆弾づくりが行われていたことを、友人知人、それに近しい家族までもが十分承知していた。ほとんどすべてのケースで、その爆弾づくりは、無害な楽しみや「花火」を使った遊びとみなされていた。爆発物が引き起こす危険性は十分に周知されていない。多くの場合、家族が止めていれば命を救うことができたはずだ。少なくとも障害が残るような怪我は避けられただろう。

花火と言えば、完全に合法的な花火を使って、軍隊級の強力なものは無理にしても恐ろしい爆弾をつくることはできる。合法的に入手した花火でも、導火線に点火する以外のことをすれば、いつなんどきゾッとするようなことが起きてもおかしくない。花火の音を大きくするために分解するのは、無邪気な若者らしい悪ふざけなどではない。本書を読んだ親御さんが、爆発するようなものを子どもがいじくりまわすのを止めさせてくれさえすれば、私にとってそれは勝利といえる。

こんな映像を見たことがある。子どもが、たくさんの小さなものを混ぜ合わせて自分で組み立てた大きな「花火」に点火しようとしていた。ライターの何かがうまくいかず、花火は彼の手のなかで爆発し、手を吹き飛ばした。この映像で聞いた叫び声がいまでも耳から離れない。薬瓶1本程度の材料でも手を完全に切断する。爆発物に関して言えば、「小さい」ものなどない。

洗剤など、家庭で使われる一般的な薬品にも、爆弾の材料として使えるものは多い。ニュースを見る人なら、最近では過酸化水素や硝酸アンモニウムの名前を聞いたことがあるだろう。家庭用の洗剤・薬品類を使う人はみんな、誤用した場合にどうなるかを知っておくべきだ。2007年にロンドンの地下鉄やバスで起きた爆弾事件の犯人たちは、何キロもの過酸化水素でできた爆発物をつくった。彼らはこの爆薬をつくるために、美容品店で何度も染髪剤を買い占めていた。誰も気に留めていなかった。

逆に、私たちの参考になる成功例もある。2011年にカリード・アリ・M・アルドサリが計画していたテロ攻撃は、用心深い運送業者のおかげで阻止された。

サウジアラビア国籍であるアルドサリは、２００８年に学生ビザでアメリカ入国を許可され、テキサス州ラボック近郊のサウス・プレインズ・カレッジに入学した。アルドサリは、ピクリン酸という爆発物をつくるために、原料となる化学物質と道具を揃え始めた。２種類の強酸性物質を入手し、ついに３つ目にして最後の材料、フェノールを購入しようとした。注文したフェノールは運送会社に届けられ、そこで保管してもらう計画だった。しかしこの注文が合法なのかどうか疑問をもった運送会社はアルドサリに、フェノールは販売元に返品されたと伝えた。フェノールを返品したあと、この会社はこの不審な注文について通報するために警察に連絡した。この通報がテロ攻撃の阻止とアルドサリの逮捕につながった。悪事は見られていた。それに対して声を上げる人がいて、阻止することができた。

爆弾捜査の性質上、本書で紹介したのは暗い廊下をさまよい歩くような話が多かった。ＦＢＩの一員という立場のおかげで、忘れがたいおもしろい経験に恵まれたことを書かずに最終章を締めくくるのは公平でないだろう。

長寿テレビ番組『怪しい伝説』が放映されていたとき、数年にわたり一緒に仕事をした爆弾技術者が番組制作を手伝うことになった。ものを爆破させる方法についてテレビ局が彼にアドバイスをもらいに来て、ときには彼が私のところに来た。番組側は「爆薬は人を殺さずに、靴下からその人を文字どおり叩き出すことができるのか」の決着をつけようとしており、私は彼とその番組をめぐるやりとりを楽しんだ。正直に言って、これはじっくり時間をかけて考えるような類の話ではない。

質問を受けて、送風圧力による死亡率や圧力が届く距離を調査するのは楽しかった。人間がどの程度の爆風圧力に耐えられるのか概説した図表を見つけるのは簡単だった。あまり簡単でなかったのは、靴下を残すために、体がどれくらい速く動かなくてはならないかに関する資料を見つけることだった。

私が爆風に耐えられる距離を提案すると、数日後に爆弾技術者から、番組側がもっと大きな爆弾を使いたいと言っているとの電話が入る、この繰り返しだった。この番組を何年も見ていたので、これには驚かなかった。彼らは最終的に226キロの非常に大量の爆薬を使うことを決め、マネキンを靴下から吹き飛ばすことに成功した。だが検証した「伝説」自体は否定された。靴下を吹き飛ばすような爆発で命が助かるはずがない。

幾晩もかけていろいろな数字を計算したのだからと思い、番組のクレジットに技術アドバイザーとして載せてもらえるよう頼んだ。アドバイスに対する報酬はもらえなくても、番組の最後に、私が貢献したことが正式に認められるのはとても貴重なことだった。この番組は息子たちと一緒に何年も見てきたものだったので、私の名前が画面に現れたときに、彼らの幼い顔に浮かんだ表情を見られたのはすばらしかった。私がこれまで彼らに見せたもののなかで、あの2秒間ほど私に対する信頼を高めたものはない。

過去の爆弾事件に関しては、いまでは誰もが知っていても、当時は限られた人しか知らなかったような知識が私にはあった。おかげで、テレビ番組『アメリカ・アンアースト』と『アイ・ワズ・ゼア　その時何が起こったか？』にもゲスト出演することができた。『アメリカ・アンアースト』のその回は、１８８６年のヘイマーケット事件を再現し、掘り下げたもので、その数年前に私はこの裁判の記録をたまたま見ていた。『アイ・ワズ・ゼア』は、本書で最初に取り上げたオクラホマシティ連邦政府ビル爆破事件の特集だった。私はそれまでにもテレビのインタビューを受けたことはあったが、番組制作の裏側を見たのはこのときが初めてだった。テレビに出て有名人になれたというだけでなく、ＩＭＤｂ（映画、テレビなどに関するデータベースサイト）に私の情報を掲載するページができているのも誇らしいことだ。

たまにテレビ出演し、模造爆弾で議員を驚かせ、一般の人たちには工具店、水泳用品店、ドラッグストアで買える爆弾材料について話をする（その結果、そういった店を避けさせてしまう）以外に、ベテランの爆発物科学者は毎日何をしているのか。ＦＢＩ研究所のドアから入ってくるすべての爆破事件を私が解決しているわけではないことは、少なくとも強調しておきたい。本当に込み入った事件が起きたとき、作業担当の調査官とともに、通常の方法より高度な調査や分析を行うことはある。私が爆発物のきわめて曖昧な面を研究することに何時間も費やすのは、爆弾技術者が苦しい１日の終わりに帰宅できるように、なかなか得られない情報をなんとかしてつかみ取りたいと願っているからだ。最も重要なこととして、私は自分のあとを継ぐ人たちを指導している。

成功の秘訣は自分より優れた人たちを雇うこと、そして彼らを輝かせるための努力を惜しまないことだ。幸運なことに、私はやる気と才能のある人たちに囲まれてきた。ときには絞め殺してやろうかと思う日もある。たとえば私がつくったばかりの爆発物が入ったトレイをオフィスに運び入れようとしたときに、連中がドアの上に仕掛けていたいくつものクラッカーが、集中豪雨のように降り注ぎ、私の足元でパチパチと大きな音を立てたことがあった。いっぽうで、彼らがうらやましくてあの緊張の日々にぱっと戻れたらと思う日もある。

知識は力ではない。責任だ。長年にわたり、多くの人たちが命がけで私を信頼してくれた。彼らに対して確実に言えるのは、あとにつづく後輩たちは私より優秀で、今後遭遇する困難を切り抜ける能力を備えているということだ。この情熱を未来へつないでいく人たちを支えるために努力しつつも、自分が時代から取り残されていくようなほろ苦さも感じている。そのときが来たら、これからも未知の章が続いていく永遠の物語のなかで自分も役割を果たしたのだと思いながら、心おきなく高地の砂漠の夕日のなかに姿をくらまそう。

エピローグ

２０２０年の完璧な春の日のこと。空は晴れ、気温は20度ちょっと。すばらしい1日ではあったが、例外がひとつあった。多くのアメリカ国民と同様、私もＣＯＶＩＤ－19の感染増加でロックダウンの影響を受けていた。

自宅でさまざまな脅威の評価や技術的な出版物の作業を進めていると、地元の国家爆発物タスクフォース（ＮＥＴＦ）からの更新情報が受信トレイに届いた。ふだんはおもしろみのない内容で、ありふれた爆弾の材料でバカをやって捕まった連中のおきまりの事件などが報告されてくる。それでも孤独なペーパーワークから束の間の息抜きになると考えた。

ところが、あることが目を引いた。久しぶりに、ある爆弾事件の話に考えさせられてしまった。折も折、それは、すべてを見てきたつもりになっていた私の鈍った感覚に強い衝撃を与えるものだった。話にはこう書かれていた。

２０２０年3月24日、ＦＢＩは数か月にわたる国内テロ捜査の結果、36歳の男に対するおとり捜査を実行した。容疑者は、ＣＯＶＩＤ－19が猛威をふるうなか、救命医療を行っているベルトン病院で車両運搬式即席爆発装置を爆発させる狙いで、その爆弾を入手するために現場にあらわれた。捜査官がもち込んだ装置は不活性爆弾だった。FBI捜査官らが逮捕を試みた際、武器を所持していた容疑者は撃たれ、その後、地元の病院で死亡した。FBIによると、容疑者は人種、宗教、反政府的な憎悪を動機とする暴力的な過激派の可能性があるとされるが、現在のところ、過激派グループとの関連を示す情報は公表されていない。容疑者は、爆発装置を使って大量の死傷者を出す国内テロ行為を数か月かけて熱心に計画し、車両運搬式即席爆発装置を製造するための材料の入手に踏み出した。当初は、モスクかシナゴーグ、またはアフリカ系アメリカ人の生徒が大半を占める学校を標的に考えていた。しかしCOVID-19による医療危機が進行中であり、感染拡大を食い止めるための政府によるロックダウン措置に不満を抱えていたことから、計画を前倒しし、当初のターゲットに代わって病院を標的とすることにした。

私はしばらくのあいだ、考え込んでしまった。爆弾事件を何十年も調査するなかで、国民が同じつらい時期を過ごしているときには、国内の事件は減少することがわかった。ところがいま、思い出せるかぎりおそらく最も困難な時期のひとつを経験しているさなかに、爆弾犯は残忍な行為でいつもながらの人種・階級・宗教戦争を始めようとしたばかりか、進行中の悲劇によってすでに苦しんでいる人々を標的にするつもりだったのだ。私がホラー映画を楽しめるのは、ひとつには、架空のモンスターの空想物語に没頭することが気休めになるからかもしれない。私がたびたび遭遇する現実のモンスターは、心理的にはるかに疲れる連中ばかりだ。

NETFの同じ更新情報のなかで、もうひとつ目に留まった話がある。その恐ろしい陰謀が阻止された翌日に起きた事件で、まるで宇宙がそう計画したかのように、最初の事件とみごとなほどユーモラスな対比をなしていた。その日の明るさを覆いかくした先ほどの雲を一時《いっとき》晴らしてくれる、ごくシンプルな話だった。

2020年3月25日、現地時間の16時15分ごろ、イーストポイント警察は、住宅街で発砲があったとの通報を受けて対応に当たった。現場では、住宅2棟を損壊させた大きな爆発の証拠が発見された。負傷者は報告されていない。警察によると、住民がネズミを殺そうと即席爆発装置をつくって爆発させたとのこと。ネズミは1匹も死なず、爆発物をつくったとされる住民は逮捕され、複数の容疑をかけられている。

私の仕事は、胸が締めつけられたかと思えば、次の瞬間には、どこまでもばかげたものになったりもする。

同僚の爆弾技術者や分析官たちは、殺戮行為を目撃する。圧力の波とずたずたになった金属片によって悪が解き放たれるのを目の当たりにする。だが、世界の悪を確信しはじめた矢先、あまりにばかげたドタバタ劇のような光景に出くわし、その仕組まれた不条理劇で私たちの反応を撮っている隠しカメラがあるのではないかと、つい探したくなってしまう。私たちはそんな「爆弾の道」を歩んでいる。

謝辞

「本を書くべきですよ」そんなおなじみの言葉を、これまで何度聞き流してきただろう。何年ものあいだ、私はその言葉に丁重にうなずいては、「いつか書くかもしれません」と、社交辞令的な決まり文句で片づけてきた。だが、その「いつか」がやって来た。

　長年にわたり、私は数々のインタビューや記事で取り上げられてきたが、おかげでそれを読んだ人たちは、ＦＢＩにもち込まれた爆弾事件解決の陰にはつねに私個人の存在があったと考えているかもしれない。完全な誤解だ。私は、爆発物や爆発がらみの事件について科学分析を行うことを使命とする、爆弾技術者や科学者からなるすばらしい専門チームの一員である名誉を与えられたにすぎない。私が「私のチーム」と言うとき、それはあのキャプテン・アメリカのように、自分がリーダーを務めるチームのことではなく、その一員として私が働き、仕えるチームを意味している。

　私という人間の本質をとらえようと、過去には大げさな表現を使われたりもしたが、私はエリート（私の嫌いな言葉）でもなければ、英雄でも、無慈悲な敵と獅《し》子《し》奮迅《ふんじん》戦う現代のシャーロック・ホームズでもない。私は、自分よりも賢く、勇敢で、おまけに私に劣らず見た目の麗《うるわ》しいおおぜいの人々と力を合わせてきた。この本を書いたのは、私の仕事の背後にある人間の物語を伝え、私が支えるコミュニティの驚くべき仕事に焦点を当てたいと考えたことがきっかけだった。

そのため、妹が出版業界の旧知の友人、ヘザー・ジャクソンから連絡を受け、私に本を書く気があるかと打診があったとき、ためらいの一部はすでに消えはじめていた。だから最初の感謝の言葉は、出版界といういばらの道に突き落としてくれた（ヘザー・ジャクソン・リテラリー・エージェンシーの）ヘザーに贈りたい。私がこの本の執筆を決めたのは、自分の現実に声を与えるだけでなく、冒険に乗り出すためでもあった。ヘザーはこの波乱の旅の岩場でガイドとナビゲーターの両方を務めてくれた。

私はこの数十年、もっぱら警察や消防、爆弾技術者、軍に向けた文章ばかりを書いてきた。それにひきかえ、私の共著者である妹のセリーンは、さまざまな専門的テーマを専門家でない読者向けにかみ砕いて書くことにキャリアを費やしてきた。彼女が、膨大な意識の流れのごとく吐き出される私の痛烈な非難や、とりとめもなく続く血みどろの話を受け止め、マニフェストというよりも原稿としてかたちにしてくれたことは称賛に値する。

本を書き上げたことを自分独りの功績だと主張する著者は、編集者の名誉をおおいに傷つけている。私は幸運にも、あらゆる段階でこの原稿をよりよいものへと高めてくれたすばらしい編集者、校正者、その他サポートチームのメンバーに恵まれた。ケイティ・ベノワ、マデリン・スタージョン、グレッチェン・ヤング、クレイトン・フェレルの注意深い目と明敏な編集支援に称賛を贈りたい。

いま挙げた人々はこの本をつくる手助けをしてくれた。一方、救うに値する世界を創造してくれるのは家族のみんなだ。父のロナルド・イェーガーは、相手が学びたいかどうかにかかわりなく、頑固に教えつづけることに人生を捧げ、物語を語ること、書くこと、教育することへの愛を私に植えつけてくれた。母のジェーン・イェーガーは、つねにダークユーモアのプリズムを通して世界を見るすばらしい術を身につけていた。本書に通底しているのは、その毒を含んだ喜びだ。何年も前、私はある大きな授賞式で両親に感謝し、こう語ったことがある。「生まれか育ちか。どちらにしても、私がこうなったのはふたりのせいです」

私がＦＢＩに入局したことは、家族全員を徴兵にとって人生の犠牲を強いる行為だったが、家族は20年以上もそれに快く耐えてくれた。単純明快に言えば、家族なしには何ひとつ成し遂げられなかっただろう。妻のデボラ・イェーガーは、この常軌を逸した旅のあいだ、つねに正気と安定と愛の錨《いかり》で私をつなぎとめてくれていた。この仕事は、なんの前触れもなしに私を何度となく連れ去り、健全とは言えないほど多くの時間を奪うこともあった。デボラのおかげで、息子ジャレッドとアレックは、私の知る表面下に潜む野蛮な悪党ではなく、信念をもった、責任感のある、堅実な若者に成長した。ふたりを誇りに思うのと同時に、妻には本当に感謝している。

本書で直接的、あるいは間接的に触れた爆発物課のみなさん、私はあなたたちの一員になれたことを言葉では言いあらわせないほど誇りに思っている。邪悪な行為に知識の光を当てるために働くＦＢＩ科学捜査研究所のスタッフたち、この国は、国民が知りえる以上にあなたたちにたくさんの借りがある。そして静かなる威厳をもって合衆国憲法を守り、国民の安全を守っているFBIファミリーへは、心からの感謝を捧げる。

本書で語られる物語について一言お伝えしておきたい。私はもともと本を書くつもりはなかった。そのため、流れゆく人生のなかでメモを取ったことはない。歳を重ねるにつれて、記憶のもろさを痛感するようになった次第だ。本書に盛り込んだ物語はすべて、できるかぎり正確に詳細をお伝えできるように最善を尽くした。当時現場にいた人は、一連の出来事を私とは少し違う順番で記憶しているかもしれないが、その点はご容赦願いたい。

私のいるこのフィールドでは、物語は豊かな口承の一部として、そして多くの場合、ビールを飲みながら仲間内で語り継がれている。だが幸運にも私は、自分の物語を世に伝える場を与えられた。数々の英雄的な行為や犠牲、冒険の驚くべき物語をもちながら、その話を分かち合う機会を得られないすべての爆弾技術者と爆発物処理班の技術者に最大の敬意を表し、最後の謝辞としたい。あなたがたの一員として奉仕できたことは、生涯の名誉だった。心から感謝申し上げる。

【著者】

カーク・イェーガー (Dr. Kirk Yeager)

ラファイエット大学で化学学士号、コーネル大学で無機化学博士号を取得。エネルギー物質研究試験センター（EMRTC）で研究科学者として働き、その後、研究開発部門の副部長に就任。またニューメキシコ工科大学化学科の非常勤教授も務めていた。その後、FBI 犯罪科学研究所の爆発物課で 10 年間、物理科学者兼科学調査官を務め、爆破事件現場の分析官として数十か国に派遣された経験をもつ。現在は、FBI の主任爆発物科学者を務める。即席爆発物および即席爆発装置の分野で 30 年近い経験をもつ。多彩なキャリアのなかで、全米科学アカデミーの専門家やテレビ番組の技術アドバイザーを務めたほか、『ポピュラーメカニクス』誌で特集が組まれたこともある。

セリーン・イェーガー (Selene Yeager)

カーク・イェーガーの妹。30 冊近い本の著者、共著者、寄稿者として、全米雑誌賞のサービスジャーナリズム部門でノミネートされ、本書を通じて兄の仕事を世界に知らせる名誉を授かる助けとなった。

【訳者】

露久保由美子（つゆくぼ・ゆみこ）

英語翻訳者。訳書にコスキー／グルセヴィッチ『太陽系観光旅行読本』、ウォームフラッシュ『［図説］100 のトピックでたどる月と人の歴史と物語』、ブレナン『なぜ、TikTok は世界一になれたのか？』、ピーターマン／カナン『みんなのスタートアップスタジオ 連続的に新規事業を生み出す「究極の仕掛け」』などがある。

木内さと子（きうち・さとこ）

英語翻訳者。国際基督教大学卒。ビジネス・金融分野を中心に英日・日英翻訳を手がける。

【翻訳協力】

河畑淑子（かわばた・よしこ）

The Bomb Doctor:
A Scientist's Story of Bombers, Beakers, and Bloodhounds
by Kirk Yeager and Selene Yeager

FBI爆発物科学捜査班《ばくはつぶつかがくそうさはん》
テロリストとの30年戦争《ねんせんそう》

●

2024年9月30日　第1刷

著者…………カーク・イェーガー／セリーン・イェーガー
訳者…………露久保由美子《つゆくぼゆみこ》／木内《きうち》さと子《こ》
装幀…………一瀬錠二

発行者…………成瀬雅人
発行所…………株式会社原書房

〒160-0022 東京都新宿区新宿 1-25-13
電話・代表 03（3354）0685
http://www.harashobo.co.jp
振替・00150-6-151594

印刷…………新灯印刷株式会社
製本…………東京美術紙工協業組合

ISBN978-4-562-07463-1, Printed in Japan